KB020731

내 고향은 하동포구 80리

젊은 날의 내 숨결이 서린
아름다운 山河에 바치는 헌사

내 고향은 **하동포구**
80리 공석규 지음

■ 책을 펴내며

　어린이날과 석가탄신일이 끼어 있던 지난 5월 연휴에 나는 나를 포함한 일
행 5명과 함께 2박 3일 코스로 하동포구 80리를 한 바퀴 돌았다. 일행은 우
리 내외와 나의 대학 동기 중 가장 절친하게 지내는 친구 내외, 그리고 또 다
른 대학 친구의 부인이었다. 친구 내외와 또 한 명의 친구 부인은 내 차가 구
례 화엄사IC를 빠져나와 19번 국도에 들어서자마자 주변 경치에 눈을 떼지
못하더니 섬진강을 따라가면서부터는 감탄사를 연발했다. 우리 일행은 내가
이 책의 첫머리에 쓴 대로 19번 국도를 따라서 화개와 악양의 명소(名所)를
두루 구경하고 노량을 지나 남해의 미조항까지 돌아보았다.
　나는 우리 일행을 무등산 찻집으로 안내하여 송림과 백사장과 섬진강을 품
고 있는 하동읍 전경을 구경시키고, 송림으로 안내하여 나의 중·고등학교
학창 시절을 이야기해 주었다. 또 하마칭이에서 목골로 가는 입구에도 같이
가서 옛 우리 밭과 목골꼬랑과 마당바구를 보여주며 내 어린 시절도 이야기

해 주었다.

　우리 일행은 하동의 별미도 맛보았다. 첫날은 화개장터 주변의 섬짐강이나 화개천에서 식당 주인이 직접 잡아 올린 물고기로 음식을 만든다는 식당에서 자연산 은어튀김과 쏘가리매운탕 맛을 보았고, 둘째 날 아침은 하동 군수의 초대를 받아 섬진강에서 잡은 재첩만 쓴다는 식당에서 진한 재첩국을 맛보았다. 또 그날 오후에는 갈사리에 가서 그 부근 바다에서 잡은 자연산 도다리회와 감성돔회를 맛보았다. 화개의 식당은 화개 토박이인 친구가 소개했고, 갈사리 횟집은 우리 일행이 묵은 하동읍의 동원모텔 주인인 내 고향 후배가 소개한 곳이어서 우리 일행은 조금도 의심 없이 자연산 하동 맛을 볼 수 있었다.

　여행을 같이 한 친구 내외와 친구 부인은 2박 3일 동안의 여행을 더없이 만족해했다. 특히 19번 국도와 나란히 가는 섬진강과 주변의 경치에는 입을 다물지 못했다. 하동의 맛에도 칭송이 그치지 않았다. 친구 부인 두 분은 입을 모아 말했다. "공 선생님은 정말 아름다운 곳에서 태어나서 어린 시절을 즐겁고 행복하게 보냈을 것 같다."고. 그렇다. 두 분의 말대로 나는 천혜의 자연환경을 품고 있는 하동에서 태어나고 역시 천혜의 자연환경 속에 자리 잡은 하동 초·중·고등학교를 다니면서 누구보다 즐겁고 행복한 어린 시절과 학창 시절을 보냈다. 나는 그 시절에 쌓은 아름다운 추억을 하나하나 더듬어서 이 책에 썼다.

이 책을 쓰면서 나는 어릴 적 추억을 떠올릴 때마다 즐겁고 행복했다. 그런데 50년도 지난 일들이라 기억이 잘 나지 않았고, 특히 국민학교 때의 추억은 더욱 가물가물했다. 그래서 나는 가깝게 지내는 고향친구들에게 전화를 하여 그들의 기억을 더듬어 봐 주기를 요청했다. 내 전화를 받은 친구들은 그들의 기억을 찾아내어 나에게 들려주면서 나보다 더 즐거워했다. 친구들이 찾아낸 추억 중에는 내가 전혀 생각지도 못한 소중한 추억도 더러 있다. 친구들아, 애썼다. 그리고 고맙다.

이 책에 실린 고향의 풍경 사진은 거의 모두 내 고향 친구인 조유행 하동 군수와 정경문 군이 보내 준 것이다. 만일 두 친구가 사진을 구해주지 않았다면 나는 이 책을 낼 수가 없었을 것이다. 조유행 군수와 정경문 군에게 깊이 감사한다. 그리고 사진을 직접 찾고 구해서 이메일로 보내준 하동군청의 조문환 과장과 노기붕 계장에게도 고마움의 뜻을 전한다. 끝으로 이 책을 내는 데 온 힘을 기울여준 출판사 '인북스'의 김향숙 대표와 잔소리를 많이 참아준 나의 아내도 정말 고맙게 생각한다.

2014년 6월
글쓴이 공석규

차·례

1부
하늘이
선물한 땅

벚꽃이 만개하면 섬진강 가의 19번 국도는 눈이 부시도록 아름다운 벚꽃길이 된다. 봄에 벚꽃길뿐이랴. 여름에는 땡볕을 막아주는 시원한 길이 되고, 가을에는 벚나무 잎이 물들어 아름다운 단풍길이 되며, 겨울에는 자연과 인간 모두에게 사색의 길이 된다.

19번 국도와 섬진강

　나의 고향은 경남 하동(河東)이다. 정확히 경상남도 하동군 하동읍이다. 하동은 섬진강의 동쪽에 위치해서 붙여진 이름인 듯하다. 그렇다면 섬진강 서쪽은 하서(河西)라야 맞는데 그쪽은 광양제철과 홍쌍리매실농원이 있는 광양 땅이다. 나는 하동에서 태어나 고등학교를 졸업할 때까지 열아홉 해를 채우고 고향을 떠나 서울 사람이 되었다.

　서울에서 하동읍으로 가는 길은 둘이 있다. 하나는 경부고속도로를 타고 내려오다가 35번 고속도로로 바꾸어 타고 진주시를 돌아 10번 남해고속도로 진입하여 하동IC에서 내려와서 19번 국도로 섬진강을 거슬러 올라가는 것이고, 또 하나는 역시 경부고속도로에 들어서서 25번 고속도로에 이어 27번 고속도로로 옮겨 타고 여수 방향으로 가다가 구례 화엄사IC에서 빠져 19번 국도로 섬진강을 따라 내려가는 것이다.

나는 고향에 갈 때마다 구례 화엄사 입구를 지나 19번 국도로 섬진 강을 따라 내려가는 길을 택한다. 그 길로 가면 거리가 훨씬 가깝기도 하지만 19번 국도와 섬진강이 어울려서 펼치는 '하동포구 80리' 경치 의 진수를 감상할 수 있기 때문이다. 하동IC에서 내려와 섬진강을 거 슬러 올라가나, 구례 화엄사IC에서 빠져 섬진강을 따라 내려오나, 주 변의 경치는 아주 빼어나다. 봄, 여름, 가을, 겨울, 언제 어디서 봐도 자연이 그린 한 폭의 수려한 산수화나 풍경화이다. 얼마나 경치가 좋 으면 문화재청장을 지낸 유홍준 교수가 그의 저서 『나의 문화유산 답 사기』에서 '섬진강과 나란히 가는 19번 국도는 우리나라에서 가장 아 름다운 길의 하나'라고 감탄했을까.

19번 국도는 강원도 홍천생(生)이고 섬진강은 전라북도가 출생지다. 지나온 길도 서로 다르다. 그래서 본디 19번 국도와 섬진강은 이름도 성도 모르는 남남이었다. 그런데 구례군 토지면을 지나면서부터 19번 국도와 섬진강은 무엇에 서로 마음이 끌렸는지 단짝이 되어 하동군 의 서쪽을 처음부터 끝까지 어깨동무를 하고 동행한다. 단짝이 된 다 음부터 19번 국도는, 섬진강이 굽이돌면 따라서 굽이돌고, 강물이 급 하게 방향을 바꾸면 따라서 급하게 꺾이고, 강물이 부드러운 곡선을 그 리면 따라서 완만하게 길을 내고, 강물이 똑바로 천천히 흐르면 따라서 직선으로 강을 따라간다. 그렇게 나란히 가다가 남해고속도로 섬진강 교를 지나기 직전에 19번 국도는 섬진강과 어깨동무를 풀고 길을 왼편 으로 꺾어서 남해대교를 건너 남해도의 미조항에 가서 끝을 맺는다.

19번 국도 양편에는 구례군 토지면 조금 아래부터 하동읍까지 벚나

하동으로 향하는 19번 국도의 벚꽃 터널.

무가 빽빽이 줄지어 있고 곳곳에는 아예 터널을 만들어 하늘을 가리
는데, 그 길이가 무려 20여km가 넘는다. 벚나무 길은 하동읍을 지나
면서부터 국도가 섬진강과 헤어지는 곳까지 조금 끊어지다가 하동IC
를 지나 노량으로 가는 19번 국도에도 이어져 있다.

그래서 벚꽃이 만개하면 섬진강 가의 19번 국도는 눈이 부시도록 아
름다운 벚꽃길이 된다. 봄에 벚꽃길뿐이랴. 19번 국도는 여름에는 땡
볕을 막아주는 시원한 길이 되고, 가을에는 벚나무 잎이 물들어 아름다
운 단풍길이 되고, 겨울에는 자연과 인간 모두에게 사색의 길이 된다.

❦ ❦ ❦

섬진강은 한반도에 봄이 들어오는 길목이다. 제주도에서 길을 나선 봄은 남해의 여러 섬에 잠깐 들러서 동백꽃 봉오리를 틔워준 다음 곧장 섬진강으로 달려간다. 섬진강으로 들어선 봄은 강물을 거슬러 쉬엄쉬엄 올라가며 꽃을 피운다. 섬진강 주변에서 가장 먼저 피는 꽃은 매화이다. 3월 하순경에는 하동읍과 그 건너편의 홍쌍리매실농원에 순백의 매화가 장관이다. 매화를 피운 봄은 서둘러 구례 산동마을로 올라가 노란 산수유 꽃망울을 터뜨린다. 그런 다음 봄은 무엇을 빠뜨리고 온 듯 황급히 남해까지 되짚어 갔다가 다시 올라가면서 19번 국도를 온통 벚꽃천지로 만들고 쌍계사십리길까지 환상적인 벚꽃길을 만든다.

벚꽃이 지면 봄은 또 다른 수많은 꽃을 피운다. 진달래, 개나리, 목련, 유채꽃, 철쭉꽃, 복사꽃, 그리고 배꽃이 서로 앞을 다투어 꽃망울을 터뜨린다. 화개(花開)는 꽃이 피기에 화개다. 화개장터에서 시작하여 지리산 자락 깊숙이까지 화개는 봄, 여름 꽃이 피는 곳이다. 화개에만 꽃이 필까. 내륙으로 들어온 봄은 온 하동 땅에 꽃을 피운 다음 팔도강산 삼천리 방방곡곡에 셀 수도 없는 많은 꽃을 피울 것이다.

나는 구례군 토지면 위쪽의 섬진강은 어떻게 생겼는지 잘 모른다. 다만 소백산맥에 매달린 전라북도의 어느 깊은 산골짜기에서 발원하여 이웃의 물줄기를 모으며 여러 골짜기를 돌고 돌아 19번 국도를 만난다는 정도만 알고 있다. 그런데 참으로 희한하다. 19번 국도와 만나는 토지면 앞에서 화개장터까지의 섬진강은 강이라기보다 차라리 개울이다. 강폭도 아주 좁고 수량도 적고 강가에 모래도 별로 없다.

그런 섬진강이 화개장터 앞에 들어서면서부터는 확 달라진다. 화개
장터 전까지의 섬진강은 전라도강이다. 그런데 화개장터를 지나면서
부터는 전라도 섬진강이기도 하고 경상도 섬진강이기도 하다. 그래서
그런가. 섬진강은 화개장터에 닿으면서부터 강폭도 확 넓어지고 수
량도 눈에 띄게 불어난다. 그리고 다음부터는, 느리다가 빠르다가, 곡
선을 그리다가 굽이치다가 하면서 이쪽저쪽 강가에 희고 고운 모래를
끌어 모은다. 섬진강이 하동읍을 휘감고 돌아나가는 끝머리에 백사장
과 송림(松林)으로 어우러진 하동읍의 명소가 있는데, 그것도 섬진강이
만든 작품이다.

섬진강은 상류를 지날 때 강바닥에 있는 여러 종류의 돌을 깎아서
모래를 만들고 거기에 양질의 부엽토를 섞어서 하류로 실어 나른다.

화개와 악양
사이의
19번 국도.

하동읍을 휘감고 돌아나가는 섬진강 끝머리에 송림과 백사장이 자리한다.

섬진강은 그것을 하류 곳곳에 쌓았는데, 그중 가장 넓게 쌓아놓은 곳이 중섬이다. 광양 땅인 중섬은 백사청송을 지나 경전선 철교에서 조금 아래쪽 오른편에 있다. 중섬은 토질이 좋아서 무얼 심어도 잘된다. 중섬을 지난 섬진강은 점점 강폭을 넓히고 편편해지면서 남해고속도로 섬진강교 아래로 흘러 광양제철소 앞을 지나서 남해로 숨는다.

옛날에는 섬진강 재첩보다 낙동강 재첩이 더 유명했다. 그런데 지금은 낙동강에서 잡히는 재첩은 기름 냄새가 나서 먹을 수 없고, 재첩을 맛볼 수 있는 곳은 오직 하동 섬진강뿐이다. 자연산 은어(銀魚)를 맛볼 수 있는 곳도 섬진강뿐이다. 섬진강 아닌 다른 곳에도 은어를 먹을 수는 있다고 하는데 그것은 모두 양식(養殖)일 것이다. 왜냐하면, 은어는 물이 맑은 강이 아니면 살지 않기 때문이다. 은어는 바다와 강을 오르내리면서 사는데, 섬진강 말고 다른 강에 은어가 올라온다는 얘기는 듣지 못했다.

내가 알기로 섬진강은 남한의 강 중에서 물이 가장 맑다. 내가 어린 시절에는 섬진강에서 멱을 감다가 목이 마르면 강물을 두 손에 떠서 마셨다. 강물이 목에 차는 곳에서 내려다보면 발가락이 또렷이 보일 만큼 강물이 맑았다. 강이 흐르는 곳 주변에 공장이나 축사가 많으면 많을수록 강물은 탁한 법이다. 넓은 들도 강물을 흐린다. 그런데 섬진강 주변에는 공장도 축사도 거의 없다. 들도 하류 쪽에 와서야 몇 군데 있을 뿐이다. 섬진강은 발원지서부터 내내 산골짜기를 흐르다가 화개장터 아래에 이르러서야 가끔씩 들을 만난다. 흐르는 도중에 오염원을 거의 만나지 않는 것이다. 내가 고향에서 자랄 때에 비하면 수

질이 많이 나빠졌지만 다른 강에 비하면 아직도 섬진강은 맑고 깨끗하다.

자랑거리 많은
내 고향

하동군 중에서 관광이나 여행을 즐기는 사람들에게 가장 많이 알려진 곳은 화개면이다. 지리산을 종주(縱走)하는 등산객들은 모두 화개 땅을 밟아야 한다. 섬진강을 만나 19번 국도를 타고 남쪽으로 내려가면 왼쪽에 피아골로 들어가는 입구가 나오고, 거기서 조금만 더 내려가면, 가수 조영남이 "구경 한번 와 보세요"라며 신나게 「화개장터」 노래를 부르고 있다. 화개장터는 19번 국도에서 전라도 땅을 버리고 처음 밟는 경상도 땅이다.

옛날의 화개장터는 규모가 꽤 컸었던 것 같다. 인터넷의 '하동군 홈페이지'를 들여다보면 옛날의 화개장터를 이렇게 설명하고 있다.

"화개장터는 해방 전까지만 해도 우리나라 5대 시장 중 하나로 전국의 어느 시장보다 많은 사람이 붐볐던 곳이다. 이곳엔 5일장이 섰으며 지리산 화전민들은 고사리, 더덕, 감자 등을 가지고 와서 팔고, 전라도 구례, 경남 함양 등 내륙지방 사람들은 쌀보리를 가져와 팔았다. 그리고 전국을 떠도는 보부상들도 이 장을 놓칠세라 생활용품을 가지고 왔으며, 또한 여수, 광양, 남해, 삼천포, 충무, 거제 등지의 사람들은 뱃길을 이용하여 미역, 청각, 고등어 등 수산물을 가득 싣고 와 이 화개장터에서 팔았다."

화개 뒤편의 지리산 능선에 뱀사골로 넘어가는 화개재가 있는데, 남원 쪽의 보부상이나 장꾼들이 화개장터를 오갈 때 이 재를 넘었을 듯하다. 화개장터를 배경으로 주막집 삼대와 체장수 모녀 간에 얽힌 운명적 이야기인 김동리의 소설 「역마(驛馬)」를 읽으면 당시의 화개장터와 거기에 모였던 민중들의 모습을 어렴풋이나마 떠올릴 수 있다.

내가 고향에서 중·고등학교를 다닐 때인 1960년대의 화개는 궁벽한 산촌에 지나지 않았다. 화개는 지리산 줄기가 양쪽으로 가파르게 뻗어서 만든 산골짜기로, 농토도 인구도 얼마 안 되는 두메산골이었다. 두메산골이므로 화개에서 외지 사람을 보기는 가뭄에 콩 나듯 했다. 그때도 4월이면 쌍계사십리길에 벚꽃이 만발했지만 별로 사람들을 불러모으지 못했다. 화개장터도 얼마 안 되는 장꾼들이 모여서 생필품을 사고팔다가 점심 무렵에 파장이 되는 조그마한 5일장이었다.

하지만 지금은 다르다. 요즘은 화개면이 이름난 관광지가 되어 전국에서 사람들이 몰려오니까 하동군청에서 화개장터를 관광 상품으로 복원했다. 그래서 사람들이 늘 북적거리는 넓은 상설장터가 되었고 노래 '화개장터'의 노랫말처럼 있는 것은 다 있고 없는 것은 없다.

있는 것은 다 있고 없는 것은 다 없는 화개장터.

내가 가끔 고향에 갈 때 그 곳에 들르면 평일인데도 사람들이 꽤 붐빈다. 언제가 신문인가 TV에서 보았는데, 가수 조영남은「화개장터」가 히트하는 바람에 더욱 인기가 솟았고, 화개장터 상인들은「화개장터」노래 덕분에 관광객이 많이 모여서 먹고 살기가 한결 수월해졌다고 한다. 장터 가까이 있는 파출소의 소장 이름도 조영남이다. 화개의 조영남은 서울의 조영남에게 CCTV를 한 대 설치해 줄 것을 요청했고 서울의 조영남은 여기에 기꺼이 응했다. 관광객 중에는 하동의 조영남과 CCTV를 배경으로 더러 기념사진을 찍기도 하는 모양이다.

❀ ❀ ❀

쌍계사십리벚꽃의 장관

사실 화개가 관광명소로 이름을 떨친 것은 화개장터보다는 쌍계사십리벚꽃과 지리산 골짜기마다에서 흘러서 모여 섬진강을 만나는 화개천 덕분이다. 쌍계사십리벚꽃은 화개장터에서 쌍계사까지의 벚꽃길을 말하는데, 19번 국도가 섬진강과 나란히 달리듯 쌍계사 벚꽃길도 지리산 골짜기에서부터 흘러내리는 화개천과 나란히 뻗어 있다. 그래서 하얀색과 분홍색을 섞은 벚꽃길은 화개천의 푸른 물줄기와 절묘한 조화를 이룬다. 더구나 그 길에 벚꽃이 한창일 때는 주위의 산도, 논도, 밭도 모두 녹색 카펫(carpet)이다. 그러니 얼마나 아름답겠는가! 누군가는 그 아름다움을 이렇게 표현했다.

"천(川) 이쪽과 저쪽, 산자락 강 언덕, 지천에 벚꽃이다. 환장하게 흐드러지게 피었다. 화개 십리벚꽃길은 흔히 '혼례길'이라고 부른다. 벚꽃이 화사하게 피는 봄날, 남녀가 꽃비를 맞으며 이 길을 함께 걸으면 사랑이 이루어진다고 해서 붙여진 이름이다. 그만큼 이 꽃길은 낭만적이고 인상적이어서 한번 보면 잊히지 않는다. 이 환장한 봄날의 벚꽃, 바람이라도 불어 보라지. 바람에 날리는 분홍꽃 이파리를 보며 어찌 환장하지 않겠는가. 어찌 저 꽃을 보고 견딘단 말인가. 분홍빛 벚꽃이 마음까지도 분홍색으로 물들인다. 바람에 날리는 분홍꽃 이파리들. 봄바람이 꽃가지를 흔들고 흙바람이 일어 가슴의 큰 슬픔도 꽃잎처럼 바람에 묻힌다. 저리고 앞섶을 풀어제친 처녀의 화들짝 놀란 가슴처럼. 하얗고 분홍빛의 봄비는 온몸으로 춤추는 봄바람의 뺨을 때린다. 소리 없는 바람의 일렁임에 따라 허공에서 춤추듯 길가로 고요히 내려앉는 꽃비들. 눈보라처럼 흩날리는 장관에 입을 다물지 못한다."

　날씨가 변덕을 부리지 않으면 쌍계사십리벚꽃은 4월 5일경에 만개하는데, 그 무렵에는 관광객이 타고 온 차가 읍내까지 길을 메운다. 장터에서 쌍계사 입구까지는 십 리쯤 된다. 그래서 평소에는 쌍계사 입구에서 장터까지 오르내리는 데 차로 10분이면 충분하다. 하지만 벚꽃이 한창일 때는 쌍계사 쪽에서 내려오는 것은 10분이지만 올라갈 때는 2시간도 좋고 3시간도 좋다. 그래서 벚꽃철에는 쌍계사 근처나 그보다 더 위쪽에 사는 주민들은 장터에 볼일이 있을 때 차를 버리고 걸어서 다닌다.

🌸 🌸 🌸

화개천.

　봄이 지나고 여름이 오면 화개천이 사람들을 불러모은다. 한여름에
는 더위를 피해 도망쳐 온 사람들로 화개천은 물 반, 사람 반이다. 늦
장을 부리다 온 피서객은 뚫고 들어갈 틈이 없다. 쌍계사 입구까지 자
리를 잡지 못한 사람들은 위로, 위로 올라가 지리산 백소령의 턱 아래
에 있는 의신마을 앞의 계곡까지 메운다. 거기서도 허탕을 친 사람들
은 아마 더 깊숙이 물을 찾아 올라갈 것이다.

　여름에 화개를 찾으면 은어회나 은어구이를 먹는 즐거움도 쏠쏠하
다. 은어는 물이 맑은 하천과 그 하구에 서식하며 강 밑바닥에 자갈이
깔려 있는 곳을 좋아한다고 한다. 화개장터 부근의 화개천과 섬진강
이 바로 그런 곳이다. 은어는 9~10월경에 알을 낳고, 알을 낳은 후에
는 대부분 죽는다고 한다. 부화한 어린 은어는 곧장 바다로 내려가서

육지와 가까운 근해에서 겨울을 지내고 이듬해 3~4월이 되면 5~7cm 정도로 자라서 태어난 강이나 하천으로 되돌아와서 여름을 보내고 제 어미처럼 가을에 알을 낳고 죽는다. 은어는 낚시로 잡는데, 다 자라면 20~25cm 정도 된다. 은어는 구워서도 먹고 기름에 튀겨서도 먹는데 그 참맛은 역시 회로 먹는 것이다. 디스토마 같은 것을 걱정하지 않고 마음 놓고 회로 먹을 수 있는 민물고기는 내가 아는 한 은어와 가물치 밖에 없다. 은어는 맛이 담백하고 비린내가 나지 않으며 살에서 오이 향 또는 수박향이 난다. 화개에 관광객이 모이기 전만 해도 화개천이나 섬진강에서 잡은 은어를 마음껏 먹을 수 있었다. 요즘은 어디서 나는 어떤 물고기든지 자연산은 구경하기 어렵고 대부분 양식이다. 화개의 은어도 마찬가지다. 화개장터 건너편으로 음식점이 줄지어 서 있지만 자연산 은어를 맛보기란 쉬운 일이 아니다.

❦ ❦ ❦

'화개' 하면 녹차를 빼놓을 수 없다. 화개에는 사람 손으로 심어서 가꾸는 녹차밭도 드문드문 있지만 그보다는 산비탈에서 자생하는 녹차밭이 훨씬 더 넓다. 야생차밭은 화개천을 사이에 두고 지리산 줄기에서 내려온 양쪽 산비탈 여기저기에 누워 있다. 쌍계사 근처나 칠불사에 오르는 산비탈에서도 쉽게 만날 수 있다. 사람 손으로 심어서 가꾼 차나무의 잎으로 만든 녹차가 양식이라면 산비탈에서 자생하는 찻잎을 따서 우려낸 녹차는 자연산이다.

화개 산비탈의 야생 녹차밭.

화개는 우리나라에서 차나무가 처음 심어진 곳이라고 한다. 『삼국
사기』의 기록에 의하면, 신라 흥덕왕 때 당나라에서 돌아온 사신 '대
렴공'이 차 종자를 가지고 오자 왕이 지리산에 심게 하였는데 그곳이
바로 화개 쌍계사 부근이라는 것이다. 다성(茶聖)으로 추앙받는 '초의
선사(艸衣禪師)'는 그가 지은 『동다송(東茶頌)』에서, "지리산 화개동에
는 차나무가 4~50리에 걸쳐 자라고 있는데 우리나라에서 이보다 더
넓은 차밭은 없다."고 하였다.

차나무가 잘 자라는 최적지는 개울물을 굽어보며 배수가 잘되는 산
골에, 해풍이 불고 습기를 머금은 공기가 산에 닿아서 안개가 되어 개
울물과 함께 흐르는 산중턱의 경사지라고 한다. 화개천 주변이 바로 그
런 곳이다. 초의선사도 "차는 골짜기의 것이 으뜸이다. 화개동의 차밭

은 골짜기와 난석을 모두 갖추고 있어 여기에서 생산되는 화개차의 품질은 당연히 좋은 것이다."라며 화개차의 우수성을 칭송했고 한다.

하동 사람들은 녹차를 '작설차'라고 부른다. 나이 많은 층에서는 '잭쌀'이라고 하는 사람들도 흔하다. 작설(雀舌)은 한자의 뜻 그대로 찻잎 끝 모양이 참새의 혀와 닮았다 하여 붙여진 이름이다. 작설차는 찻잎을 따는 시기에 따라 등급이 나뉘는데, 가장 으뜸인 것은 곡우 전의 이른 봄에 가장 처음 딴 찻잎을 덖어서 만든 우전차(雨前茶)이다. 우전차는 찻잎 양 옆에 두 이파리가 받쳐주는 모양새의 여린 차순(筍)으로 만들었기 때문에 은은하고 순한 맛이 특징이며, 만드는 과정이 복잡하여 생산량이 적고 값이 매우 비싼 최고급 차이다. 추사 김정희도 우전차를 중국 최고의 '승설차'보다 맛과 향이 뛰어나다며 극찬했고 한다.

약이 귀했던 옛날에, 화개사람들은 작설을 차로 마시기보다는 약으로 먹었다고 한다. 감기 기운이 있거나 차 멀미를 할 때 작설을 끓여 마셨고 아이들이 버짐이 퍼져도 작설을 끓여서 발랐다고 하니, 화개사람들에게 작설차는 차라기보다는 약이었다. 요즘은 작설의 약효가 과학적으로도 증명되고 있다.

화개에는 작설차를 만들어 파는 것을 업(業)으로 삼는 사람들이 더러 있는데, 그중에서 규모가 가장 큰 곳은 나와 절친한 친구가 운영하는 '쌍계제다'이다. 쌍계제다는 쌍계사 입구의 주차장 뒤쪽 마을인 용강리에 있다. 친구는 단순히 녹차 공장의 주인만이 아니다. 그는 국가로부터 공식적으로 인정받은 차의 명인이다. 10대째 화개에서 살고 있는 화개 토박이인 그는 녹차에 관한 책을 10권 이상 쓸 정도의 전문 녹차 연구가이다. 녹차를 연구하려면 한자에 밝아야 한다. 옛사람들이 남긴 녹차에 관한 수많은 한시나 기록을 읽어야 하기 때문이다. 친구는 자료를 찾으러 서울의 국립도서관에도 여러 번 다녀갔다고 한다. 하동군사(河東郡史) 중

백화점에 진열된 쌍계제다 차 제품.

의 화개면사도 친구가 썼다. 그는 하동의 향토사학자라 해도 전혀 어색하지 않다.

녹차를 좋아하는 사람들이 우전차를 마시게 된 것도 알고 보면 그 친구의 덕분이다. 우전차는 아득한 옛날사람들이 마시다가 맥이 끊어지고 1980년대 초까지만 해도 문헌상에만 존재했다고 한다. 그런 우전차를 상품화하는 데 성공한 것이 바로 그 친구이다. 그는 '백소령'이라고 이름을 붙인 우전차를 만들어 2002년 '제4회 국제 명차 품평회'에 들고 나가 최고상인 '금장상'을 받음으로써 한국 차의 우수성을 세계에 알렸다. 친구는 우전차를 포함한 작설차 외에도, 도라지차, 뽕잎차, 헛개나무차, 수국차, 오미자차 등, 여러 가지 차를 생산하여 전

국의 백화점에 내놓고 있다.

친구는 요즘에도 새로운 차를 연구·개발하기에 여념이 없다. 지난 겨울에 화개에 갔더니 친구는 10여 가지 약재를 넣어서 만들었다며 나에게 '고뿔차'를 한 통 주었다. 내가 서울에 올라온 지 한 달쯤에, 고뿔차를 가지 온 것을 안 것처럼 고뿔 기운이 나를 찾아왔다. 나는 친구가 준 고뿔차를 따끈하게 끓여서 하루에 여러 번씩 찾아온 고뿔에게 먹였다. 그랬더니 고뿔차를 얻어 마신 고뿔은 차츰차츰 기운이 빠지더니 온다 간다 말도 없이 슬그머니 나에게서 나가버렸다.

☙ ☙ ☙

화개는 고로쇠물이 좋기로도 이름이 났다. 『두산백과사전』을 펼치면 고로쇠물을 이렇게 적고 있다.

"고로쇠 약수는 나무의 1m 정도 높이에 채취용 드릴로 1~3cm 깊이의 구멍을 뚫고 호스를 꽂아 흘러내리는 수액을 통에 받는다. 수액은 해마다 봄 경칩 전후인 2월 말~3월 중순에 채취하며, 바닷바람이 닿지 않는 지리산 기슭의 것을 최고품으로 친다. 잎은 지혈제로, 뿌리와 뿌리껍질은 관절통과 골절 치료에 쓴다."

고로쇠물은 너덧 명이 쩔쩔 끓는 방에 모여 짭조름한 오징어나 쥐포를 씹으면서 밤새도록 두어 말쯤 비워야 제대로 마셨다고 할 수 있다. 그래야 위장에 끼어 있는 노폐물이 모두 씻겨 내려가 깨끗이 청소가 된다고 한다. 오래전에 우리 부부는 쌍계제다의 친구 부부와 같이 의

조계종 제13교구 본사 쌍계사(雙磎寺).

신마을에서 고로쇠물을 그렇게 먹어본 적이 있다. 그때 우리는 밤새 화장실을 수도 없이 들락거리느라 다들 몹시 바빴다. 친구는 고맙게도 해마다 이른 봄이 되면 고로쇠물을 반 말쯤 나에게 보내주고, 나는 염치도 좋게 넙죽넙죽 받아 마신다.

卍 卍 卍

불일폭포.

쌍계사는 벚꽃철이 아니더라도 불자(佛子)들과 관광객이 많이 찾아오는 명찰(名刹)이다.『한국민족문화대백과사전』에는 쌍계사를 이렇게 적어 놓았다.

"이 절은 723년(성덕왕 23)에 의상의 제자인 삼법(三法)이 창건하였다. 삼법은 당나라에서 귀국하기 전에 '육조 혜능의 정상(頂相)을 모셔다가 삼신산의 눈 쌓인 계곡 위 꽃이 피는 곳에 봉안하라.'는 꿈을 꾸고 육조의 머리를 취한 뒤 귀국하였다. 그리고 한라산, 금강산 등을 두루 다녔으나 눈이 있고 꽃이 피는 땅을 찾지 못하다가 지리산에 오자 호랑이가 길을 안내하여 지금의 쌍계사 금당(金堂) 자리에 이르렀다. 그곳이 꿈에 지시한 자리임을 깨닫고 혜능의 머리를 평장한 뒤 절 이름을 '옥천사(玉泉寺)'라 하였다. 그 뒤 840년(문성왕 2)에 진감국사(眞鑑國師)가 중국에서 차의 종자를 가져와 절 주위에 심고 대가람을 중창하였다. 정강왕 때 쌍계사로 이름을 바꾸었으며, 임진왜란 때 소실된 것을 벽암(碧嚴)이 1632년(인조 10)에 중건하여 오늘에 이르고 있다. 중요문화재로는 국보 제47호인 진감국사대공탑비(眞鑑國師大空塔

碑), 보물 제380호인 부도(浮屠), 보물 제925호인 팔상전영산회상도, 경
상남도 유형문화재 제28호인 석등, 경상남도 유형문화재 제185호인
불경책판이 있다. 대공탑비는 887년(진성여왕 1)에 진성여왕이 진감국
사의 도덕과 법력(法力)을 흠모하여 시호와 탑호를 내리고 이를 만들도
록 한 것이다. 비문은 최치원이 쓴 것으로 우리나라 4대 금석문 가운
데 첫째로 꼽힌다."

 쌍계사에서 북쪽으로 3km쯤에 불일평전이 펼쳐지고, 거기서 또
4km가량 더 오르면 불일폭포의 장쾌한 물줄기가 장관을 이룬다. 불
일폭포는 높이 60m로 전국에서 몇 손가락 안에 드는 폭포로서, 깎아
세운 듯한 낭떠러지에서 오색 무지개를 그리며 세차게 떨어지는 물줄
기는 한여름에도 냉기를 느끼게 한다. 옛날에는 선비들이 이곳 불일

폭포를 찾아와서 더위도 식히고 시도 지었다고 한다. 조선시대 유학의 거두였던 남명 조식선생도 산청에 기거할 때 지리산을 넘어 불일폭포를 여러 번 찾았다는 기록이 남아 있다. 불일폭포는 지리산 국립공원에 있는 10경 중 하나이다.

화개에는 쌍계사 말고도 이름난 절이 하나 더 있다. 쌍계사에서 화개천 건너편의 높은 산중턱에 있는 칠불사이다. 『두산백과사전』은 칠불사를 이렇게 설명하고 있다.

"지리산 토끼봉의 해발고도 830m 지점에 있는 사찰로, 101년 가락국 김수로왕의 일곱 왕자가 이곳에 암자를 짓고 수행하다가 103년 8월 보름날 밤에 성불했다는 전설이 전해지는 곳이다. 지리산 최고의 심산유곡에 자리잡아 수많은 고승을 배출하였으나, 1800년 큰 화재가 나서 보광전, 약사전, 신선당, 벽안당, 미타전, 칠불상, 보설루, 요사 등 10여 동의 건물이 불탔다가 복구되었다. 1948년 여수·순천사건을 거쳐 6·25전쟁 중 다시 불탄 뒤 1978년에 복구하여 지금의 칠불사가 되었다.

운공선사가 축조한 벽안당 아자방(亞字房)은 세계건축대사전에 기록되어 있을 만큼 독특한 양식으로, 서산대사가 좌선한 곳이자 1828년(조선 순조 28) 대은선사가 율종을 수립한 곳으로 유명하다. 아자방은 신라 때 금관가야에서 온 구들도사 담공선사가 만든 온돌방으로, 방안 네 귀퉁이에 70cm씩 높인 곳이 좌선처이며, 가운데 십자 모양의 낮은 곳이 행경처이다. 한 번 불을 지피면 49일 동안 온기가 가시지 않았다고 하며 100명이 한꺼번에 좌선할 수 있는 방으로 건축 이래 한 번도 보수한 적이 없다. 일곱 왕자를 성불시킨 보옥선사는 거문고의 명인이었으며 신라 경덕왕 때는 옥보고가 입산해 50년간 30곡의 거문고곡을 지었다고 한다."

❦ ❦ ❦

봄과 여름에 비길 것은 못 되지만 화개는 가을과 겨울에도 사람들을 부른다. 가을에는 단풍이 아름답고 겨울에는 설경이 신비롭다. 가을이나 겨울에 화개 땅을 밟는 사람 중 여덟아홉은 등산객이다. 화개에는 지리산으로 오르는 등산로가 내가 아는 것만으로도 네 곳이 있다. 그 등산로들은 산골짜기를 따라가기도 하고 산등성이를 타고 오르기도 하는데, 어느 등산로의 어디를 지나가도 감탄사가 절로 나오는 절경이다.

지리산을 종주하는 등산객은 삼도봉, 화개재, 토끼봉, 명선봉, 형제봉, 백소령, 덕평봉, 칠선봉, 그리고 영신봉을 타고 넘어야 하는데, 이 많은 산봉우리들이 모두 화개면과 다른 군(郡)의 경계를 이룬다. 그러므로 그 봉우리들에 올라 남쪽을 바라보며 "야, 경치 하나 끝내준다."고 말했다면 그것은 곧 화개의 경치에 감탄한 것이다. 화개는 산 좋고, 물 좋고, 경치 좋고, 공기도 맑다. 또 남녘땅이라 겨울은 비교적 따뜻하다. 그래서 외지에서 화개에 들어와서 집을 짓고 사는 사람도 여럿이라고 한다.

악양은 하동군에서 가장 넓은 농경지를 품고 있다. 그래서 악양 사람들의 살림살이는 그 어디보다 넉넉하고 따습다. '거지가 악양에 들어와서 얻어먹으면 3년을 먹어도 세 집이 남는다'는 말이 있을 정도이다.

『토지』의 산실 평사리

　화개장터를 버리고 섬진강을 따라서 30리 쯤 하동읍 쪽으로 내려가면 삼거리가 나온다. 19번 국도에서 왼쪽으로 19번 국도와 같은 찻길이 갈라지는 것이다. 그 삼거리에서 핸들을 꺾어 1km 남짓 들어가면 왼쪽 산비탈에 제법 큰 마을이 누워 있고 마을 앞 찻길 건너편에는 넓은 들이 펼쳐져 있다. 그곳이 바로 박경리의 소설『토지』의 첫 무대인 평사리와 평사리들판이다. 평사리는 행정구역상으로는 하동군 악양면 평사리이다. 악양은 나당 연합군의 당나라 장군 소정방이 중국의 악양과 같다고 하여 악양이라고 하였다는 일화가 전해진다.

　평사리에는 소설 속에 나오는 최참판댁과 그 댁의 그늘 아래서 먹고사는 민초들의 초가가 소설의 시대적 배경인 구한말 때의 모습으로 재현되어 있다. 소설『토지』를 읽지 않은 사람들에게는 평사리가 용

평사리 토지마을.

인민속촌에 온 듯한 느낌뿐일 것이다. '아, 옛날 평사리에는 이런 초
가집들이 있었고 최참판 댁은 이처럼 으리으리했구나.' 하는 정도일
것이다.

　그러나 『토지』를 읽어본 사람에게는 감흥이 다를 터이다. 소설도
읽고, 1979년과 1987년에 KBS에서, 또 2004년에 SBS에서 제작한 대
하드라마 「토지」를 본 사람은 평사리 마을이 더욱 친근할 것이다. 드
라마를 찍을 때 만든 촬영 세트장(set場)에 들어서면 그곳은 구한말의
모습으로 바뀔 것이고 골목길을 걸으면 소설 속의 평사리 사람들을
만날 것이다. 월선이가 보고 싶어 읍내 장에 가러 막 집을 나서는 용
이를 마주칠 것이고 집 안에서 퍼붓는 강청댁의 악다구니도 들릴 것
이다. 또 다른 골목에서는 노름으로 밤을 샌 김평산이 부스스하고 누

리끼리한 낯짝을 앞세우고 영산댁 주막에 해장술을 마시러 휘적거리며 갈 것이고, 그 집 앞에서는 그의 처 함안댁이 베를 짜는 베틀소리를 들을 수 있을 것이다. 어느 골목에서는 용이와 뜨거운 사랑을 나누고 사람들의 눈을 피해 새벽길을 나선 월선이가 칠성이 처 임이네를 만나서 소스라치던 곳이 여기쯤이겠지 하는 곳도 있을 것이고, 마을 아낙들이 모여 손으로는 일을 하고 입으로는 두런두런 이야기를 하던 두만네가 살던 집도 만날 것이다. 두만내가 남의 험담을 하는 임이네를 향해 "시끄럽다. 사램이 그러면 못 쓰네라." 하고 나무라는 소리도 귓가에 맴돌 것이다.

마을 끝자락에는 대궐 같은 최참판댁이 방문객을 기다리고 있다. 솟을대문을 두드리면 하인 김 서방이 "어디서 오십심니꺼?" 하고 문을 열어줄지도 모를 일이다. 문을 열고 마당에 들어서면 길상이와 귀녀가 다른 하인들과 같이 종종걸음을 칠 것이다. 안채의 마루 끝에는 큰 키의 윤씨 부인이 무표정하고 위엄찬 얼굴로 객(客)을 노려보고 있을 것이며, 별당 앞에는 어린 서희가 봉순이더러 업어달라고 조르는 모습이 눈에 삼삼할 것이다. 사랑채 앞에 서면 독선과 아집으로 똘똘 뭉친 최치수가 콜록거리는 기침소리에 발을 멈출 것이다.

❦ ❦ ❦

나는 『토지』를 처음부터 끝까지 한 번 정독했고 서희 일행이 평사리에서 간도로 떠나기 전까지의 1부는 서너 번 읽은 것 같다. 내가

『토지』를 읽은 소감은 한마디로 정말 대단하고 놀랍다는 것이다. 이것은 표현력이 보잘것없는 내 최고의 감탄사이다.

박경리는 토지를 1969년에 집필을 시작해서 1996년까지 장장 26년 만에 완간하였고(1969년부터 1994년까지 25년간 썼다는 말도 있음), 그 길이가 원고지 약 4만매 분량으로 모두 16권이다. 어떻게 그 긴 세월 동안 그렇게 긴 소설을 쓸 수 있었을까? 정말 대단하고 놀랍다. 소설 속에 나오는 인물도 무려 600여 명으로(700명이라는 이야기도 있다.), 구한말과 동학혁명, 식민지 시대 그리고 해방에 이르기까지 거의 반세기 동안 그 당시 사회의 모든 계층을 아우르는 인물들이 등장한다.

나는 단지 소설이 반세기 동안의 긴 세월을 이야기하고 소설의 등장인물이 엄청나게 많은 것만 감탄하는 것이 아니다. 그 긴 세월동안, 그 수많은 여러 계층의 인물들을, 어쩌면 신비롭고 화려한 무늬의 중동산 넓은 양탄자를 짜듯이 치밀하고 정교하게 구성했을까! 어떤 인물이 나와도 뜬금없는 인물이 없고, 어떤 이야기도 어색한 구석이 없다. 정말 대단하고 놀랍다. 또, 어쩌면 서부경남 사람들이 하는 말을, 그 셀 수도 없이 많은 말을, 이쪽 사람들이 하는 본래 그대로 썼는지도 감탄스럽다. 내가 서희 일행이 간도로 떠나기 전의 평사리 사람들의 모습을 그린 소설 1부를 세 번 읽은 것도 하동(서부 경남) 말에 도취되었기 때문이다.

『토지』의 주 무대인 최참판댁과 평사리 들판

　나의 어머니는 구한말에 태어나서 유소년과 젊은 시절을 일제강점기에 보냈다. 그리고 나는 6·25전쟁이 휴전이 된 다음해에 국민학교에 들어갔다. 그때 나의 어머니는 마흔일곱 살이었다. 내가 중학교 다닐 때만 해도 하동읍의 마을은 거의 전부가 초가집이었다. 소설 속의 평사리 마을은 바로 내가 살던 고향 마을이고, 평사리 사람들은 바로 내 어린 시절의 우리 동네 사람들이며, 평사리 사람들이 주고받는 말은 바로 내 가족과 우리 동네 사람들의 말이다. 나는 소설 1부를 읽고 또 읽으면서 내 어릴 때의 고향 마을을 수없이 돌아다니면서 마을 사람들을 만났다. 그리고 먼저 떠난 부모형제가 그리워 여러 번 콧등이 찡했다.

나는 작가가 『토지』 1부의 무대를 평사리로 골랐다는 점에도 감탄한다. 작가는 이렇게 말했다.

"내가 경상도 안에서 작품의 무대를 찾으려 했던 이유는 언어 때문이다. 통영에서 태어나 진주에서 성장한 나는 '토지'의 주인공들이 쓰게 될 토속적인 언어로 경상도 이외의 다른 지방 말을 구사할 능력이 없었다. 그러나 만석꾼의 토지란 전라도 땅에나 있고 경상도 안에서 그만큼 광활한 토지를 발견하기는 어려웠다. 평사리는 경상도의 그 어느 곳보다 넓은 들을 가지고 있었으며 섬진강의 이미지와 지리산의 역사와 무게도 든든한 배경이 돼 줄 수 있는 것이었다. 그래서 나는 평사리를 '토지'의 무대로 정했다."

또 『한국현대문학대사전』은 이렇게 적고 있다.

"하동에서 멀지 않은 통영에서 출생해 진주에서 학교를 나온 박경리 씨는 1960년대의 어느 날 화개의 친척집을 방문하는 길에 악양들을 접하고는 이곳을 당시 구상하고 있던 '토지'의 무대로 삼기로 했다. 그러나 소설을 집필하는 도중 평사리를 직접 답사하지는 않았다. 소설 속 동네 구조와 실제의 평사리의 모습이 같지 않은 것은 그 때문이다."

작가가 언제 무슨 일로 평사리를 지나서 화개에 갔을까? 지금 쌍계제다를 운영하는 친구의 말에 의하면, 화개장터를 배경으로 소설「역마」를 쓴 작가 김동리가 화개에 내려와 머물면서 친구의 아버지가 경영하는 막걸리 도가에 와서 막걸리를 즐겨 마시면서 가끔 친구 아버지와 담소를 나누었다고 한다. 그 무렵 친구는 국민학교에 다녔다고 한다. 박경리 작가는 아마 그때 김동리 작가를 만나기 위해 화개에 간 것이 아닐까?

작가는 "평사리는 경상도의 그 어느 곳보다 넓은 들을 가지고 있었으며"라고 했지만, 내가 알기로 경상도에는 평사리보다 넓은 들이 많다. 다만 마을 앞에는 넓은 들이 있고, 뒤에는 험한 산줄기가 뻗어 있으며, 옆으로는 마을 가까이에 큰 강이 흐르는 곳은 전국을 통틀어 평사리 밖에 없지 싶다. 작가가 소설을 어느 정도까지 구상하고 평사리를 무대로 정했는지는 모르지만, 평사리는 마을과 들판과 강과 산이 『토지』에 아주 딱 들어맞는 절묘한 곳이다.

작가가 평사리를 한 번 지나갔을 뿐 답사는 하지 않았다는 점도 정말 대단하고 놀랍다. 시대적, 지리적 배경을 가진 소설은 답사를 하고 또 해도 쓰기 어려울 텐데. 작가가 평사리를 지나가지 않았더라면 소설『토지』의 지리적 배경은 다른 곳이었을 것이고, 따라서 『토지』는 '우리 문학사에 길이 남을 금자탑'이라는 최고의 찬사를 받지 못했을 것이다.

❦ ❦ ❦

평사리 마을 뒤편은 지리산이다. 거기에는 지리산에서 뻗어 내린 높고 굵은 산등성이가 남서쪽으로 뻗어 있다. 산등성이는 섬진강을 건너지 못하고 뚝 끊어지면서 아찔한 낭떠러지를 만든다. 산등성이 끝에는 신라가 백제와 힘을 겨룰 때 축성한 것으로 추정되는 고소성이 섬진강 건너 전라도 땅인 백운산을 바라보고 있다. 평사리 마을 뒤편의 산등성이를 따라 북쪽으로 올라가면 신선봉, 봉수대, 신선대를 지나 1,050m의 형제봉이 우뚝 서 있고, 거기서 다시 오르면 오를수록 더 높은 산봉우리들을 지나서 지리산 속으로 깊숙이 들어가게 된다.

형제봉의 또 다른 이름은 성제봉이다. 고소성에서 출발하여 평사리 마을 뒤쪽과 성제봉을 지나는 능선은 지리산 등반코스 중의 하나이다. 그러니까 평사리 마을 뒤쪽 산비탈은 곧 평사리 마을에서 지리산으로 올라가는 길인 것이다. 강 포수는 그 산비탈을 타고 올라 지리산으로 사냥을 갔을 것이다. 별당아씨를 등에 업고 밤도망을 친 구천이도, 그들을 잡으러 총을 들고 나선 최치수도 평사리 마을 뒤의 산비탈을 타고 올라 지리산 속으로 들어갔을 것이다.

평사리 쪽에서 나와 19번 국도와 만나는 곳이 평사리삼거리다. 소설『토지』에서 평사리삼거리는 평사리의 여러 골목길만큼이나 평사리 사람들의 발걸음이 잦았을 것이다. 그곳은 평사리에 들어가고 나오는 출입구이다. 장날, 읍내에 장을 보러가는 사람들은 걷거나 배를 타거나 모두 평사리삼거리를 지나갔을 것이다. 하동 이부사댁의 이동진이 친구인 최치수를 찾아올 때도 평사리삼거리를 지났을 것이다. 최참판댁 가족의 건강을 살피러 화심리에서 오는 문 의원도, 그 댁의 재산을 노리고 한양에서 내려온 조준구도 평사리삼거리를 지나지 않고는 평사리로 오는 길이 없다. 가끔 구례연곡사에 불공을 드리거나 우관스님을 만나러 가는 윤씨 부인도 평사리삼거리에서 북쪽으로 길을 꺾었을 것이다.

평사리삼거리에서 19번 국도를 따라 곧장 내려가면 5리(2km) 조금 못 미쳐 악양삼거리가 나온다. 그곳 조금 아래쪽에 개치마을이 있고, 그 마을 아래의 섬진강 가에는 나루터가 있다. 『토지』의 책장 어딘가의 "강 위에는 화개장을 향해 장배가 물살을 거슬러 올라가고 있었다."는 표현대로, 옛날에는 화개장터까지 섬진강을 오르내리는 장배가 있었다고 한다. 그러므로 소설 속의 악양 사람들이 장배를 타고 내릴 때는 그 개치마을 나루터를 이용했을 것이다. 평사리 사내들은 기뻐서도 속이 상해서도, 영산댁 주막에 가서 술을 마신다. 영산댁 주막도 아마 그 나루터 근처에 있었을 것이고, 서희 일행이 평사리를 버리고 간도의 용정으로 떠날 때도 평사리삼거리를 지나 그 나루터에서 배를 탔을 것이다.

🌰 🌰 🌰

최참판댁 뒤에는 '토지문학관'이 있다. '토지'를 읽지 않은 사람은 물론이고, 읽은 사람도 여기를 둘러봐야 소설의 진가를 알 수 있다. 토지문학관에서 최참판댁 쪽으로 내려와서 동쪽으로 난 산길을 따라가면 고소성군립공원에 한산사가 있다. 한산사는 544년에 창건된 구례 화엄사와 창건연대가 비슷하다고 전해지는 고찰(古刹)이다. 한산사라는 이름을 가진 절은 중국에도 있는데, 그 절이 위치한 곳이 빼어난 절경이라고 한다. 평사리의 한산사에서 바라보는 경치도 절경이다. 거기에서 내려다보면 평사리들판이 한눈에 들어온다. 들판에는 평사리로 들어오는 찻길 아래에 악양루를 거느린 동정호가 있고 들판 한가운데는 부부송이 돋보인다.

동정호는 배후습지(背後濕地)로 된 호수이다. 평사리삼거리와 악양삼거리 사이에 둑(19번 국도)을 쌓기 전에는 홍수로 섬진강물이 넘치면 동정호 주변까지 강물이 마음대로 드나들었다고 한다. 동정호 부근은 지대가 낮아서 들어왔던 강물이 빠져나가지 못하고 그곳에 머물었고, 또 큰비가 와서 악양천이 평사리 들판을 덮칠 때도 물이 물러나지 않고 동정호 부근에서 머물렀던 것 같다. 그래서 옛날의 동정호는 꽤 넓은 호수였다고 한다. 그랬는데, 섬진강과 평사리들판 사이에 둑이 생기고 악양천도 큰물을 견디도록 달랜 후부터는 호수에 고인 물이 점점 말라서 원형조차 알아보기 어려운 늪이 되었는데, 그 후로 늪 가장자리 일부는 논으로 개간되었고 나머지는 습지로 방치되었다. 그랬던 곳을 하동군에서 2009년부터 이 일대를 각종 동식물이 서식하는 생태공원으로 조성하였다. 중장비를 시켜서 땅을 파고 물을 가두어 반듯한 호수를 만들고, 호숫가에는 누각도 짓고, 호수 주변에 나무와 화초도 심고, 진입로와 산책로도 새로 만들고…… 그리하여 지금 동정호는 이름난 관광명소가 되었다.

본래 악양루는 악양삼거리 부근의 미금리 개치마을에 있었다. 그런

데 그곳은 섬진강과 악양들판이 내려다보여서 조망이 좋기는 하나 19
번 국도의 대로변에 있어서 엄청난 교통량 때문에 지반의 흔들림이
심하고 먼지가 많이 쌓여 있었다. 거기다가 주차공간이 없어서 사람
들의 발걸음이 닿지 않았다. 그래서 그것을 헐어버리고 동정호 가에
새로 누각을 세워 악양루라고 이름표를 붙인 것이다. 개치마을의 악

평사리 들판 가운데 자리한 동정호.

양루가 동정호 가에 새로 누각을 지어 이사를 한 셈이다.

평사리 들판 한가운데 어깨동무를 하듯 다정히 서 있는 두 그루의 부부송은 소설 『토지』로 평사리가 이름을 날리자 악양 사람들이 심은 것이다. 한 그루는 '길상'이고 다른 한 그루는 '서희'다. 평사리에는, 관광객이며, 여행객이며, 답사팀이며, 사시사철 사람들의 발걸음이 그치지 않는다. 부부송은 평사리를 찾아오는 사람들에게는 '어서 오시라'고, 구경을 마치고 돌아가는 사람들에게는 '안녕히 가시라'고 인사를 할 것이다.

✿ ✿ ✿

악양면의 지형은 여기보다 더 나은 곳이 있을까 싶을 만큼 이상적이

다. 평사리들판은 평사리를 지나 깊숙이까지 들어가서 악양 땅 한복판을 차지하고 누워 있다. 하동 사람들은 평사리들판을 '무덤이들'이라고 부른다. '들' 자를 빼 던져버리고 그냥 '무덤이'라고 부르

동정호 가에 새로 건축된 악양루.

는 사람도 많다. 무덤이는 뿌리를 자른 기다란 김장 무의 한가운데를 자른 아래 부분을 종이에 그린 평면도라고 생각하면 머리에 쉽게 떠올릴 수 있다. 뿌리 부분이 북쪽이고 자른 면이 남쪽이다. 자른 면에는 둑을 높이 쌓았고 그 둑 위로 19번 국도가 달린다. 둑 아래에는 섬진강이 흐른다. 나는 그 둑길을 수도 없이 지나다녔지만 매번 무심코 지나가서 그 길이가 정확히 얼마인지는 모르고 대충 2km쯤으로 짐작했는데, 악양면사무소에 전화를 걸었더니 1km 670m라는 대답이 왔다. 무덤이 가장자리를 따라 도는 찻길 바깥에는 크고 작은 30여개의 마을이 흩어져 있다. 찻길에서 가까운 곳에 있는 마을도 있고 멀리 산비탈에 붙어 있는 마을도 있다. 마을은 무덤이 근처를 지나 산속 깊은 곳으로도 들어간다.

평사리 황금 들판에 서 있는 부부송(夫婦松).

무덤이만 논이 아니다. 마을 근처에도 많은 논이 딸려 있고 밭도 많다. 논이 많기로는 악양이 하동군의 두 번째이지만 논과 밭을 합해서 따지면 악양은 하동군에서 가장 넓은 농경지를 품고 있다. 그래서 악양 사람들의 살림살이는 어느 곳보다 넉넉하고 따습다. '거지가 악양에 들어와서 얻어먹으면 3년을 먹어도 세 집이 남는다'는 말이 있을 정도이다.

마을과 농경지는 지리산 쪽으로도 깊게 들어가 앉았다. 마을과 농경지가 끝나면 끝나기가 무섭게 지리산의 봉우리들인 신선봉, 형제봉, 거사봉, 시루봉, 칠성봉, 구재봉과 그 산줄기들이 악양의 3면을 병풍을 둘러치듯 감싸고 있다. 남쪽은 시원하게 툭 트이고 멀리 19번 국도와 나란히 섬진강이 흐른다. 집으로 말하면 악양은 배산임수(背山臨水)

의 명당에 자리 잡은 남향집이다. 산이 감싸주고 볕이 잘 드니 악양의 지명이 악양(岳陽)인 것이다.

악양의 맨 끝에 있는 마을 뒤에는 거사봉과 시루봉이 턱 아래를 굽어보고 있다. 어디든지 산봉우리가 이웃해있으면 골짜기가 있고 거기에 물이 흐르듯, 거사봉과 시루봉도 골짜기를 만들어서 남쪽으로 물을 흘러 보낸다. 그 물줄기가 악양천이다. 악양천은 산비탈에 붙어있는 논에 골고루 물을 나눠주고 산비탈을 벗어나서는 제법 큰 내(川)가 되어 무딤이들을 흠뻑 적시고 섬진강 속으로 숨는다.

🌸 🌸 🌸

회남재에서 바라본 악양 들판.

　악양 땅은 토질이 좋다. 농토를 적셔주는 물이 있고, 햇볕이 잘 들고, 거기다 토질까지 좋으니 악양 땅은 농작물을 잘 키울 수밖에 없다. 벼농사가 잘되고 수확량이 많은 것은 말할 것도 없고 녹차 밭도 넓다. 악양에는 특산물이 많은데 그중 으뜸이 대봉감이다. 대봉감은 내가 알기로 감 중에서 가장 크고 가장 맛있는 감이다. 전라도나 다른 고장에도 대봉감이 있으나 그 맛과 향은 악양대봉감과 비교할 수 없다.
　『디지털하동문화대전』에 따르면, "악양면은 분지형 지형으로 바람 피해가 적고 겨울이 따뜻하여 동해(凍害) 위험성이 낮고 대봉감 성숙기에 일교차가 크고 강우량이 많으며 배수가 잘되어 대봉감의 품질이 우수하다. 악양면은 경지 면적 204ha에서 3,468톤의 대봉감을 생산하여 대봉감 및 곶감 생산 판매로 연간 약 100억 원의 매출을 올리고 있다."고 한다. 악양면 축지리는 대봉감의 시배지로 알려져 있다

내 어린 시절에는 대봉감을 홍시로 먹었다. 요즘 들어서는 곶감을 만들기도 하는데 대봉감은 역시 홍시가 제격이다. 하동읍에도 곳곳에 대봉감나무가 있다. 사람들은 대봉감이 감나무에서 홍시가 될 때까지 기다리지 않는다. 감이 주황색으로 짙어지면 나무에서 딴다. 그때 딴 대봉감은 딱딱하기도 하려니와 떫어서 먹을 수가 없다. 사람들은 감을 상자나 광주리에 담아서 한곳에 놓아둔다. 내가 어렸을 때는 대개 시렁 위에 많이 올려놓았다. 그렇게 며칠을 놔두면 2~3일 만에 두서너 개씩 홍시가 된다. 하동사람들은 대봉감을 홍시로 그냥 먹기도 하고 가래떡이나 인절미를 조청에 찍어먹듯 떡을 대봉감에 찍어먹기도 한다. 옛날에는 대봉감이 임금님에게 진상물로 올려졌다고 한다. 해마다 11월이 되면 섬진강변의 평사리공원에서 대봉감 축제가 열린다.

❀ ❀ ❀

악양은 경치도 빼어난 곳이다. 나는 고향을 떠난 지가 수십 년이고 해마다 한두 번 고향에 내려갈 때마다 평사리들판 가의 19번 국도를 지나가지만, 그곳의 경치를 눈여겨보지 않아서 그것이 언제 어떻게 좋은지 구체적으로 알지는 못했다. 그래서 나는 컴퓨터를 열어보았다. 컴퓨터에는 악양에 다녀온 수많은 사람들이 찍은 악양의 풍경

사진을 그들의 블로그(blog)나 카페(cafe)에 올려놓았다. 엄청나게 많은 그 사진들을 하나하나 모두 본다는 것은 불가능하여서 최근에 올려놓은 사진들만 찾아보았는데, 사진은 대략 세 가지로 분류되었다.

맨 먼저, 둑길이나 들판 어딘가에서 부부송과 멀리 산등성이를 배경으로 무딤이들(평사리들판)을 찍은 사진이다. 무딤이들을 찍은 사진은 봄, 여름, 가을에 찍은 것이 대부분이나 겨울풍경도 몇 장 볼 수 있었다. 봄에는 자운영이 연보라색 융단을 깔아서 아름답고, 청보리가 들판을 가득 채우고 물결치는 장관도 눈부시다. 여름의 무딤이들은 푸른 벼가 쑥쑥 자라고, 가을에는 허수아비가 홀로 지키는 황금들판이 평화롭고 풍요롭다. 사진마다 들판에 서 있는 부부송은 사진에 따라 다정하기도 하고 처연하기도 하다. 멀리 가로지르는 산등성이는 사진마다 색깔도 다르고 위용도 다르다. 그 아래에 흰 안개가 걸쳐 지나가면 신비스럽기까지 하다. 동정호 부근에는 갖가지 꽃들이 예쁘게 피었고 악양루에는 어느 선비가 시조를 한 수 읊조리고 있는 듯하다.

다음은 고소성이나 한산사에서 평사리를 내려다보고 찍은 사진이다. 들판에서는 섬진강을 볼 수 없다. 둑길 위에서 남쪽으로 서면 섬진강은 보이지만 들판을 찍을 수 없다. 그런데 고소성이나 한산사에 오르면 들판과 둑길, 그리고 섬진강이 한눈에 들어온다. 악양(평사리)의 풍경에서 섬진강이 빠지면 가족사진에서 어머니가 빠진 격이다. 벚꽃이 한창일 때 둑길에는 하얀 벚꽃이 터널을 이루며 하늘을 가린다. 그 남쪽에는 푸른 섬진강이 이리저리 꿈틀거리고 북쪽 들판에는 보리가 온통 녹색물감을 풀어놓았다. 들판 앞쪽에는 동정호, 들판 한

악양 평사리 들판의 4계.

가운데는 부부송이 선명하다. 들판이 끝나는 가장자리에는 악양삼거리 쪽의 축지리 마을이 보인다. 마을 뒤편에는 구재봉이 우뚝하고 하늘에는 흰 구름이 두둥실 떠서 흘러가는 풍경, 이런 풍경을 만나려면 고소성이나 한산사에 올라가야 한다.

악양을 둘러싸고 있는 높은 산봉우리나 능선에서 내려다보는 경치도 일품이다. 고소성에서 능선을 따라 올라가다가 처음 만나는 높은 산봉우리가 형제봉이다. 형제봉에는 5월에 철쭉꽃이 장관이다. 거기에서 카메라 렌즈를 맞추면 사진 앞쪽에 철쭉꽃이 만발하고 저 멀리 아래에는 무딤이가 일부 마을과 함께 내려앉았으며 섬진강이 굽이치는 양쪽에는 구재봉과 전라도 백운산이 우뚝 솟아있다. 회남재에서

형제봉 철쭉.

남쪽으로 바라보면 악양골짜기 전체가 한눈에 들어온다. 거기서는 악
양천이 산자락 끝에 매달린 농경지를 헤집고 무딤이를 만나러 가는
모습도 볼 수 있다. 구재봉에서는 산 아래 마을과 무딤이가 한눈에 들
어오고 멀리 평사리 마을도 아련히 보인다. 구재봉에서 내려다보면
섬진강이 구례 쪽으로 거슬러 올라간다.

　사진으로 본 악양은 어디서 보든, 우리나라 어디에 이렇게 아름다운
곳이 있을까 싶게 경치가 감탄스럽다. 누군가의 글에는 "계절이 점점
깊어지면서 황금빛으로 물들어가는 가을의 평사리 들판은 눈물겹도
록 아름답다."고 표현했다. 이중환의 『택리지』에도 "악양은 산수가

아름다워 사람이 살기 좋다."고 적혀 있다.

악양은 지난 2009년 국내 5번째, 세계 111번째로 국제슬로시티에 가입되었다. 악양은 세파에 지친 사람들에게 사색과 느림의 땅, 힐링 (healing)의 땅이다. 그래서 평사리를 구경하러 오는 사람들 말고도 사시사철 많은 사람들이 찾아온다. 악양의 경치에 취해 걸으면서 살아온 과거를 뒤돌아보고 살아갈 미래를 내다보며 몸과 마음을 달래는 사람들의 발길이 그칠 새가 없고 등산객의 발걸음도 줄을 잇는다. 형제봉과 구재봉에는 행글라이더(hang-glider) 활공장이 있다. 그곳에서 행글라이더에 몸을 맡기고 하늘에서 악양을 내려다보며 탄성을 지르는 사람도 많고, 철쭉 등 악양의 산과 들에 피는 꽃을 구경하러, 또는 악양의 아름다움을 사진에 담기 위해 달려오는 사람도 많다. 그중에는 악양에 반해 짐을 싸들고 와서 아예 거기에 눌러앉는 사람도 여럿이라고 한다. 농사지을 땅을 찾아서 귀농하는 사람도 많다고 한다.

행글라이더에 몸을 맡기고 하늘에서 악양
을 내려다보며 탄성을 지르는 사람도 많고,
철쭉 등 악양의 산과 들에 피는 꽃을 구경하
러, 또는 악양의 아름다움을 사진에 담기 위
해 달려오는 사람도 많다. 그중에는 악양에
반해 짐을 싸들고 와서 아예 거기에 눌러앉
는 사람도 많다.

품질 뛰어난 하동 매실

  악양에 눌러앉지 못한 사람들은 그곳을 떠나야 한다. 자동차로 악양을 떠나는 길은 19번 국도로 화개 쪽으로 가는 길과 하동읍 쪽으로 가는 길 밖에 없다. 악양삼거리를 지나기 바쁘게 곧 하동읍 흥룡리이다. 19번 국도에는 여전히 양편에 벚나무가 줄지어 서고 찻길 오른편은 섬진강이 바짝 붙어 흐른다. 찻길 왼편은 산비탈이다. 산비탈 여기저기에는 작은 마을들이 붙어있고 손바닥만 한 곳이라도 땅만 있다 싶으면 매실나무와 밤나무가 빽빽하다.

  매실나무에 피는 꽃이 매화이다. 3월이면 하동읍 흥룡리와 섬진강 건너편의 광양 다압면 매실마을에 매화가 흐드러지게 핀다. 그 무렵에 다압면 홍쌍리 매실마을은 꽃구경 온 사람들로 발 디딜 틈이 없다. 나는 언젠가 친구의 모친상에 문상하러 고향에 내려간 적이 있는데 그때가 마침 매화가 한창 관광객을 불러모을 때라, 하동읍은 물론이고 인근에서도 잠자리를 찾지 못하고 저 아래 남해안고속도로 근처까지 밀려 내려가서야 모텔 수준의 호텔 하나를 겨우 찾을 수 있었다.

매화는 보고 싶은데 사람들이 북적거리는 곳은 질색하는 사람들은 다압면으로 가지 않고 하동읍으로 온다. 매화가 아름다운 한적한 마을을 조용히 거닐고 싶은 사람들에게는 흥룡리가 제격이다. 흥룡리 위쪽으로 산길을 따라 올라가면 '먹점'이라는 산골 마을이 있는데, 그곳에 무리를 지어 피는 매화는 일품이다. 그곳에는 자연 속에 핀 매화를 사진에 담으려는 사진작가들이 많이 찾아온다고 한다.

✿ ✿ ✿

전국적으로 이름이 많이 알려진 곳은 광양 홍쌍리매실이다. 그러나 하동 사람들은 물론이고 매실을 잘 아는 사람들은 홍쌍리매실보다는 하동매실에 더 높은 점수를 준다. 하동매실은 초등학교 교과서에도 소개된 것 같다. 컴퓨터를 두드려 인터넷을 들어가 보니, 어떤 어린이가 5학년 사회 91쪽의 '하동매실'에 대하여 쓰려고 한다면서, "하동매실에 대하여 자세히 알려 주세요."라고 하니까, 하동군청에서 『디지털하동문화대전』을 인용하여 이렇게 답변했다.

"하동 지역의 매실은 지리산의 맑은 공기와 섬진강의 맑은 물 등 최상의 자연조건에서 재배된다. 친환경적으로 재배되고 있으며 다른 지역 매실보다 단단하고 향이 독특하여 전국적으로 지명도가 높아 큰

인기를 얻고 있다. 5~7월에 생산되며 재배 면적이 118ha로 하동 전역
에 골고루 퍼져 있다. 하동 지역의 매실은 '청매실'이라 하여 오래전
부터 재배되어 왔는데 열매는 작지만 향이 아주 강하여 애호가들이
많이 찾고 있다."

　왜 하동매실이 좋을까? 나는 고향의 친구들에게 물어보았는데, 그
결론은 강 건너 다압면보다 하동읍이 일조량이 더 많다는 것이다. 하
동읍에서 다압면은 지척이다. 이쪽에서 저쪽은 직선거리로 1km도 채
안 된다. 그래서 두 곳은 기후나 토질은 같다고 봐야 한다. 그런데 하

동읍은 섬진강이 앞을 틔워 햇볕이 하루 종일 잘 드는 데 비해 다압면 매실마을은 무등산이 앞을 가려서 일조량이 하동읍만 못하다. 집으로 말하면 두 곳 다 배산임수의 터인데, 하동읍은 남서향 집이고 다압면 은 동북향 집인 셈이다.

이런 가능성도 있지 않을까 싶다. 1970년대 이후 정부는 치산녹화 사업으로 하동과 광양에 매화나무를 집중적으로 심었는데, 다압면의 홍쌍리매실농원에는 홍씨의 시아버지가 일본에서 매화나무를 가져와 서 심었다고 한다. 그렇다면 하동매실은 우리나라 토종이고 홍쌍리매 실은 일본산이 아닐까? 그래서 앞서 『디지털문화대전』에서 설명한 것 처럼, 하동매실은 열매는 작지만 향이 아주 강하여 애호가들이 많이 찾고 있는 게 아닐까? 나는 팔을 안쪽으로 굽혀 이렇게 추측해 본다.

언젠가 지방신문에서 다음과 같은 기사를 읽은 적이 있는데, 이 기 사도 하동매실의 우수성을 말해 주는 것이다.

"지리산과 섬진강 일원에서 생산된 전국 최고 품질의 유기농 하동 매실 가공품이 중국 수출길을 텄다. 하동군은 15~20일 중국 시안의 대당서시(大唐西市) 한국관에서 열린 향토제품 수출과 유통품평회에서 현지 유통업체와 74만 달러(한화 약 7억 8,300만 원)어치의 가공품 수출 MOU를 체결했다고 25일 밝혔다."

하동군농업기술센터에서는 매실을 이용한 음식을 지속적으로 연구 개발하여 보급하고 있다고 한다. 그리고 매실 가공식품으로는, 매실 엑기스, 매실 미주, 매실 원액, 매실 장아찌, 매실 고추장, 매실 된장, 매실 차, 매실 환, 매실 김치, 매실 젤리, 매실 시럽, 매실 식초 등이 있다고 한다. 끝으로 한마디 더, 하동매실은 홍쌍리매실보다 값이 싸다.

✿ ✿ ✿

홍룡리를 지난 19번 국도는 하동읍 화심리로 들어선다. 화심리는 소설 『토지』에서 최참판댁의 주치의 격인 문 의원이 사는 마을이다. 화심리 앞에는 만지 배밭이 있다. 이 배밭은 섬진강이 모래와 부엽토를 날라다 만든 곳이다. 그래서 토질이 좋고 배 맛도 좋다. 만지배는 당도가 높고 연하며 향긋한 맛이 일품으로 일본 등 해외로 수출하고 있다. 만지를 지나면 하동읍 두곡리다. 섬진강은 두곡리 앞에서 갑자기 기역자로 꺾이면서 강가를 깊이 파놓아서 19번 국도가 황급히 우회전을 한다. 그런 다음에 곧 길이 두 갈래로 갈리는데, 곧장 달리면 섬진강을 따라 읍내를 한 바퀴 돈 다음 남해 쪽으로 가고, 왼편으로 방향을 틀면 거기서부터 하동읍 읍내리이다. 내가 태어나고 자란 집은 하동읍 읍내리 397번지에 있다. 하동사람들은 내 고향집이 있는 마을을 '동구'라고도 하고 '동광동'이라고도 한다.

2부

모든
추억은 아름답다

어머니는 돈이 되는 것이라면 무엇이든지 마다하지 않았다. 장이 서지 않는 무싯(無市)날에는, 어머니는 하동 장에서 간갈치나 간조기 등을 떼다 머리에 이고 삼십 리 길을 걸어서 적량면 삼화실까지 가서 마을을 돌아다니며 팔았다.

하동유 유내리
397번지

내가 고향에서 자랄 때와 비교하면 하동읍도, 동구도 몰라보게 달라졌다. 내가 자랄 때에는 동구 입구에 들어서면 왼편에는 탱자나무를 울타리로 두른 기와집이 두 채, 오른편에는 경찰서를 지키는 높은 담이 있었다. 그 사이로 난 좁은 길로 들어가면 50m 남짓한 곳에 우물이 하나 있었고 그 다음부터는 가파른 까크막(깔크막, 비탈)이다. 거기에는 작은 초가집들이 다닥다닥 웅크리고 앉아 있었다. 우리 집은 까크막을 한참 올라가서 동구 끄트머리께 있었다. 동구는 가난한 동네였고 지금도 가난한 동네다. 우리 집도 무척 가난했다.

우리 집은 2칸도 채 안 되는 작은 초가집이었다. 중간 정도 크기의 방이 하나, 부엌에 딸린 작은 방이 하나 있었고 마당은 손바닥만 했다. 그 집에서 나는 해방이 된 지 이태 만에 태어났다. 우리 가족은 아버지와 어머니, 그리고 홀로 된 큰아버지와 막내누님과 나, 다섯이었다. 큰방은 어머니와 막내누님과 내가 쓰고 부엌방은 아버지와 큰아버지가 썼다. 우리 집은 전기가 없었다. 저녁이 되면 두 방을 등잔불로 밝혔다. 나는 고등학교 졸업할 때까지 등잔불 아래에서 공부했다.

나는 2남 3녀 중 막내로, 우리 어머니가 마흔에 낳으셨다. 막내누님 위로 출가한 누님 두 분과 미혼인 형님이 있었는데, 큰누님은 부산에 살았고 둘째누님은 우리 동네 건너편의 생기물에 살았다. 형님은 국민학교를 졸업하고 부산의 누님 집에 가서 주노야학(晝勞夜學)을 했다. 나와 형님과는 열 살 터울이고 큰누님과는 스무 살 터울이다. 원래 우리 어머니는 아들과 딸을 합해서 열을 낳았다고 한다. 그런데 다섯은 잘못되어서 잃고 우리 5남매만 건졌다고 한다. 막내누님과 나 사이에도 둘을 잃었다고 한다. 그래서 어머니는 나도 잘못될까 봐 노심초사했다고 한다. 어머니는 나와 형님을 끔찍이도 귀하게 여겼다. 나는 국민학교에 들어가서도 어머니 치맛자락을 붙잡고 어디든지 따라다녔다.

우리 아버지는 농사밖에는 모르는 분이었다. 우리 가족에게는 목골로 가는 길 근처에 밭이 두 뙈기 있었다. 하나는 토질이 좋은 제법 큰 밭이고, 하나는 돌멩이가 많은 조그마한 밭이었다. 논은 한 뼘도 없었다. 우리 아버지는 하루 종일 밭에 가서 살았다. 아버지는 농사밖에 몰랐다. 우리 집이 어떻게 돌아가는지 아버지는 잘 몰랐다. 농사 외의 모든 일은 어머니가 주관하셨다. 어머니는 농사일도 아버지 못지않게 많이 하셨다. 틈틈이 장사도 하셨다. 어머니는 가사와 장사와 농사일에 쫓겨서 늘 잠이 모자랐다.

우리 집은 보리농사와 고구마농사를 주로 했다. 보리는 우리 가족의 양식이었고 고구마는 빼때기를 만들어서 팔았다. 그렇게 팔린 빼때기는 소주를 만드는 원료가 되었고 그것을 팔아서 받은 돈은 우리 집 살림에 큰 보탬이 되었다. 밭에 보리씨를 뿌릴 때 밀씨도 조금 섞어 뿌렸다. 고구마 밭에는 사이사이에 열무, 호박, 콩, 팥, 녹두도 가꾸었다. 목화를 조금 거두는 해도 가끔 있었다. 밭농사 덕분에 우리 가족은 보리밥이긴 해도 밥을 굶지는 않았다. 밭에서 얻은 곡물로 이따금 콩칼국수나 팥칼국수도 해먹었다. 호박죽도 가끔 끓여서 이웃집과 나누어 먹었다. 고구마는 질리도록 먹었다. 주로 삶아서 먹고 불에 구워서도 먹었다. 겨울밤에 갑자기 입이 심심할 때는 생고구마를 깎아먹기도 했다. 땔감이 넉넉해서 겨울에는 방도 따뜻했다.

문제는 가용(家用)이었다. 우리 집에는 돈이 귀했다. 그래서 장날이 되면 어머니는 밭에서 열무를 뽑아서 장에 가서 팔기도 하고 고구마를 삶아서 팔기도 하여 돈을 만들었다. 봄에는 배피떡을 만들어서 팔았고, 여름에는 우무가사리를 고와서 콩물과 섞어 팔기도 하였다. 겨울에는 팥죽장사도 하였다. 어머니는 돈이 되는 것이라면 무엇이든지 마다하지 않았다. 장이 서지 않는 무싯(無市)날에는, 어머니는 하동 장에서 간갈치나 간조기 등을 떼다 머리에 이고 삼십 리 길을 걸어서 적량면 삼화실까지 가서 마을을 돌아다니며 팔았다. 삼화실은 우리 아버지의 고향이다. 어머니가 삼화실로 장사를 가면 나도 어머니를 따라가곤 했다.

　내가 국민학교에 들어가기 전의 기억은 생기굴에 있었던 서당에서 약 두 달간 천자문을 배웠던 것 말고는 희미하다. 우리 집 바로 옆집에 친구 WY네 집이 있었다. 우리 어머니는 WY 할머니보다 나이가 대여섯 살 아래지만 두 분은 자매처럼 친구처럼 가깝게 지냈다. WY네 집은 우리 집보다 조금 크고 마루도 넓고 높았다. 나와 WY는 그의 집 마루 밑에 들어가서 딱지 따먹기도 하고 장난도 치면서 놀았던 기억이 남아 있다. WY는 지금까지도 나와 우정을 나누는 죽마고우다. 우리 집 왼편에는 홍석이의 집이 있었다. 나는 홍석이하고도 같이 많이 놀았다.

　내가 세 살 때 6·25 전쟁이 터졌지만 나는 6·25를 몸으로 겪지는 않았다. 나이도 어렸거니와 하동읍이 인민군에게 시달린 것은 석 달 정도밖에 안 되었기 때문이다. 다만 우리 뒷집에 방공호를 파고 이웃 사람들과 같이 거기에 숨었던 기억이 어렴풋하다. 그렇지만 전쟁이 끝나고 난 후 몇 년 동안의 기억은 언뜻언뜻 떠오른다. 부산을 죄어오던 인민군은 국군과 유엔군의 반격을 받자 일부는 지리산으로 숨어들었고 휴전이 되자 놈들은 오도 가도 못하고 지리산에 갇히게 되었다. 빨갱이 또는 빨치산으로 불리는 놈들은 밤이면 지리산 자락에 있는 마을에 내려와서 양민들을 괴롭혔다. 양식을 빼앗고, 소를 끌고 가고, 사람을 붙들어 가거나 죽이기도 했다. 하동군은 빨갱이들에 의한 피해를 가장 많이 본 곳 중의 한 곳이다.

그 무렵 우리 이모는 지리산 산골에 살았다. 나는 어머니와 형님과 막내누님과 함께 이모 집에 가서 하룻밤을 잔 적이 있다. 그런데 한밤중에 총소리가 요란했다. 우리는 모두 이불을 뒤집어쓰고 벌벌 떨면서 밤을 지새웠다. 다음날 아침에 이모가, 지난밤에 빨갱이들이 동네에 내려와서 경찰과 총격전을 벌였다는 뉴스를 가지고 오셨다. 골목 여기저기에 핏자국이 떨어져 있고 놈들이 마을의 소를 몇 마리 산으로 끌고 갔다고 했다. 그 무렵에는 하동읍에까지도 경비행기가 날아다니며 삐라를 뿌렸다. 아마 빨갱이들에게 자수하기를 권유하거나, 주민들에게 놈들의 행색이 이러이러하니 조심하라거나 보이면 신고하라는 내용이었지 싶다.

우리 집에서 까크막을 얼마간 내려오면 경찰서 건물과 마당이 훤히 보인다. 장날이 되면 경찰서는 마당에 총살된 빨갱이들을 쭉 늘어놓고 장꾼들을 유도하여 놈들을 보게 하였다. 그것도, 주민들에게 놈들의 행색이 이러이러하니 조심하라거나 보이면 신고하라는 목적이었던 같다. 나는 집을 오르내리며 그런 광경을 여러 번 보았다. 장꾼들과 섞여 경찰서 마당에 들어가서 가까이 본 적도 있다. 어머니는 그런 곳에는 가지 말라고 꾸지람을 하셨다.

옛날에는 경찰서에서 정오와 자정에 오포를 불었다. 경찰서에서 사이렌이 울리면 우리는 "오포 분다"고 했다. 우리 동네는 경찰서 바로 뒤여서 오포 소리가 매우 크게 들렸다. 오포 소리는 어린 우리들 얼굴에 팽팽한 긴장감과 공포심을 찔러 넣었다. 젖먹이 중에는 놀라서 우는 아이도 있었다. 우리 집에는 시계가 없었다. 우리 집처럼 시계가 없는 집에서는 오포 소리로 점심때가 된 것을 알았고 오포 소리로 밤이 깊었다는 것을 알았다. 자정의 오포 소리는 사람들의 바깥출입을 막았다. 내가 들은 기억은 없지만, 아마 새벽 4시 무렵에 통금이 끝났음을 알리는 오포가 한 번 더 불었을 것이다.

천진난만했던 국민학교 시절

　우리 동네 입구이자 경찰서 앞인 삼거리는 하동에서 교통의 요지였다. 우리 집에서 까크막을 내려와 경찰서 앞에 서면 ⊥ 모양과 같이 동쪽, 서쪽, 북쪽으로 찻길이 나 있다. ⊥ 모양의 찻길 중에서 왼편(←)은 진주, 부산 방향이고 오른편(→)은 구례 쪽이며 앞쪽(↑)은 섬진강을 건너 광양, 순천 방향이다. 앞에서도 말했듯이 19번 국도는 강원도 홍천에서 출발하여 하동을 지나 남해 미조항까지 간다. 그런데 하동을 지나가는 국도가 또 하나 있다. 부산에서 길을 나서 하동에 잠깐 들렀다가 목포로 가는 2번 국도이다.

　두개의 길이, 하나는 남과 북을 잇고 다른 하나는 동과 서를 이으면 어딘가에서 열십자(╋)나 그와 비슷한 모양으로 사거리를 만들기 마련이다. 19번 국도와 2번 국도도 하동읍과 광양 다압면을 잇는 섬진교를 건너기 전에 그렇게 만난다. 그러나 그건 하동읍에 외곽도로를 새로 닦은 다음부터의 이야기다. 내 어린 시절에는 19번, 2번 두 국도가 경찰서 앞 삼거리에서 ⊥모양으로 만났다. 옛날 19번 국도는 구례 쪽에서 아래로 내려올 때 경찰서 앞에서 섬진강을 건너오는 2번 국도를 만나서 진주 방향으로 1km쯤 가다가 헤어졌다. 그리고 남해 쪽에서 올라올 때는 헤어진 지점에서 2번 국도를 만나 경찰서 앞까지 와서 남북으로 갈라섰던 것이다. 아무튼 옛날에, 경찰서 앞의 삼거리는 동, 남, 서쪽으로 찻길이 시작되는 곳이면서 그 세 방향에서 달려온 찻길이 모두 모이는 곳이었다.

옛날에는 경찰서 앞에서 남쪽(섬진강 방향)으로 난 찻길 오른편 안쪽은 읍내의 중심부이면서 5일장이 서는 시장통이었다. 찻길 왼편 바깥쪽은 조금만 벗어나면 평사리들판과 비슷한 넓은 들이 드러누워 있다. '너뱅이들'이다. 평사리들판을 무딤이라 부르기도 하듯, 하동 사람들은 하동읍의 너뱅이들도 '너뱅이'라 부르기도 한다. 무딤이가 부부송을 가슴 한가운데 품고 있듯이 너뱅이도 중앙에 '배섬'이라는 작은 마을을 앉혀 놓았다. 읍내 중심부와 너뱅이를 가르는 그 찻길을 따라 2백m 남짓 걸어가면 읍내 중심부가 끝나면서 길이 약간 오른쪽으로 휜다. 그 휘어진 길을 몇 걸음만 옮기면 그 오른편에 내가 다녔던 하동초등학교가 있다.

옛날의 하동국민학교 교사(校舍)는 일제 때 지은 2층 목조건물이고 그 앞에는 폭이 2~3m 쯤 되는 화단이 길게 잘 가꾸어져 있었다. 화단과 운동장 사이에는 계단이 몇 개 놓여 있었다. 운동장은 아주 넓었다. 맞모금으로 100m 달리기 코스를 그리고도 남을 정도였다. 운동장 끝에도 교실이 다섯 칸인가 여섯 칸인가 있는 단층짜리 신교사(新校舍)가 또 있었다. 운동장 바깥 남서쪽에는 '남당'이 자리를 잡았고 운동장 동쪽에는 2번 국도변에 줄지어 심어진 아름드리 사꾸라나무(벚나무)들이 운동장까지 가지를 뻗치고 있었다. 그래서 쌍계사십리길에 벚꽃이 만발할 때 학교 동쪽의 2번 국도도 사꾸라꽃(벚꽃)이 만발하여 쌍계사 십리벚꽃길 못지않게 아름다웠고, 여름에는 사꾸라나무에 잘 익은 버찌가 주렁주렁하였다. 우리는 운동장 가의 시멘트 담 위에 올라가서 그 버찌를 따서 먹고 입술에 검보라색 구찌부노(입술연지)를 발랐다. 찻길 아래쪽은 개울이었다. 우리는 그 개울에서 여름에는 송사리나 미꾸라지 따위의 물고기를 잡고 겨울에는 썰매를 신나게 탔다.

❦ ❦ ❦

나는 6·25가 휴전이 된 다음해에 하동국민학교에 들어갔다. 1학년 때는 담임 성함이 박광용 선생님이라는 것 말고는 특별히 기억나는 것이 없다. 그런데 2학년에 올라가서는 큰 사건을 하나 터뜨린 기억이 뚜렷하다. 우리 반에는 WJ라는 여자아이가 있었다. WJ는 내 고모님 집에 세를 들어 살았다. WJ는 얼굴이 곱상한 순둥이였다. 나는 어머니를 따라 고모님 집에 자주 갔다. 연세가 많은 고모님은 나를 끔찍이 사랑하셨다.

WJ의 어머니도 나를 반가워하셨다. WJ의 어머니는 WJ가 순둥이여서 학교에 가면 장난꾸러기 남자아이들이 짓궂게 하지 않을까 걱정을 많이 하시는 것 같았다. 내가 고모님 집에 가면 WJ의 어머니는 "석규야, 머시마들이 우리 WJ를 찝쩍거리면 니가 못 찝쩍거리게 좀 말려주라이." 하시면서, 과일이나 찐 강냉이 등을 뇌물로 주시곤 했다. 아미다마(눈깔사탕)나 누룽밥을 주실 때도 있었다. 나는 뇌물을 받아먹을 때마다 WJ를 보호해야겠다는 사명감에 불탔다.

2학년 담임은 이점원 선생님이었다. WJ의 어머니한테 뇌물을 받아먹은 값을 언제 할까 하고 노리던 나에게 담임 선생님이 드디어 기회를 주셨다. 자리를 바꿀 때였다. 선생님은 책상과 걸상을 다섯 줄로 놓고 맨 뒷자리에는 새로 임명한 분단장을 앉혔다 그리고선 옆자리는 분단장이 같이 앉고 싶은 사람을 고르라고 재량권을 주셨다. 마침 그때 선생님은 나를 분단장을 시켜주셨다. 우리 반 아이들은 남자 분단장은 남자를 짝으로, 여자 분단장은 여자를 짝으로 정할 것이라 생각했고, 다른 분단장들은 다 그렇게 짝을 지어 앉았다. 아무도 남자 분단장이 여자아이를, 여자 분단장이 남자아이를 짝으로 부를 것이라고는 상상도 못했다.

그러나 나는 그 무렵부터 신사조(新思潮)와 신문화를 받아들이고 있었다. 세상은 아직도 공자왈 맹자왈 하며 '남녀칠세부동석'을 고집하고 있었지만, 나는 남녀칠세가 되면 오히려 손을 꼭 붙잡고 필(必)히 동석을 해야 한다는 '남여칠세필(必)동석'을 외치는 선각자였다. 또 좋아하는 여자는 '좋아한다'고 남들 앞에 떳떳이 말할 수 있어야 남자다운 남자라고 믿고 있었다. 나는 주저 없이 WJ를 짝으로 찍었다. 내가

WJ를 호명하는 순간, 아이들은 모두 킥킥거렸고 WJ는 가만히 내 옆자리로 와서 앉았다.

　내가 숫기가 없는 아이였다면 아마 나는 아이들로부터 '가시나 보태기'라고 놀림을 많이 받았을 것이다. 그러나 나는 암시랑토(아무렇지도) 않았다. 사실, 나는 어렸을 때 제법 맹랑했다. 지금은 키가 작은 편이지만 국민학교 때는 물론이고 고등학교 2학년까지는 중키에 가까웠다. 운동도 가리지 않고 남들 흉내는 냈고 다른 아이들과 싸움이 붙어도 맞는 만큼 때려줄 힘도 있었다. 나는 상대를 제압을 했으면 했지 쉽게 제압당하지 않았다. 공부도 곧잘 하는 편이었다. 그래서 그런지, 나는 반 아이들로부터 가시나 보태기라고 놀림을 별로 받지 않았다. 그랬는데 중학교 1학년 때 한 녀석이 뜬금없이 내가 WJ를 짝으로 삼았던 그 일을 끄집어내면서 이기죽거렸다. 그래서 나는 그 녀석과 치고받고 한바탕 싸운 적이 있다.

　그런데 알다가도 모를 일이다. WJ와 나는 그 에피소드가 있은 이후로 한 번도 둘이 만난 적이 없다. WJ와 나는 같은 중학교를 다녔다. 중학교 때도 모르는 사이에 여러 번 스쳐 지나갔을 것이지만 얼굴을 마주하고 만난 적은 없다. 고등학교는 서로 다른 학교를 다녔다. 이성(異性)에 관심을 가질 나이에도 우리는 만나지 않았다. 내가 처음으로 WJ에게 전화를 한 것은 아마 내 나이 쉰쯤 때일 것이다. 그것도 우연이었다. 중학교 동기생 명부가 방바닥에 돌아다니기에 이리저리 뒤적거리다가 WJ의 주소와 전화번호가 눈에 들어와서 전화를 해본 것이다. 나는 국민학교 2학년이었던 해부터 40년이 넘어서야 WJ와 반갑게 목소리로 해후했다.

❀ ❀ ❀

　3학년 때의 담임은 박종두 선생님이다. 선생님은 연세가 40대 후반 쯤으로, 아마 교무주임(지금의 교무부장)을 맡고 계신 것 같았다. 선생님 댁은 학교 바로 옆 동네인 남당에 있었다. 점심시간이 되면 선생님은 나에게 선생님 댁에 가서 점심을 가져오라는 심부름을 시키셨다. 선생님 집에는 굉장히 큰 개가 있어, 내가 갈 때마다 사납게 으르렁거렸다. 나는 몹시 무서웠다. 그렇지만 선생님이 특별히 나를 심부름꾼으로 발탁해주신 것이 너무나 좋고 신이 났다. 사모님은 때마다 더운밥을 새로 지어 그 위에 계란을 깨서 얹어주셨다.

　한번은 선생님이 이렇게 말씀하셨다

　"아침밥 먹기 전에 국어책을 한 번씩 읽어라. 봉창이 벌럭벌럭하도록 큰소리로 읽어라."

　우리 어린 시절에는 창문 있는 집이 거의 없었다. 창문 대신 방의 벽을 조금 뚫어서 거기에 창호지를 발라 봉창을 만들었다. 봉창으로 바깥의 햇살이 방 안으로 들어오고 사람의 인기척도 들려왔다. 선생님은 봉창의 창호지가 책 읽는 소리로 펄럭펄럭 움직일 만큼 큰소리로 국어책을 읽으라는 것이었다.

　하루아침에 국어책을 처음부터 끝까지 읽는 것은 불가능했다. 그래서 나는 그 주(週)에 배우는 단원만 한 번씩 읽었다. 국어는 대개 한 주일에 한 단원씩 배웠다. 거의 하루도 빠지지 않고 읽은 것 같다. 그러니까 한 주일 동안 한 단원을 일곱 번씩 읽은 셈이다. 일곱 번보다 더 많이 읽은 적도 많았을 것이다. 요새는 동화책이나 위인전 등 읽을거리가 넘치지만 그때는 교과서 말고는 읽을 책이 거의 없었다. 선생님이 시키는 대로 국어책을 읽었더니 놀라운 변화가 일어났다. 나중에는 국어책을 처음부터 끝까지 줄줄 외우게 되었던 것이다. 지금까지도 3학년 1학기 국어책에 실려 있던 동시 한 편이 내 머릿속에 남아 있다.

> 할아버지 지고 가는 나뭇지게에
> 활짝 핀 진달래가 꽂혔습니다
> 어디서 나왔는지 노랑나비가
> 지게를 따라서 날아갑니다.
> 아지랑이 속으로 노랑나비가
> 너울너울 춤을 추며 날아갑니다.

지금은 머리가 녹슬어서 책을 읽을 때 책장을 넘기면 앞 장의 내용을 새까맣게 까먹기 일쑤지만, 어렸을 때 나는 기억력이 조금 좋았던 것 같다. 「오부자」라는 영화를 보았다. 아마 5학년 때였을 것이다. 그 무렵 나는 저녁에 시장통에 내려가서 거적을 깔고 앉아 '대한늬우스'를 가끔 보았다. 뉴스가 나오기 전, 자막에 8, 7, 6, 5, 4, 3, 2, 1 하고 숫자가 나왔는데 우리는 그 숫자를 큰소리로 따라 읽었다. 숫자가 뒤집혀서 나온 것 같기도 하다. 대한늬우스는 가끔 보았지만 「오부자」는 내가 태어나고는 극장에서 처음 본 영화였다. 「오부자」에서 아버지는 누구인지 기억에 없다. 아들들은 뚱뚱이(양훈)와 홀쭉이(양석천)와 합죽이(김희갑), 그리고 막둥이(구봉서)가 나왔다. 관객을 웃기는 코믹영화였다. 나는 영화를 본 후 첫 장면부터 끝 장면까지, 화면과 배우들의 대사를 거의 틀리지 않고 기억해 냈었다.

나는 박종두 선생님을 만나고부터 국어 과목이 좋아졌다. 시험 볼 때 국어만큼은 자신이 생겼다. 중학교 다닐 때도, 고등학교 다닐 때도 그랬다. 대학입학시험을 볼 때도 국어 시험은 별로 걱정하지 않았다. 나는 문학에 흥미와 관심이 많은 편이다. 책도 조금 읽는 편이다. 이 모두가 박종두 신생님의 영향이 적지 않다고 믿는다.

☙ ☙ ☙

4학년 담임 선생님 성함은 기억나지 않는다. 몇 년 전까지만 해도 기억했는데 어느 틈에 가물가물해지고 말았다. 선생님 얼굴이 어렴풋하게 떠오를까 말까 한다. 햇볕에 탄 듯 조금 거무스레한 사람 좋은 시골아저씨의 모습이었던 것 같다. 4학년 때의 기억은, 나를 포함한 몇몇 아이들이 방과 후에 선생님을 도우며 환경정리를 했던 기억만 어렴풋하다. 선생님은 우리에게 발갛고 넓적한 갱엿을 먹으라고 내놓으셨다. 그런데 갱엿을 나누기가 마땅치 않았다. 손으로 부러뜨릴 수도 없고, 입으로 벨 수도 없고, 망치로 깨뜨리는 수밖에 없었다. 선생님은 넓은 종이를 깔고 그 위에 갱엿을 올려놓은 다음 망치로 내려치셨다. 그 순간 갱엿은 산산조각이 나서 교실 사방으로 흩어졌다. 우리는 그것을 주워 먹으려고 두 눈에 불을 켜고 책상 밑을 더듬기도 하고 걸상을 들추기도 하고 먼저 집으려고 몸을 밀치기도 했다.

ጀ ጀ ጀ

5학년 때의 담임은 박상조 선생님이다. 선생님은 매우 젊은 분이었다. 높이뛰기를 잘하여 경남 대표로 뽑혔다고 한다. 선생님은 우리 동네에 살았거나 살다가 다른 동네로 이사를 간 것으로 기억된다. 그래서 선생님은 담임이 되기 전에도 나를 알고 계신 듯했다. 선생님은 나를 반장에 임명해 주셨다. 나로서는 국민학교에 들어가서 처음 해보는 반장이었다. 요즘은 초등학교도 아이들이 투표를 해서 반장을 뽑는 것 같은데 그때는 담임 선생님이 지명했다.

나는 우리 반을 대표하여 전교어린이회에 참석했다. 내 기억으로는 4학년 때에도 거기에 참석한 것 같은데 확실하지는 않다. 전교어린이회에는 4학년 이상 각 반 대표들이 모여서 우리 학교 아이들이 지난 1주일 동안 지키기로 한 생활목표와 실천사항을 잘 지켰는지 반성하고, 다음 1주일 동안 지킬 생활목표와 실천사항을 정하는 자리였다. 예컨대, '여름철 위생에 주의하자'는 생활목표를 먼저 정하고, 실천사항으로 1) '풋과일을 먹지말자' 2) '손발을 깨끗이 씻자'고 정하는 것이었다. 요즘이라면 실천사항 3)으로 '너무 찬 음식을 먹지 말자'는 의

견이 나왔을 법한데, 그 시절에는 냉장고가 없었기에 그런 의견은 없었다. '아이스께끼를 너무 많이 먹지 말자'는 의견이 나왔는지는 모르겠다.

　전교어린이회의는 엄숙하고 진지했다. 자기 의견을 발표할 때는 신중하고 조심스러웠고 남의 의견을 들을 때는 두 귀를 곤추세웠다. 가끔 내 생각과 다른 의견이 나와도 남의 의견을 존중했지 깔아뭉개지 않았다. 제 할 일은 하지 않고 허구한 날 물고 뜯고 싸우는 지금의 국회에 비하면 우리 국민학교 때의 전교어린이회는 열 배 백 배 훌륭했다. 나는 전교어린이회에 나가면서 회의에 참석하는 위의 학년 선배들과 안면도 텄다. 그때 안면을 튼 선배들은 중학교에 들어가서 나의 든든한 울타리가 되어주었다. 우리가 중학교 다닐 때는 하찮은 것을 가지고도 상급생이 하급생을 괴롭혔다. 모자를 왜 삐딱하게 썼느냐, 교복에 단 배지(badge)가 왜 삐딱하냐며 시비를 걸었다. 교복의 단추가 한두 개 잠기지 않았어도 불러 세웠다. 그래서 하급생은 저 멀리서 상급생이 오는 것이 보이면 가던 길을 바꾸어 피했다. 상급생 중에 아는 선배가 있으면 잘 건드리지 않았다.

＊ ＊ ＊

　드디어 6학년이 되었다. 나는 6학년 2반이었다. 담임 선생님은 우리가 호랑이 선생님이라고 무서워했던 김영채 선생님이다. 선생님은 키가 조금 작고 턱뼈가 앞으로 튀어나온 네모진 얼굴이었다. 그 무렵 우리 학교에서는 가을마다 '군내 국민학교 연합육상대회'로 기억되는 체육대회가 열렸다. 하동군 내에 있는 모든 국민학교에서 운동 잘하는 아이들을 뽑아서 우리 학교에 모여 실력을 겨루는 대회였다. 우리 담임 선생님은 그 대회에 나가는 우리 학교 대표선수를 훈련시키셨다. 선생님은 대회가 임박하면 오전 수업만 하고 운동장에 나가셨다. 오후 수업은 나와 영호이발관의 JW에게 맡기셨다. 나는 6학년 때 반장도 아니었는데 왜 선생님이 나에게 오후에 우리 반 아이들을 가르치라고 시켰는지 모른다. 아무튼 나는 신이 나면서도 겁이 났다. 배우지도 않은 내용을 어떻게 가르치라는 것인가. 나는 앞이 캄캄했다.

생각 끝에 바짝 마른 어머니의 주머니를 털어 헌책방에 가서 '전과'를 한 권 샀다. 교과서 말고 책이라고는 태어나서 처음 사보는 책이었다. 나는 전과를 미리 파고들었다. 내일 가르칠 내용이라면 오늘 머릿속에 집어넣었다. 요즘으로 말하면 선행학습을 한 것이다. 아무리 전과를 파서 가르칠 내용을 미리 공부한다 하더라도, 6학년이 1, 2학년을 가르친다면 모를까 어떻게 같은 6학년을 잘 가르칠 수 있겠는가. 기억은 또렷하지 않지만, 아마 죽을 쒔도 단단히 죽을 쒔을 것이다.

나와 JW는 선생님이 안 계신 동안에 장난을 치거나 떠드는 아이들의 이름을 칠판 구석에 적었다. 이름을 적힌 아이는 나중에 선생님이 혼쭐을 냈다. 담임 선생님은 매를 두 개 가지고 있었다. 하나는 둥글고 작은 나무 몽둥이였고 또 하나는 마치 긴담뱃대 같이 생긴 대나무 뿌리였다. 아이들은 나무 몽둥이보다 대나무 뿌리를 더 무서워했다. 선생님은 말썽을 피운 아이들을 불러내서 대나무 뿌리의 꺾어진 부분으로 아이들의 머리를 두들겼다. 그 매를 맞으면 머리가 온통 벌에 쏘인 것처럼 아팠다. 아이들은 두 손으로 머리를 감싸고 매를 피하려고 용을 썼지만, 선생님은 아이들이 이쪽을 감싸면 저쪽을 공격하고, 저쪽을 가리면 이쪽을 두들겨서 아이들의 머리에 따발총을 놓았다.

나도 그 따발총 공격을 받은 적이 있다. 한번은 점심시간에 교실에서 아이들과 창던지기 놀이를 하다가 나무 몽둥이를 부러뜨려서 대나무 뿌리로 매를 맞았다. 너무 너무 아팠다. 그러나 집에 와서 선생님한테 매를 맞았다고 말을 못했다. 말을 하기는커녕 매 맞고 왔다는 것을 혹시 어머니가 아실까 봐 쉬쉬했다. 요즘에는 아이가 학교에서 매를 맞았다는 것을 학부모가 알면 학교에 전화로 항의하거나 심하면 학교에 찾아가서 선생님의 멱살을 잡기도 하는 모양이다. 그러나 그때 나의 어머니는 내가 학교에서 선생님한테 매 맞고 온 것을 아시면, "얼마나 말을 안 들었으면 선생님이 매를 때렸겠냐"며 나를 호되게 혼내셨다. 그때는 우리 어머니뿐만 아니라 모든 부모들이, 스승은 그림자도 밟을 수 없는 존재로 알고 있었다.

❧ ❧ ❧

나도 운동선수였다. 군내 국민학교 연합육상대회의 종목으로 100m 달리기, 400m 계주, 넓이뛰기, 높이뛰기 등이 있었고 턱걸이 종목도 있었다. 나는 턱걸이 선수였다. 정선수는 아니고 후보선수였다. 우리 반의 SS가 정선수였다. SS는 달리기도 잘하고 넓이뛰기도 잘하고 운동이라면 무슨 운동이라도 다 잘했다. SS는 턱걸이도 전교 1등이었다. 그는 턱걸이를 최고 41번 했고 그 다음이 난데, 나는 아무리 낑낑거려도 29번이 최고였다. 그래서 SS가 정선수가 되고 나는 후보선수가 되었던 것이다. SS는 달리기 선수도 겸했기 때문에 오전 수업을 마치면 곧바로 운동장으로 나갔고, 나는 오후 수업을 끝내고 운동장에 나가서 턱걸이 연습을 했다. 턱걸이를 지도했던 분은 여권규 선생님이다. 선생님은 기계체조를 무척 잘하셨다. 철봉에 매달리거나 평행봉에 어깨를 걸치면 펄펄 날았다.

학교에서는 연합육상대회에 나가는 아이들에게 운동 연습이 끝나면 우유를 한 컵씩 나누어주었다. 그 무렵에는 외국에서 원조물자로 강냉이 가루와 가루우유가 우리나라에 많이 들어왔다. 학교에서는 그 가루우유를 큰 솥에 끓여서 운동선수들에게 나누어주었던 것이다. 운동 연습을 마친 아이들은 우유를 받아먹기 위해 길게 줄을 섰다. 원칙은 한 사람이 한 컵씩이었다. 그런데 한 컵만 마시고 끝나는 아이들은 별로 없었다. 거의 모두 한 컵을 받아 마신 후 잽싸게 줄의 맨 뒤에 가서 차례를 기다려 또 한 컵, 두 번 세 번씩 받아 마셨다. 나도 그렇게 해서 일곱 컵을 마시고 배탈이 나서 밤새도록 통시(뒷간)에 들락거린 적이 있다. 운동연습을 하지 않은 아이들은 우유를 받아 마시는 아이들이 무척 부러웠던 모양이다. 친구 KM도 그때 그 우유가 먹고 싶어 침이 꼴깍꼴깍 넘어갔다고 한다. 우유를 끓여서 나누어 준 사람은 김씨(?) 성을 가진 소사 아저씨였다. 친구 JS의 기억을 빌리면, 선생님들은 그 소사 아저씨를 '김센'이라고 불렀는데 아이들도 따라서 '김센'

국민학교 6학년 수학여행(광주시).

'김센' 했다고 한다. 그때 나 빼고 다른 아이들은 그처럼 버르장머리
가 없었다.

✿ ✿ ✿

6학년 가을에 우리는 전라도 광주로 수학여행을 갔다. 나는 여비가
없어서 처음에는 포기하고 있었다. 그런데 하루는 담임 선생님이 우
리 동네 까크막을 올라 우리 집에 찾아와서 나를 수학여행에 같이 가
도록 해 달라고 어머니를 설득하셨다. 나는 선생님이 무슨 말로 어머

니를 설득했는지는 모른다. 어쨌든 어머니는 나를 수학여행에 보내려고 마음을 돌렸다. 우리 집에서 수학 여행비를 마련할 길은 고구마를 파는 것 말고는 없었다. 어머니는 고구마 일곱 가마니를 팔았다. 화폐개혁 전의 금액으로 1가마니에 5백 환씩, 3천5백 환을 만들었다. 지금 돈으로 3백5십 원이었다. 어머니는 그중 얼마를 떼서 나에게 새 옷을 사서 입혀주셨다.

나는 수학여행 가면서 기차를 처음 타 보았다. 하동에서 순천까지는 버스를 탔고 거기서부터 광주까지는 기차를 탔다. 여행에서 돌아올 때도 마찬가지였다. 우리가 수학여행을 갈 때는 별로 춥지 않았는데도 열차 안 한가운데에 난로가 있었고 거기에 장작으로 불을 땐 것으로 기억된다. 광주에 가서는 상무대와 지붕이 뾰족뾰족하게 생긴 조선대학교를 구경한 것 같다. 어디에 가서인가 점심으로 김초밥 도시락이 나와서 먹었는데 식초에 담갔다가 꺼낸 것처럼 얼마나 시든지 한두 개 먹고 모두 버린 기억이 난다. 수학여행에는 6학년 담임 선생님들 외에도 다른 학년 선생님도 여러 분 동행했다. 지금 생각하면 광주에 볼 것이 뭐가 있다고 거기로 수학여행을 갔는지 모르겠다.

마라톤 코스는 학교 운동장을 출발해서 너
뱅이들을 가로질러 중섬을 지나서 반환점인
신기리를 돌아 섬진강 둑길 위를 뛰어서 학
교로 되돌아오는 것이었다. 반환점을 돌아
둑길에 들어서서는 남의 자전거 뒤에 올라
타고 둑길이 끝나는 지점에서 내려 앞장선
선수들 사이에 슬그머니 끼어드는 부정선수
도 있었다.

유내 큰 잔치, 가을 운동회

가을마다 운동회가 열렸다. 운동회가 열리는 날에 나는 새벽에 일찍 잠이 깨었다. 나만 일찍 깨었겠는가. 다른 아이들도 거의 모두 아침 일찍 일어났을 것이다. 나는 동이 트기 시작할 무렵에 넓은 덕석을 둘둘 말아서 어깨에 메고 학교에 갔다. 구경하기 좋은 앞쪽에 자리를 잡기 위해서였다. 나 말고도 덕석(멍석)을 메고 새벽에 학교에 온 아이들이 여럿이었다. 어른이 나오기도 했다.

운동장에는 한가운데 세운 높은 기둥 꼭대기에서 사방팔방으로 뻗어 내린 만국기가 바람에 펄럭이고 있었다. 우리나라 태극기는 줄마다 미국 성조기 옆에서 펄럭였다. 운동장 바닥에는 흰 횟가루로 크게 타원형이 그려져 있었고, 한가운데에는 중앙선, 그 양쪽에는 청군과 백군이 줄을 설 흰 선이 그려져 있었다. 출발선과 결승선도 눈에 잘

모든 추억은 아름답다

띄도록 하얗게 그려져 있었다. 타원형 바깥 본관 쪽에 쳐진 차일도 흰색이었다. 그것으로 운동회를 할 만반의 준비가 되어 있었다. 자리를 잡은 나는 우리 가족이 올 때까지 자리를 지켰다. 운동회가 시작할 무렵에는 집집마다 푸짐한 점심을 싸 가지고 온 가족들이 운동장 트랙 주변을 꽉 메웠다.

우리는 청군과 백군으로 편을 나누었다. 홀수 반은 청군, 짝수 반은 백군으로 나누었는지, 각 반에서 청백으로 나누었는지는 기억나지 않는다. 청군은, 남자는 파란색 모자를 머리에 쓰고 여자는 파란색 띠를 둘렀다. 백군은, 남자는 흰색 모자를 쓰고 여자는 흰색 띠를 둘렀다. 청군 백군, 남녀 할 것 없이 위에는 반팔 난닝구(러닝셔츠)를, 아래에는 양쪽에 흰 줄이 쳐진 검은색 빤스(팬티)를 입었다.

운동회는 전교생이 준비체조를 한 후에 본격적으로 경기에 들어갔다. 트랙에서는 달리기를 했고, 트랙 안쪽의 필드에서는 여러 가지 단체경기가 열렸다. 남쪽을 바라보는 트랙 뒤편에는 여러 개의 차일이 해를 가렸고 그 안에는 본부석과 내빈석이 자리 잡았다. 그 건너편에는 전교 어린이들이 청군과 백군으로 나누어 앉아서 응원을 했다. 응원을 지휘하는 아이가 손을 왼편으로 착착 착착착, 오른편으로 착착 착착착, 하는 동작에 맞추어, "청군 이겨라, 백군 이겨라!"라고 소리를 질렀다. 운동장 서편에는 출정문과 개선문이 있어서 그 문을 통하여 경기를 하기 위해 나오고 경기를 마치고 들어갔다. 개선문은 글자그대로 이긴 팀만 들어가는 문인데 진 팀도 그 문으로 들어갔다. 트랙밖으로는 학부모들이 빙 둘러 진을 쳤고 운동장 가에는 잔치국수나 비빔밥과 함께 막걸리를 파는 임시 가게들이 자리를 잡았다.

　본부석 쪽 구령대 위에는 이동식 칠판을 높다랗게 걸어놓고 경기가 끝날 때마다 승패의 결과를 청군 백군으로 나누어 크게 점수를 써나갔다. 점수를 고쳐 쓸 때마다 우리는 목을 길게 늘여서 보며 내편 점수가 많으면 "와아―" 하고 소리를 질렀고 점수가 적게 나오면 "에이―" 하고 어깨가 늘어졌다. 트랙 가로는 리어카가 칠판에 다음 차례의 경기를 알리며 빙빙 돌았다. 경기를 알리는 역할은 6학년 두 아이가 맡았다. 한 아이는 리어카를 매단 자전거를 타고, 한 아이는 리어카 위에 앉아서 메가폰(megaphon)으로 "다음 경기는 무엇입니다. 준비해주기 바랍니다." 하고 알렸다. 나는 자전거를 모는 일이나 메가폰으로 알리는 일이 너무 좋아보여서 5학년 때부터 그 둘 중 하나를 하고 싶었지만 6학년이 되어서도 끝내 기회를 잡지 못했다.

　학년마다 가장 먼저 하는 경기는 달리기였다. 아이들이 출발선에 나란히 서면 달리기를 진행하는 선생님이 '준비 땅' 하고 화약총을 쏘았다. 우리끼리 달리기를 할 때는 '요이 땅' 하고 출발했는데 선생님들은 '준비 땅' 하였다. 결승선에는 6학년 아이들이 1등, 2등, 3등을 가려서 손목에 도장을 찍어주었다. 1, 2, 3등을 한 아이들은 결승선 옆에 등수별로 줄을 지어 앉고, 등수에 들지 못한 아이들은 트랙 밖의 제자리로 돌아가야 했다. 간발의 차이로 들어온 아이들 중에는 제가 먼저 들어왔다고 쎄우기도(우기기도) 하고, 쎄운 것이 받아들여지지 않으면 입이 띠디바리 튀어나오기도 했다. 1등에게는 공책 세 권, 2등에게는 두 권, 3등에게는 한 권이 상으로 주어졌다. 달리기는 각 학년마다 그냥 달리기를 한 번 하고, 장애물 달리기나 손님 찾아 달리기같이, 달리는 도중에 무슨 행위를 하는 달리기를 또 한 번 했다.

달리기를 할 때는 출발선의 가장 안쪽에 자리를 잡는 것이 중요했다. 출발선 안쪽은 바깥쪽보다 선두로 나서기에 유리했다. 그래서 아이들은 달릴 차례가 오면 안쪽을 차지하기 위해 몸싸움을 했다. 그때 우리는 '베신'을 신은 아이도 가끔 있었지만 대부분 검정색 고무신이었다. 부산에 사는 친구 TH는 그것의 상표가 '타이어(tire) 표'라고 기억했다. 고무신은 달리기할 때 벗겨지기 일쑤였다. 그래서 어떤 아이들은 고무신이 안 벗겨지도록 고무줄로 발을 감아 맸다. 그냥 뛰다가 한쪽 고무신이 벗겨지면 나머지 한쪽 신도 벗어버리고 뛰는 아이들도 있었다. 출발할 때 아예 고무신을 벗어서 양손에 거머쥐고 달리는 녀석들도 많았다. 출발 전에 벗어놓았거나 달리는 도중에 벗겨진 신발을 잃어버려서 그것을 찾느라고 울상이 되어 이리저리 돌아다니는 녀석도 있었다.

아이들 중에는 고개를 쳐들고 양손을 넓게 벌려서 휘젓고 달리는 녀석도 있었다. 그런 아이 옆에서 달리면 그 녀석의 팔에 내 팔이 걸려서 넘어지기 쉬웠다. 어떤 때는 저쪽 아이의 팔이 이쪽 아이의 얼굴을 치는 경우도 있었다. 고개를 쳐들고 달리는 아이 중에는 흰색 라인을 벗어나기도 하고 라인 안쪽으로 가로지르기도 했다. 1, 2학년 중에 그렇게 달리는 아이들이 많았다.

필드에서 하는 단체경기는, 오전에는 주로 1, 2, 3학년이 하고 오후에는 4, 5, 6학년이 했다. 나는 내가 몇 학년 때 어떤 단체경기를 했는지는 하나하나 기억나지 않는다. 하지만 내가 참가했던 몇몇 가지 경기는 선명하게 떠오른다. 먼저 경기에 쓰일 콩주머니를 어머니가 여러 개 만들어 주셨던 기억이 있다. 우리는 그 콩주머니를 '삭구'라고 불렀다. 우리는 그 콩주머니로 간짓대에 높이 달린 바구니에 던져 넣는 경기를 했다. 다 던져 넣고 난 다음, 청군과 백군의 두 바구니에서 동시에 콩주머니를 한 개씩 집어내어 던지면서 수를 셀 때, 경기를 하는 아이들은 물론이고 응원석에 있는 아이들도 모두 큰소리로 하나, 둘, 셋, 넷, 하고 콩주머니 수를 세었다. 바구니에서 콩주머니가 먼저 바닥이 나는 팀이 졌다. 상대 팀의 바구니에서 콩주머니가 바닥이 나고 난 후에 던져지는 콩주머니를 셀 때에는 서른 둘, 서른 셋, 서른 넷, 하는 이긴 팀의 소리가 한층 커졌다. 그 콩주머니로 바구니 두 개를 종이로 붙여 만든 둥근 통을 터뜨리는 경기도 했다.

고학년이 되어서는 곤봉체조와 덤뿌링(텀블링, tumbling)과 기마전을 했다. 기마전을 할 때에는 출정문 뒤에 모여서 미리 말(馬)을 만들고, 말을 타고 줄지어 필드로 들어가면서 목청껏 노래를 불렀다.

"무—찌르자 오랑캐— 몇 천만이냐— 대—한남어(大韓 男兒)가는데 조—개(草芥)로 구우나—"

"조—개로 구우나—"라고 하는 아이들도 있었고, "종—애로 구우나."라고 부르는 아이들도 있었다. 하지만 가사가 틀리는 것도 괜찮았고 가사의 뜻을 모르는 것도 상관없었다. 우리는 목의 힘줄이 벌겋게 서도록 소리를 크게 질러대면 그만이었다.

우리는 노래를 부르면서 필드에 들어가서 양편으로 갈라선 다음 일단 운동장에 한 번 앉았다가 일어섰는데, 키가 작고 힘이 약한 아이들 중에는 일어서다가 말이 와르르 무너지는 경우도 있었다. 기마전을 할 때는 모두 모자챙을 머리 뒤로 돌려서 모자를 썼다. 말 위에 탄 아이가 상대편에게 모자를 뺏기면 말을 풀어야 했다. 그래서 말 위에 탄 아이는 모자를 뺏기지 않으려고 목을 뒤로 길게 빼면서 상대편 모자를 뺏으려고 두 팔을 길게 뻗어서 덤벼들었다. 대장마의 모자를 먼저 뺏는 팀이 이기는 경기였다. 입장할 때는 청군과 백군이 모두 "나아—가자 나아가— 승—리에 길로—" 하고 노래를 불렀지만, 퇴장할 때는 어느 한 편은 패자로 돌아와야 했다. 우리는 곤봉체조, 담뿌링, 기마전 등 단체경기를 운동회날 훨씬 전부터 매일매일 연습했다.

오전 경기 중에서 우리가 가장 기다리는 것은 '바구리 터주기(바구니 터뜨리기)'였다. 몇 학년에서 그 경기를 했는지는 모르겠다. 두 개의 간짓대 위에 둥그런 바구니 두 개를 각각 매달아 세우고 청군은 푸른색 바구니, 백군은 하얀색 바구니에 콩주머니를 던져서 터뜨리는 경기였다. 물론 바구니를 먼저 터주는 팀이 이겼다. 아이들이 운동장에 널려 있는 콩주머니를 주워 던지면 포개져 있던 두 개의 바구니가 쫙 벌어지면서 여러 색깔의 색종이 조각들과 테이프가 쏟아져 나오는 동시에 넓고 긴 두루마리가 아래로 착 펴졌다. 그 두루마리에는 아마 '즐거운 점심시간'이라고 씌어 있었던 것 같다. 한쪽 바구니가 터진 뒤에도 다른 쪽 바구니가 잘 안 터지면 간짓대를 들고 있는 선생님이 간짓대를 아래로 숙여서 빨리 터지게 사정을 봐 주었다. 그 경기가 끝나면 점심시간이었다. 점심시간에는 학교 측에서 학교 본관 뒤 동산의 밤나무에서 딴 밤을 삶아서 운동장에 골고루 뿌려주었다. 그 밤을 주워 먹는 재미도 쏠쏠했다.

운동회 프로그램 중에는 재미있는 것이 많았다. 그중 하나가 장대 위에서 걷기였다. 장대 위에서 걷기는, 대나무를 길게 잘라서 우리 무릎 높이쯤에 발바닥 길이 두 배 쯤의 대나무토막을 단단히 붙들어 맨 다음 그 위에 올라서서 대나무를 붙잡고 성큼성큼 걸어서 목표 지점을 돌아오는 경기였다. 그 경기는 마치 큰 키다리가 휘적거리며 돌아다니는 것 같아서 우리를 웃기고 즐겁게 했다. 처음에는 대나무토막 위에 올라서다가 넘어지는 아이들도 더러 있었다. 그것을 보고 우리는 많이 웃었다.

또 하나는 전쟁놀이였다. 전쟁놀이는 우리 학년이 한 기억은 없고 선배들이 하는 것을 구경한 것 같다. 우리가 국민학교 다닐 무렵은 6·25전쟁이 휴전된 지 몇 년밖에 안 된 때였으므로 북한 공산당에 대한 적개심이 극에 달했다. 그래서 포스터를 그릴 때도 멸공통일이나 북진통일이라는 구호가 들어가야 했고, 글짓기를 할 때도 그랬다. 전쟁놀이는 북진통일을 보여주는 경기였다. 한 편은 국군, 또 한 편은 공산군(인민군)으로 편을 나누고 운동장 군데군데 토치카(tochka) 모형을 만든 다음, 국군이 나무총이나 모형수류탄으로 적의 토치카를 하나하나 빼앗아서 공산군을 무찌르고 결국 통일을 한다는 내용의 경기였다.

우리 학교 운동회는 아이들만의 운동회가 아니라 하동읍민의 운동회이자 잔치였다. 운동회가 있는 날에는 학부모들은 물론이고 학부모가 아닌 사람들도 운동장에 모였다. 읍내의 유지들도 대부분 참석했다. 운동회 프로그램 중에는 아이들이 종이쪽지에 쓰인 내빈을 찾아서 손을 잡고 같이 달리는 경기도 있었다. 자기를 찾는 소리를 듣고 갑작스레 뛰어나가는 바람에 신발도 벗고 맨발로 뛰는 어른도 있었

하동초등학교 운동회.

고, 자기를 찾는 소리를 듣기는 들었는데 어느 아이가 찾는지를 몰라서 자리에서 뛰어나와 뚤레뚤레하는 어른도 있었다.

마라톤은 중·고등학생도 참가했고 청년들도 같이 뛰었다. 마라톤

코스는 학교 운동장을 출발해서 너뱅이들을 가로질러 중섬을 지나서 반환점인 신기리를 돌아 섬진강 둑길 위를 뛰어서 학교로 되돌아오는 것이었다. 반환점을 돌아 둑길에 들어서서는 남의 자전거 뒤에 올

라타고 둑길이 끝나는 지점에서 내려 앞장선 선수들 사이에 슬그머니 끼어드는 부정선수도 있었다. 1등에게는 커다란 양은솥을 상으로 준 것으로 기억된다. 운동장 가의 임시 가게(음식점)에는 손님들이 가득했다. 가족 없이 혼자 운동회를 구경나온 어른들은 거기에 들러서 잔치국수나 비빔밥도 사 먹고 막걸리도 사서 마셨을 것이다. 가족과 함께 온 어른들도 아는 사람을 만나면 "아요 그석이, 같이 가서 막걸리나 한 잔 하세." 하며 손을 끌고 임시가게에 들어갔을 것이다.

운동회의 피날레(finale)는 청백 릴레이였다. 릴레이경기는 1학년부터 6학년까지 모든 학년이 참가했다. 각 학년에서 달리기를 가장 잘하는 아이를 청군과 백군 별로 남자여자 두 명을 뽑아서, 1학년 여자가 1번 주자(走者), 남자가 2번 주자, 2학년 여자가 3번 주자, 남자가 4번 주자, 이런 순번으로 6학년 남자가 마지막 결승 테이프를 끊었다. 청백 릴레이는 모든 아이들의 마음을 졸이게 했다가 환호했다가를 반복케 하는

스릴 만점인 경기였다. 청군 백군 두 선수가 아슬아슬한 차이로 달릴 때는 아이들은 물론 어른들도 애가 탔다. 뒤에서 뛰던 선수가 앞선 선수를 앞지를 때는 환호성이 천지를 진동시켰다. 선생님들 중에는 빨리 뛰라고 팔을 빙빙 돌리는 분도 있었다. 우리는 자리에서 일어나서 앞으로 우르르 몰려가기도 했다. 릴레이 경기는 달리기도 잘해야 했지만 '바톤터치(baton touch)'에서 승패가 갈리는 때가 많았다. 그래서 선생님들은 릴레이 선수들을 모아서 바톤터치 연습을 수없이 시켰다.

릴레이 경기가 끝나면 전교생이 운동회를 시작할 때처럼 반별로 운동장에 줄을 서서 마무리체조를 했다. 그런 다음 교장 선생님이나 체육 선생님이 청군과 백군이 얻은 총점수를 발표하면 이긴 팀은 만세를 부르고 진 팀은 박수를 쳤다. 이긴 팀은 한 사람도 빠짐없이 만세를 불렀지만 진 팀에서는 박수를 안 치는 아이들도 많았다. 진 팀은 이긴 팀이 만세를 부를 때 '우—' 하고 야유를 보냈다.

운동회가 끝나고도 나는 한참 동안, 위에는 난닝구, 아래에는 검은색 빤스를 입고 다녔다. 나뿐만 아니라 많은 아이들이 그렇게 입고 다녔다. 손에 쥐고 다니기가 마땅찮은 물건은 난닝구 속에 집어넣고 다니기도 했다. 다른 아이의 등 뒤로 슬며시 가서 그의 빤스를 갑자기 아래로 확 끌어내리는 장난을 치는 짓궂은 녀석도 많았다. 나는 안 그랬는데 못된 아이들이 그런 장난을 쳤다.

보리밥과 우등상

중학교 다닐 때 나는 학교에 벤또(도시락이 바른 우리말이지만 그 시절의 향수가 느껴져 이렇게 표기하는 것을 양해하시라.)를 싸 가지 않고 점심시간이 되면 집에 뛰어가서 점심을 먹었다. 그런데 국민학교 다닐 때는 점심을 학교에 싸갔는지 집에 와서 먹고 갔는지 전혀 생각이 안 난다. 나와 가까이 지내는 친구 DS의 말로는 국민학교 때도 집에 가서 먹고 왔다고 한다. 부산에 사는 TH는 이렇게 기억하고 있었다. 학교에서 외국(미국)으로부터 원조로 받은 강냉이 가루로 죽을 쑤어서 집이 가난한 아이들에게 나누어 주었다고 한다. 우유를 끓여서 점심때 끼니로 주기도 했단다. 혹시 나도 그것을 받아먹었는지 모르겠다. 그때는 점심을 굶는 아이들도 많았던 듯싶다.

학교에서 우리들에게 강냉이가루나 가루우유를 나누어 주었던 기억은 있다. 우리는 학교에서 받은 그것을 집에 가지고 가서 강냉이가루는 주로 죽을 끓여서 먹고 가루우유는 벤또 뚜껑에 담아서 밥 짓는 솥에 넣어서 쪄먹었다. 벤또 뚜껑에 담아서 찐 우유는 딱딱하게 굳어졌다. 얼마나 단단했던지 망치를 내려치지 않고는 도저히 깨뜨릴 방법이 없었다. 우리는 깨뜨린 우유조각을 다람쥐가 도토리를 갉아먹듯 앞니로 조금씩 갉아서 먹었다.

🐿 🐿 🐿

봄, 가을, 두 차례 소풍을 갔다. 저학년은 학교에서 가까운 데로, 학년이 올라갈수록 먼 데로 걸어서 갔다. 나는 몇 학년 때인가 만지로 소풍을 간 것 말고는 6년 동안 어디 어디로 소풍을 갔는지 기억이 나지 않는다. 요즘 아이들은 학교 밖으로 나갈 때 주로 김밥을 점심으로 가지고 가는 것 같은데, 우리 어릴 때는 거의 모두 밥과 반찬을 나누어 담은 도시락이었다. 우리 어머니는 내가 소풍을 갈 때마다 무엇으로 도시락 반찬을 담아줄까 늘 마음을 쓰시는 것 같았다. 마음을 쓰는 것은 밥도 마찬가지였다.

평소 우리 집의 밥은 십 리 가다 쌀이 한두 톨 보이는 보리밥이었다. 그것도 큰아버지와 아버지, 그리고 내 밥이 그렇지, 어머니와 누님의 밥은 명절이나 누구의 생일날을 제외하고는 늘 새까만 보리밥이었다. 우리 집에서는 평소에 보리를 많이 삶아서 바구니에 담아 서까래에 매달아놓았다. 밥을 지을 때 그 삶은 보리를 들어내어 솥에 깔고 한가운데 쌀을 한 움큼 넣고 밥을 지었다. 뜸이 든 후 밥그릇에 밥을 풀 때 큰아버지, 아버지, 나 순까지는 쌀이 조금 섞이지만 어머니와 누님의 밥을 풀 때는 쌀은 거의 없고 보리만 남았다.

소풍을 갈 때는 어머니의 손이 후했다. 어머니는 쌀자루에 바가지를 집어넣어서 아끼고 아끼던 쌀을 큰맘 먹고 넉넉히 떠내어 밥을 지었다. 그래서 평소에는 십 리 가다 한두 톨 쌀이 보이던 밥이 내가 소풍을 갈 때면 평소와 반대로 십 리 가다 보리가 한두 톨 보이는 쌀밥으로 바뀌었다. 소풍 갈 때 나의 도시락 반찬은 닥꽝(단무지)이나 오징어를 잘게 찢어 고추장에 무친 것이 최고였다. 요새 아이들은 학교 밖으로 현장학습을 갈 때 과자나 음료수 따위의 먹고 마실 것을 점심과 같이 싸서 가는가 본데, 어릴 때 나는 고구마를 삶아가는 것이 보통이었고 가끔 어머니가 계란을 삶아서 싸주실 때에는 내 입이 찢어져서 양쪽 귀에 가서 붙었다.

❀ ❀ ❀

4학년 때부터 여름이 되면 퇴비를 만들기 위한 풀을 모았다. 우리 학교는 전 학년이 모두 5개 반이었다. 학교에서는 운동장 가에 〈4의 1〉부터 〈6의 5〉라고 쓰인 팻말을 꽂아놓고 우리가 집에서 베어온 풀을 거기에 쌓게 했다. 그렇게 해서 풀을 가장 많이 모은 반에는 배구공을 상으로 주었다.

1등을 하기 위해 반끼리 경쟁이 붙었다. 학교까지 낫을 가지고 와서 쉬는 시간이나 점심시간에, 또는 방과 후에 학교 앞의 개울가나 그 근처에서 풀을 베다가 쌓았다. 풀을 실어 나르기 위해, 집에서 끌고 왔는지 학교에 있는 것을 끌고 갔는지 리어카까지 동원했다. DS의 기억에 따르면, 우리가 5학년 때, 3반의 반장을 했던 JS는 학교에 등교하자마자 아이들과 어울려 리어카를 끌고 풀 베러 가서 수업이 시작되고도 한참 후에 돌아왔다가 담임 선생님한테 호되게 매를 맞았다고 한다. JS는 시장통에 살았고 나는 그와 반이 달랐는데도 그와 자주 어울려 놀았다. JS는 어떤 일에나 열심이었고 경쟁심이 강했다.

남당 쪽으로 우리 학교의 운동장을 막 벗어난 곳에 학교에 딸린 얼마간의 논밭이 있었다. 학교 소사 아저씨들은 그 논밭에 벼도 심고 고구마나 배추 따위도 가꾸었다. 소사 아저씨들은 우리가 모은 풀을 한군데 쌓아놓고 거기에 분뇨를 끼얹었다. 그렇게 해서 충분히 썩히면 양질의 퇴비가 된다. 소사 아저씨들은 그렇게 만든 퇴비를 학교에 딸린 논밭에 뿌렸다. 아마 그 퇴비는 토질을 한층 기름지게 하고 농작물을 튼실하게 키웠을 것이다. 나의 머리 한구석에는 학교 밭에서 배추인가 고구마인가를 수확할 때 소사아저씨들을 도우며 일심부름을 했던 기억이 가물거린다.

어린 시절의 추억을 끄집어내면서 나는 친구 DS의 도움을 많이 받았다. DS는 내가 미처 생각하지 못한 추억을 많이 떠올려서 알려주었다. 나는 학교 본관 뒤에 피마자를 심었던 것까지는 기억해 냈는데 그것을 우리가 가꾸었다는 사실은 몰랐다.

우리 학교 뒤에는 밤나무가 우거진 나지막한 동산이 있었다. 가을이 되면 그 동산의 밤나무에서 잘 익은 알밤이 떨어졌고, 우리는 밤을 줍기 위해 다투어 발밑을 헤집곤 했다. 동산에는 벌집이 있어서 그것을 잘못 건드렸다가 혼쭐이 난 아이들도 있었다. DS의 기억으로는, 우리는 그 동산에서 흙을 파다가 피마자가 자라는 곳에 옮겨놓기도 했는데, 흙속에서 사람의 해골과 팔 다리 뼈가 나와서 그가 질겁한 기억도 있다고 한다. 그 동산에는 6·25 무렵에 죽은 사람들이 많이 묻혀있다고 알려졌었다. 우리 손으로 가꾸어진 피마자는 기름으로 짜여서 공적(公的)인 용도로 쓰였던 것 같다. 피마자의 또 다른 이름이 아주까리다. 그 무렵에 시집가는 새 각시나 멋을 부리는 아지매들은 머리에 아주까리기름을 바르고 쪽짓게를 했고, 처녀들은 아주까리기름을 바르고 머리를 땋아 갑사댕기를 매었다. 동백기름을 바르면 더욱 좋았다. 나는 빡빡머리라서 어떤 기름도 바르지 않았다.

☙ ☙ ☙

우리가 국민학교 다닐 때는 횟배를 앓는 아이들이 많았다. 그래서 학교에서는 아이들에게 회충약을 나누어주었다. 횟배를 앓는 아이들에게는 물론이고 앓지 않는 아이들에게도 나누어주었다. 그러면서 회충약을 먹고 대변에 섞여 나오는 회충의 수가 몇 마리인지 세어 오라고 했다. 변 밖으로 보이는 회충은 그 수를 쉽게 셀 수 있었지만 변 안에 박혀있는 놈은 세기가 어려웠다. 그래서 우리는 막대기로 변을 이리저리 헤집기도 했다. 회충이 많이 나오면 창피해서 숫자를 줄여 결과보고를 하는 아이도 있었고, 아예 회충약을 먹지 않고 몇 마리 나왔다고 선생님에게 거짓말하는 아이도 있었다. 우리는 회충을 '거시랭이'라고 했다.

우리가 중학교에 들어간 1960년대에는 쥐잡기운동도 했다. 쥐가 전국적으로 들끓어서 국가적으로 쥐잡기운동을 펼친 것이다. 읍면(邑面) 사무소에서 마을의 구장을 통하여 집집마다 쥐약이나 쥐틀을 나누어 주었다. 우리는 각자의 집에서 쥐약이나 쥐틀을 놓아서 잡은 쥐의 꼬리를 잘라서 학교에 갖다내었다. 쥐꼬리를 적게 가지고 온 아이들에게는 아마 담임 선생님이 이유를 캐물었던 모양이다. 그래서 목표량에 못 미치는 아이들은 가짜 쥐꼬리를 만들어 내기도 했다. 오징어다리를 잘라서 볏짚으로 다리에 달라붙은 동글동글한 부분을 훑어버리고 그것을 아궁이에서 퍼낸 재로 문지르면 쥐꼬리처럼 보였다.

우리 어렸을 때는 칫솔도 치약도, 없었거나 있어도 귀했다. 나는 소금으로 이를 닦았다. 굵은소금을 부엌칼자루 뒤통수로 찧어서 잘게 가루를 내고 그것을 집게손가락이나 가운뎃손가락으로 찍어서 이빨에 대고 쓱쓱 문질렀다. 이빨 안쪽을 닦을 때는 입을 크게 벌리고 엄지손가락에 소금을 찍어서 입안으로 쑤셔 넣었다. 그나마 그렇게 하는 이닦기도 빼먹기 일쑤였다. 칫솔을 쓰는 집도 가끔 있었다. 칫솔은 흔히 나무기둥에 못을 박고 걸어놓았는데 칫솔마다 칫솔 털끝이 모두 허옇게 뒤로 나자빠져 있었다. 우리 집에는 비누도 없었다. 두 손바닥으로 물을 모아 얼굴에 갖다 대고 서너 번 '푸우 푸우' 하면 세수 끝이었다. 세수라는 말도 몰랐고 그냥 '낯을 씻는다'고 했다.

중학교 때는 추석날 전에 한 번, 설날 전에 한 번, 목욕탕에 갔지만 국민학교에 다닐 때 나는 목욕탕이 어디에 붙었는지도 몰랐다. 국민학교 때는 어머니가 솥에 물을 끓여서 나를 정지바닥에 앉히고 때를 밀어주셨다. 어머니는 나에게 물을 끼얹을 때마다 "쉬이, 쉬이." 하고 소리를 내셨다. 때를 밀어주시면서는 으레, "아이구 싸개라, 이 때 나오는 것 좀 봐라."고 하셨다. 나는 살살 밀어줬으면 했는데 어머니는 빡빡 밀어주셨다. 내가 간지럽거나 아파서 몸을 비비꼬면 어머니는 "좀 가만히 있어." 하시면서 내 등짝을 손바닥으로 한 대 찰싹 때리시곤 했다. 여름에는 목골꼬랑에 가서 멱을 감는 것으로 목욕을 대신했다.

　그 시절에는 위생이 말이 아니었다. 얼굴이나 팔다리에 버짐이 피고 부스럼이 생긴 아이들도 여럿이었고, 머리를 깎을 때 바리깡의 균이 머리에 옮아서 기계총(頭部白癬)을 달고 다니는 아이도 있었다. 겨울에는 옷이나 머리에 이도 많이 끓었다. 내복이나 속옷을 벗으면 으레 하얀 이가 소름을 돋게 했다. 어머니와 막내누님은 큰 이는 양쪽 엄지손톱으로 탁탁 눌러서 죽이고 자잘한 놈이나 알은 등잔불에 갖다 대고 지직지직 태워서 죽였다.

✿ ✿ ✿

　개개인의 위생은 소홀히 해도 학교 교실이나 복도 청소만큼은 철저했다. 우리 학교는 지은 지 50년이 가까운 목조건물이어서 교실이나 복도에 깔린 나무가 써금써금했고, 물걸레청소를 하면 나무가 더 빨리 썩을 것이었다. 그래서 우리는 교실과 복도 바닥에 양초를 문지른 다음 마른걸레로 닦았다. 그렇게 닦은 교실과 복도는 무척 미끄러워서 우리는 살살 걸어 다녔다. 조심한다고 하지만 잘못해 넘어져서 엉덩방아를 찧기가 쉬웠다. 우리는 엉덩방아를 찧은 아이를 일으켜주기는커녕 하하거리고 낄낄거리며 웃곤 했다. 복도에서 "짜잔—" 하며 미끄럼을 타기도 했다. 2층에서 1층으로 내려갈 때는 계단 난간에 올라가 엎드려서 뒤로 미끄럼을 타고 내려오기도 했다. 미끄럼을 타다 잘못하면 손이나 발에 가시가 박힌다. 나도 가시가 박힌 적이 한 두 번이 아니다. 집에 와서 어머니에게 가시를 빼달라고 하면, 어머니는 바늘을 당신의 머리카락에 두어 번 문지른 다음에 바늘 끝으로 가시를 빼 주셨다. 보일락 말락 하는 잔가시를 어머니는 용케 잘도 빼내셨다.

아이들은 싸우면서 큰다든가. 우리도 잘 놀다가 말다툼을 곧잘 했고, 말다툼이 주먹질로 커지기도 했다. 우리는 종종 아이들에게 일부러 싸움을 붙이기도 했다. 예컨대, "너 절마한테 이겨?"라고 물어서, "응, 이겨."라고 대답하면, "이기면 쟤한테 임마 해 봐."라고 싸움을 부추겼다. 상대방이 '임마' 소리를 듣고도 아무 반응 없이 눈을 내리뜨면 싸움에 진다는 뜻이므로 싸움실력의 우열이 가려져서 아무 일도 없었다. 그런데 상대방이 눈을 부라리며 "뭐, 임마?" 하고 나오면 그때는 한바탕 싸움이 벌어지는 것이다. 싸움이 곧바로 붙을 때도 있었고 수업이 끝난 후에 붙을 때도 있었다.

우리 학교 정문 쪽의 꼬랑 건너편에는 큰 창고가 하나 있었다. 아마 군이나 읍에서 나락가마니를 쌓아두는 양곡창고였던 듯싶다. 수업이 끝난 후에 싸우자고 합의한 경우에는 그 창고의 뒤가 결투장이 될 때가 많았다. 우리는 결투를 구경하기 위해 창고 뒤로 우르르 몰려가곤 했다. 우리는 구경꾼이면서 심판관이었다. 요즘은 시들하지만 십 수 년까지만 하더라도 프로복싱이 인기였다. 프로복싱에서는 대부분의 선수들이 자기가 불리하면 팔로 상대방을 붙들거나 껴안아서 보는 사람들을 짜증나게 했다. 그러나 옛날 우리들의 결투는 아주 신사적이었다. 싸움을 붙기 전에 "잡기 없기다." 하고 약속하면 아무리 불리해도 상대를 붙들거나 껴안지 않았다. 결투는 끝장을 볼 때까지 싸울 때도 있었고 도중에 끝나는 때도 있었다. 어느 한쪽이 코피가 터지면 끝났다. 코피를 터뜨린 녀석이 승자, 코피가 터진 녀석이 패자가 되는 것이었다. 그 다음부터는 싸움에 이긴 녀석은 진 녀석에게 마음 놓고 "임마, 임마." 했다. 그래도 진 녀석은 속은 쓰리지만 눈을 치뜨지 못했다.

❀ ❀ ❀

확실하다고 자신은 못하겠지만 내 기억으로는 삼일절이나 광복절 같은 국경일이나 기념일에 군수와 경찰서장이 우리 학교에 와서 식(式)을 한 것 같다. 그때 성함이 '정준조' 씨로 기억되는 하동병원 원장도 식에 참석한 듯하다. 그분들은 구령대 옆에 놓인 의자에 앉았다가 교장선생님의 말씀이 끝난 다음에 차례대로 구령대 위에 올라와서 축사나 기념사를 했던 것 같다.

국경일이나 기념일에는 6학년만 참석했다. 5학년도 참석했는지 모르겠다. 식의 진행을 맡은 선생님이 교장선생님이나 기관장들이 올라와서 마이크 앞에 설 때마다 우리들을 향하여 "차렷, 누구누구 님께 경례" 하고 구령을 하면 우리는 머리를 숙여 인사를 했다. 구령대 위에 올라선 분이 우리의 인사를 받은 후에는 "열중 쉬어"라고 명하고 우리들은 열중쉬어 자세로 축사나 기념사를 들었다. 구령대 위에 오른 분들 중에는 "에— 오늘은……" 혹은, "에— 여러분"과 같이 '에—'를 먼저 한 다음에 말을 하는 사람도 있었다. 하동병원 원장이 말할 때는 금니가 드러나 보였다. 중학교에 가서 이야기인데, 정원용 교장선생님은 반드시 엄지손가락만 밖으로 나오게 한쪽 손을 양복 개비에 찔러넣고 말씀하시면서 학생들을 지칭할 때는 꼭 "제군(諸君)들"이라고 하셨다.

내 기억은 위와 같지만 자신은 없다. 그래서 친구 TH에게 부산에 사는 친구들에게 한 번 물어봐 달라고 부탁했다. 내가 TH에게 전화한 다음다음 날이 동창회 정기총회가 있다고 했다. 부산 친구들은 동창들이 모이는 날을 '곗날'이라고 하는 모양이다. 이틀 후 '계'를 하는 도중이라며 TH가 전화를 했는데, 친구 JS만 내가 기억하는 대로 삼일절이나 광복절에 군수와 서장이 우리 학교에 온 것 같다 하고 나머지는 모두 기억이 안 난다 하더라고 전해왔다. 그 이튿날 나는 TH에게 전화를 하여 이렇게 말했다. "반장이었거나, 축사와 기념사를 조용히 귀담아 들었던 아—들만 기억하지, 떠들고 장난친 녀석들은 사람이 왔는지 귀신이 왔는지 모른다."

우리 고향은 남녘이라 겨울에도 따뜻한 편이다. 지금은 어떤지 모르겠으나 내가 고향에서 학교 다닐 때는 교실에 난로가 없었다. 국민학교 때도 없었다. 그 무렵 겨울에, 나는 몸 맨 안쪽의 위아래에 난닝구와 빤스, 그 다음에 카시미롱(캐시미어) 내복 한 벌을 입고 그 위에 무명천으로 만든 겉옷을 입었다. 발에는 얇은 무명 대비(양말)를 신었다. 신은 고무신이었다. 털모자나 장갑 따위는 없었다. 그 시절에는 나뿐만 아니라 대부분의 아이들이 그런 차림으로 겨울을 지냈다. 우리는 쉬는 시간이나 점심시간에는 교사(校舍) 앞의 화단에 모여 몸을 서로 기대어 비비고 밀치면서 "오셴 갱무셍"이라 소리를 지르며 추위와 싸웠다. 나는 '오셴 갱무셍'이 무슨 뜻인지 지금도 모른다.

우리 학교 정문 앞에는 꼬랑이 있었다. 겨울에 그 개울에 얼음이 얼면, 6학년 때 나는 썰매를 학교에 가지고 갔다. 썰매를 학교에 가지고 간 아이는 나 말고도 여러 명이었다. 쉬는 시간마다 수업이 끝나는 종이 울리면 우리는 썰매를 가지고 쏜살같이 개울로 달려가서 썰매를 탔다. 다음 수업을 알리는 종이 울리면 또 쏜살같이 교실로 돌아왔다. 수업이 끝나는 종이 울리면 그렇게 반가울 수가 없었고 썰매를 타다가 다음수업을 시작하는 종이 울리면 그렇게 아쉬울 수가 없었다. 수업시간에 늦어서 선생님한테 꾸지람을 듣는 때도 많았다.

6학년 1, 2, 3반은 남자 반이었고 4, 5반은 여자 반이었다. 우리는 선생님의 심부름이 아니고는 남자가 여자 반에 가는 경우도, 여자가 남자 반에 오는 경우도 없었다. 남자 반은 엄격한 금녀 지역이었고 여자 반은 철저한 금남 지역이었다. 그런데 모처럼 남자들이 여자 반에 갈 기회가 있었다. 지금은 남학생이 여학생 반에 간다면 얼씨구나 좋다고 하겠지만, 그때 우리는 선생님이 가라고 시키니까 어쩔 수 없이 간 것이었다.

남자들이 6학년 4반 여자 반에 모였다. 책상과 걸상을 모두 뒤로 밀어붙이고 교실 바닥에 콩나물시루처럼 모여 앉았다. 6학년 4반 선생님은 김수재 선생님이었다. 선생님은 음악을 잘 가르치셨다. 그때가 1959년 12월이 아니면 1960년 초였을 것이다. 우리가 졸업을 앞두고 있을 때였다. 김 선생님은 우리에게 생뚱맞은 노래 하나를 가르쳐 주셨다. 우리는 목에 힘줄이 불거지도록 큰소리로 선생님을 따라 노래를 불렀다.

"이—승만박사님을 **대통—령으로— 받—들어 모시어어—서 기이리—이 빛내자—**"

우리는 우리도 모르는 사이에 3·15부정선거의 선봉에 섰던 것이다. 그런데도 선거법 위반으로 잡혀가는 사람은 아무도 없었다.

그해 7월에 5대 국회의원 선거가 있었다. 그 선거에서 하동 국회의원으로 당선된 사람은 '윤종수'라는 분이었다. 내가 국민학교 다닐 무렵에 '아깝다 윤종수, 뜻밖에 강달수'라는 말이 있었다. 윤종수라는 분이 국회의원에 당선될 줄 알았는데 그분은 떨어지고 뜻밖에 강달수라는 분이 당선되어서 생긴 말이었다. 그런데 내가 자료를 찾아보니 강달수라는 분은 1948년의 초대 국회의원이었다. 윤종수라는 분이 초

필자의 국민학교 졸업식(1960년 3월).

대국회의원 선거에도 나왔다가 떨어졌는지, 왜 그런 말이 나돌았는지 모르겠다.

9대 하동 국회의원을 지낸 '문부식'이라는 사람이 있었다. 그분은 김영삼 전 대통령의 측근이었다. 그분은 9대 국회의원에 당선되기 전에도 여러 번 국회의원에 출마했으나 번번이 낙선의 고배를 마셨다. 그런데 한번은, 국회의원 선거에서 새벽까지는 개표에서 선두를 달리다가 막판에 1, 2위가 뒤바뀌어서 분루를 흘려야 했다. 그때 문부식 씨 측에서는 당선이 틀림없다고 보고 잔치를 벌이려고 돼지를 몇 마리 잡았다가 헛물을 켰다는 이야기가 들렸다. WY의 할머니는 문부식을 '문풍싱이'라고 불렀다.

　드디어 우리는 1960년 2월에 국민학교 6년 과정을 모두 마치고 졸업을 하였다. 졸업식은 신교사에서 했다. 신교사는 교실을 틀 수 있게되어 있었다. 교실을 트고 우리는 졸업식장에 모였다. 5학년도 모였고학부모들도 여러 분 참석했다. 교장 선생님 말씀, 내빈들의 축사, 각종상장수여가 끝나고 마지막 순서로 우리는 졸업식노래를 불렀다. 5학년 아이들이 먼저,

　"**빛**—나는 **졸**—업장을 타—신 언니이께— **꽃**—다발을 한— 아름 선—사합니다아— 물—려받은 책—으로 공—부를 하며— 우—리는 언—니뒤를 따—르렵니이다."

　할 때까지는 비교적 조용하고 엄숙했다. 그런데,

　"잘— 있거라 아우—들아 정—든 교실아아— **선**—생님 **저**—희들은 물—러갑니이다—."

　할 때는 여기저기서 아이들이 어깨를 들썩이며 훌쩍훌쩍 울기 시작했다. 지금은 초등학교를 졸업하면 거의 모두 중학교에 진학하지만우리 때에는 중학교에 못가는 아이들이 꽤 많았다. 그 수는 남자보다여자가 더 많았다. 그래서 우는 소리는 여자아이들 쪽에서 더 크게 들렸다.

　그러다가 "앞—에서 끌—어주고 뒤—에서 밀며—, 우—리나라 짊—어지고 나—갈 우리들—, 냇—물이 바—다에서 서—로 만나듯—, 우—리도이—다음에— 서—로 만나아세—"할 때는 졸업식장이 온통 울음바다

가 되었다.

뚤레뚤레하다가 다른 아이들이 우니까 덩달아 훌쩍거린 아이도 있었을 것이다. 남자아이들 중에는 무엇이 좋은지 더러 킬킬대고 웃기도 했다. 졸업식 노래를 끝으로 우리는 하동국민학교 48회 졸업생이 되었다. 나는 1학년부터 6학년까지 우등상을 받았다. 졸업식을 할 때 6년 개근상도 주고 6년 우등상도 주었던 것 같고, 나도 6년 우등상을 받았던 것 같다. 우리 어머니는 만나는 사람마다 붙들고 내가 우등상 탄 것을 자랑하셨다.

옛날 하동에는 말구루마가 여러 대였다. 말구루마 주인은, 짐이 없을 때는 구루마 위에 올라앉고 짐을 실으면 걸어서 말을 몰고 다녔다. 우리는 구루마가 타고 싶어서 그 뒤를 졸졸 따라다니곤 했다. 옛날에는 찻길이 거의 모두 자갈길이었다. 그래서 말구루마가 그 위를 지날 때는 안 그래도 덜컹거리는 구루마가 더욱 덜컹거렸다.

쌍팔년도 읍내 풍경

우리 어린 시절, 하동 읍내의 경찰서 앞에서 악양 쪽으로 난 길은 하동 읍내의 번화가였다. 경찰서 앞에서 북쪽으로는, 여자동창 SJ 집과 그 앞의 공터 옆에 우체국─금융조합─△△약방─하동병원─방방사진관─남약국─회영루─동광여관─대한금속 차부가 있었다. 차부 위쪽에 만물상회가 있었고 거기서부터는 길이 아주 조금 경사가 진 듯하면서, 영성당약방─오만상회─(DS네) 포목점─(엄씨네) 재봉틀 가게─(오 선생님) 라디오방─극동철물점─(친구 KM의 부친이 경영하는) 명시당시계점─군청이 차례대로 있었다. 군청을 지나면서부터는 길이 약간 오르막이 되면서 건양당 약방, 그 다음에 유도 도장이 있었고, 거기서 몇 걸음만 더 올라가면 목넘에 갔다.

경찰서 건너편 길에는 (WY의 삼촌이 경영하는) 신흥자전차점─△△이

발관―찐빵가게―엄치과―(정원용 교장 선생님 댁의) 하동서관―영호이발
관―향원다방―백조라사―(정기일 씨 빵꾸나시 앞의) 한양이발관―보문서
점이 있었고, 대한금속 차부 건너편에 경전여객 차부가 있었다. 경전
여객 차부를 지나면 의용소방대 건물―소방회관―정창당 건재약방―
친구 YK네 집―(친구 PK의 부친이 주인인) 시계점―일용상회―○○이발
소―삼신한의원이 있었고, 목 넘어서 조금 내려가면 친구 YB네의 삼
명제재소가 있었다. 그곳 부근의 마을 이름이 해량촌이다. 삼명제재
소 앞에서 왼편으로 길을 꺾어 몇 걸음만 더 가면 하진삼 씨 집 앞에
큰 팽나무가 있었고, 그 나무 건너편 아래로 섬진강이 흘렀다.

　우리 어린 시절에는 하동읍에 장(場)이 두 군데 섰다. 한 곳은 읍내
시장통이고 또 한 곳은 바로 하진삼 씨 집 건너편 섬진강 가였다. 하
동사람들은 시장통의 장을 아랫장, 섬진강 가의 장을 웃장이라고 불
렀다. 옛날 웃장에는 섬진강 하구인 금성면 갈사리를 비롯하여 남해
안의 섬사람들이나 바닷가 사람들이 타고 온 장배가 닿았다. 그 조금
아래인 오룡정 근처에는 하동―부산을 오가는 송영호, 복중호, 팔중
호, 춘양호 등 100톤 안팎의 화물선이 닻을 내렸다. 화물선은 주로 신
기리에 정박했는데 오룡정 앞까지 올라올 때도 많았다.

　섬이나 바닷가에서 올라온 장배는 그곳에서 나는 생선, 조개, 김, 파
래, 우룽싱이(우렁쉥이), 굴 등의 해산물을 싣고 와서 웃장에 부려놓고
하동 인근에서 나는, 곡식, 과일, 채소, 목재, 약초, 나물, 그리고 대바
구니나 대갈쿠리 등의 농산물과 임산물을 싣고 온 길로 되돌아갔다.
화물선은 하동 인근에서 나는 농산물과 임산물을 싣고 부산에 가서,

1970년대의 하동읍 전경.

옷가지, 고무신, 철물, 그릇, 문방구 따위의 공산품으로 바꾸어 왔다. 그것을 육지에서 실어 나르는 것은 주로 말(馬)구루마(수레)가 맡았다.

옛날 하동에는 말구루마가 여러 대였다. 말구루마 주인은 짐이 없을 때는 구루마 위에 올라앉고, 짐을 실으면 걸어서 말을 몰고 다녔다. 우리는 구루마가 타고 싶어서 그 뒤를 졸졸 따라다니곤 했다. 옛날에는 찻길이 거의 모두 자갈길이었다. 그래서 말구루마가 그 위를 지날 때는 안 그래도 덜컹거리는 구루마가 더욱 덜컹거렸다. 그렇게 덜컹거리는 구루마에 올라타고 가는 것을 우리는 '호시탄다'고 하였다. 우리는 호시를 타고 싶어서 주인 몰래 구루마 끝에 올라타곤 했는데, 지나

가는 아이가 그것을 보고 말구루마 주인한테 "뒤에 깨미 붙었소." 하고 일러바치기도 했다. 같이 구루마 끝에 올라타려다가 끝내 못 올라탄 녀석이 시샘이 나서 일러바칠 때도 있었다. 그 무렵에는 통나무를 가득 싣고 읍내를 지나 신기리까지 가는 도락꾸(트럭)가 많았다. 나는 그 도락꾸 뒤에 매달려 신기리까지 가서 돌아올 때는 걸어서 오기도 했다. 지금 생각하면 위험천만한 짓이었지만 어렸을 때는 위험하기는 커녕 아주 신나고 재미있었다.

☙ ☙ ☙

소방회관에서는 저녁마다 영화를 상영하여 구경꾼들을 불렀다. 내가 5학년 때인가 6학년 때 영화「오부자」를 본 것도 소방회관에서였다. 읍민관을 짓기 전이었다. 요즘은 청소년 관람불가 영화가 있지만 그때는 국민학생도 아무 영화나 볼 수 있었다. 소방회관 안에는 변소가 없었다. 그래서 영화를 보던 사람이 소변을 보려면 소방회관 출입구 앞에 있는 변소에 나와서 볼일을 보고 다시 안으로 들어가야 했다. 입장료가 없어서 밖에서 서성거리던 사람 중에는 변소에 가서 소변보는 척하다가, 영화를 보다가 나와서 소변을 보고 다시 들어가는 것처럼 슬그머니 안으로 들어가기도 했다. 중·고등학생이나 그 나이 또래가 그런 꼼수를 많이 썼고, 어른들 중에도 그렇게 꾀를 내는 사람도 더러 있었다. 그러다가 들켜서 체면을 구기기도 했다.

아이들 중에는 낯모르는 어른에게 제 손을 붙잡고 안으로 들어가 달라고 부탁하는 녀석도 있었다. 나도 한 번인가 그렇게 낯모르는 어른의 손을 붙잡고 들어가서 공짜 구경을 한 것 같다. 아마 내가 소방회관에서 처음 본 영화인「오부자」를 볼 때 그렇게 한 것 같기도 하다. 몸이 날쌘 중·고등학생 또래의 형들은 소방회관 건물의 뒤쪽에서 2층으로 기어올라 끼어들어가기도 했다.

한번은 부산에 사는 친구 JS가 서울에 볼일이 있어서 온 김에 우리 집에 온 적이 있다. 나는 그와 얼굴을 맞대자마자 서둘러 국민학교 시절의 추억 속으로 뛰어들어 갔다. JS는 국민학교 2학년 때와 3학년 때 나와 같은 반이었다. 또, 그는 친구 JY의 아버지가 운영하는 영호이발관 앞쪽에 살았는데 그의 집은 우리 집과 비교적 가까운 편이었다. 그런 까닭에 나와 JS는 공유하는 어릴 적 추억이 매우 많았다.

JS의 기억에 따르면 영호이발관 JY의 아버지도 가끔 소방회관에서 기도를 보았다고 한다. JY의 아버지가 기도를 볼 때, JS는 JY의 아버지에게 공짜로 좀 들어가게 해 달라고 "JY 아부지, JY 아부지!" 하고 애타게 부른 적이 있었다고 한다. 그러면 JY의 아버지는 주위를 한번 둘러보시고, "어서 들어가." 하고 영화를 보게 해 주셨다고 한다. JY의 아버지 입장으로는, 당신 아들의 친구일 뿐만 아니라 이웃에 사는 JS가 눈치도 없게 "JY 아부지, JY의 아부지!" 하는 통에 아마 학을 뗐을 것이다. 나는 JS가 낯도 참 두껍다고 생각했다. 그런데 내 기억을 깊이 파보니 나도 JS와 동업자였던 것 같기도 하다.

JS의 기억은 소방회관을 짓기 전에도 그곳의 빈터에서 영화를 상영했다고 한다. 건물이 없었으니까 당연히 좌석도 없었을 터였다. 그래서 영화를 보러가는 사람들은 각자 집에서 거적을 말아서 들고 갔고, 부모나 친척을 따라 영화를 보러간 아이가 오줌이 마려우면 앉은 자리 옆쪽에 구덩이를 파고 오줌을 뉘었다고 한다. 당연히 지린내가 진동했을 것이다.

소방회관에서 상연했던 영화는 처음에 무성영화였다. 무성영화는 변사가 배우를 대신하여 대사를 꾸며서 들려주었다. 그런데 엉터리 대사가 많았다고 한다. 내가 직접 보고 들은 것은 아니지만 이럴 때도 있었다고 한다. 서부 영화였는데, 화면에 지평선 멀리 작은 물체가 나타니까 변사가, "저 멀리 지평선에 검은 점이 세 개 나타났다. 사람이냐 귀신이냐 정체를 밝혀라."라고 했는데 가까이 온 것을 보니 셋이 아닌 다섯 명이 말을 타고 나타났더란다. 그래서 관람석에서 "변사 엉터리다. 무슨 셋이냐, 다섯이 아니냐?"고 항의를 했더니, 변사가 "그래 다섯 명이 아니냐?"고 둘러댔다든가, "세 명이면 어떻고 다섯 명이면 어떠냐."고 했다든가 어쨌다든가. 또 이런 경우도 있었다고 한다. 대사를 주절대던 변사가 한동안 벙어리여서 관객석에서 "변사 어디 갔냐?" 하고 소리를 질렀더니 조금 후에 변사가 마이크를 잡고 "변사가 화장실에 갔다 온 것이 그렇게도 잘못이냐?"고 되받아치더란다. 변사는 늘 쉿소리가 섞인 쉰 목소리였다.

❀ ❀ ❀

시외버스 정류장인 차부는 하동읍의 중심부였다. '대한금속'은 부산

같은 장거리를 뛰었고 '경전여객'은 악양 같은 단거리를 뛰었다. 나는 언젠가 한 번 어머니를 따라 대한금속버스를 타고 부산에 살고 있던 큰누님 집에 다녀온 적이 있다. 지금은 하동에서 부산까지 승용차로 2시간 반 정도면 갈 수 있는데 그때는 부산이 무척 멀었다. 자동차로 부산에 가려면 2번 국도를 타야 했다. 그 당시의 2번 국도는 마주 오는 차가 비켜가기가 어려울 만큼 좁은 자갈길이었다. 우리 모자는 아침 7시 차를 탔는데 7시간 30여 분 후인 오후 2시 반쯤에 부산의 서면에 닿았다.

오래전에 세상을 떠난 친구 YS는, 우리가 중학교 다닐 때에 놀라운 신통력을 가졌었다. 그는 멀리서 대한금속버스가 오면, 저 차는 경남 몇 번이라고 차의 번호를 아는 것이었다. 물론 차 번호를 알아볼 수 없는 지점에서 귀신같이 알아맞혔다. 경전여객이나 다른 버스의 번호는 몰랐다. 오로지 대한금속 버스만 알았다. 한두 대만 아는 것이 아니라 하동에 오는 대한금속 버스는 거의 모두 알았다. YS가 어느 동네에 살았는지 모르나, 짐작건대 아마 차부 근처에 살았지 않나 싶다. 그렇지 않고서야 버스 번호를 일부러 하나하나 외우지는 않았을 테고 그런 신통력을 가질 수가 없었을 것이다.

YS는 인물도 좋고 심성도 좋은 친구였다. 그는 사람을 가리지 않고 모든 친구들을 따뜻하게 대했다. 지금도 그의 호탕하게 웃는 모습이 생생하다. 그가 서울성모병원에 입원해 있을 때 나는 겨우 한 번 문병을 갔지만 세상을 떠났을 때는 조문도 못 갔다. 나의 건강이 허락을 하지 않았기 때문이다. 지금도 미안한 마음 그지없다. YS는 지금 하늘나라 좋은 곳에 가서 편히 쉬고 있을 것이다. 다시 한 번 그의 명복을 빈다.

대한금속 버스는 외관이 비교적 좋았지만 경전여객 버스는 고물이 많았다. 또 경전여객 버스에는 이런 노래가 붙어 다녔다. 「오동동 타령」이라는 유행가의 곡조에 맞추어 불렀다.

'경—전여객 차장 아가씨— 돈마안—알고요—, 돈—없는 시골 춘노옴— 타고오 갑니이다—. 아아—니요오 아니—요오'

여기까지만 기억이 나고 그 다음은 캄캄하다. 짓궂은 녀석들은 '돈만 알고요'를 'X만 알고요'로 고쳐 부르기도 했다. 옛날에는 시외버스 운전사와 차장 사이에 썸씽(something)이 많았나 보다. 차부 가까이 있었던 중국집 회영루는 주방의 창이 하필이면 길 쪽으로 나 있어서 음식 냄새가 종종 나의 발걸음을 붙들었다.

❦ ❦ ❦

남약국에서는 살구씨를 모아오는 아이들에게 계피로 바꾸어주었다. 그래서 여러 아이들이 계피와 바꿔먹으려고 살구씨를 모았다. 살구씨는 집에서 살구를 먹고 발라낸 씨도 가끔 있었지만 그것 가지고는 택도 없었다. 그래서 남이 길에다 뱉어놓은 살구씨를 주워서 모아야 했다. 나도 눈에 불을 켜고 길바닥을 살피고 많이 다녔다. 지금 생각하면 얼마나 지저분하고 남이 흉을 볼 일인가. 그러나 어렸을 때는 내 입에 계피만 넣을 수 있다면 그런 것쯤은 아무 상관 없었다.

5학년 때 3반 담임을 맡았던 남상탁 선생님은 남약국 주인의 아들이었다. 3반이었던 아이들의 말에 따르면, 남 선생님은 아이들에게 사랑을 듬뿍듬뿍 쏟아주셨다고 한다. 아이들이 운동장에서 공을 차고 싶어 하면 기꺼이 함께 뛰어주시고 음악책에 없는 재미있는 노래도 많이 가르쳐주셨다고 한다. 또, 있는 집 아이나 없는 집 아이나, 공부 잘하는 아이나 못하는 아이나, 차별하지 않고 골고루 어루만져주셨다고 한다. 선생님은 안식교회의 신실한 신자였다. 그래서인지 선생님은 아이들에게 매를 든 후에는 교탁 아래에서 무릎을 꿇고 회개기도를 했다고 한다. 남 선생님이 아이들과 같이 잘 놀아주셨기 때문에 많은 다른 반 아이들이 3반 아이들을 부러워했다.

❦ ❦ ❦

방방사진관은 친구 YJ의 아버지가 주인이었다. 우리 가족도 아주 가끔이지만 방방사진관에 가서 사진을 찍었다. YJ의 아버지는 키가 작았다. 사진을 찍을 때 우리를 자리에 앉힌 후 사진기에 걸쳐진 검은 보자기를 뒤집어쓰고 사진기에 비친 우리의 위치를 살폈다. 그런 다음 보자기를 걷고 우리를 향해 당신의 손을 이쪽으로 까딱, 저쪽으로 까딱 하면서 얼굴의 위치를 고쳐주었다. 이쪽으로 까딱 저쪽으로 까딱 할 때는 당신의 머리도 까딱거렸다. 말로 안 될 때는 앞으로 달려

나와서 "어깨를 이렇게 돌리고, 고개를 이렇게 들고." 하면서 손으로 우리의 몸을 좌우로 돌리기도 하고 위아래로 꺾기도 했다. 카메라 셔터를 누를 때는 "자, 찍습니다. 모두 웃으시고, 하나 둘 셋." 하고 찰칵 사진을 찍었다. 사람들은 직사각형 모양의 사진을 찍기도 하고, 하트(♡) 모양 안에 얼굴을 넣고 빈 곳에는 '단기 4288년 몇 월 몇 일'이라고 사진을 찍은 날짜를 넣기도 했다. '무엇 무엇을 기념하며' 또는 '누구누구와 함께'와 같은 문구를 넣기도 했다. 단기 4288년의 '쌍팔년'은 내가 WJ를 나의 짝으로 찍었던 국민학교 2학년인 해다. 그러니까 나는 쌍팔년도부터 여자를 밝힌 것이다.

🦋 🦋 🦋

나는 매번 영호이발관에서 머리를 깎았다. 나와 같은 작은 꼬맹이들은 이발의자에 빨래판을 걸치고 그 위에 앉아서 머리를 깎았다. 바리캉으로 머리를 깎을 때는 간지러워서 머리를 요리 비틀고 조리 비틀곤 했다. 그나마 머리를 깎을 때의 JY의 아버지는 양반이었다. 머리를 감길 때 그분은 독립군을 물고문하는 일본 순사로 돌변했다. JY의 아버지는 나의 머리를 세면통에 우악스럽게 쳐박았다. 그런 다음 한 손으로는 나의 목을 누르고 다른 손으로는 양철로 만든 물뿌리개로 나의 머리에 물을 뿌리고 비누칠을 했다. 그것도 누런 빨랫비누였다. 비누칠을 한 다음에는 손바닥보다도 더 넓적한 나무뿌리로 만든 솔로 빡빡 문질렀다. 내가 힘들어서 머리를 움직이면 JY의 아버지는 손목에 더 힘을 주고 내 머리를 꼼짝달싹 못하게 움켜쥐고서 세면통에 더 깊이 처박았다.

어릴 때 나는, 겨울에는 이발관에서 머리를 감는 것 말고는 거의 머리를 감지 않았다. 그래서 때가 덕지덕지했을 것이다. JY의 아버지는 한두 번도 아니고 세 번, 네 번씩 비누칠을 하고 머리통에 불이 나도록 빡빡 문질렀다. JY의 아버지가 머리를 감겨주실 때는 목도 아프고, 숨 쉬기도 힘들고, 눈으로 비눗물도 들어오고 해서 나는 매우 힘들었다. JY의 아버지로서는 단순히 머리 감기였지만 나로서는 고통스러운 '물고문'이었다. 그렇게 물고문을 당했는데도 집에 가면 어머니는 "아이구 우리 아들, 인물이 훤하다."라며 불난 집에 부채질을 하셨다.

그 무렵 영호이발관에는 우리 집 바로 옆에 사는 내 형님의 친구가 월급쟁이로 일하고 있었다. 그 형님은 내가 머리를 깎으러 가면 JY의 아버지의 눈을 피해서, "그냥 가거라이." 하고 작은 소리로 말했다. 그 말은 돈 내지 말고 가라는 말이었다. 그런데 이 벅수는 그 말뜻을 모르고 덜렁 돈을 내고 왔다. 일을 마치고 집에 온 형님은 나를 보고, "야 임마, 그냥 가라고 했는데 왜 돈을 내?" 하고 내 머리에 꿀밤을 먹였다. 그 이후로 나는 그 형님이 그냥 가라고 안 해도 그냥 왔다.

JS도 영호이발관에서 머리를 깎았다고 한다. 그 무렵에 이발비가 얼마였는지는 그도, 나도 기억에 없다. 예컨대 이십 환이었다면, JS는 집에서 십 환짜리 두 장을 받아가서 머리를 깎은 후에 JY의 아버지에게 십 환짜리 한 장만 드렸을 때도 있었다고 한다. JY의 아버지가 "이십 환인데 왜 십 환밖에 안 내냐?"고 물으면, JS는 "우리 아부지가 십 환밖에 안 주던디요." 하고 오리발을 내밀었다고 한다. JS는 그처럼 어려서부터 이재(理財)에 밝았다. 어렸을 때 나는 JS와 딱지 따먹기를 많이 하고 놀았다. JS는 딱지 따먹기 할 때도 계산에 빈틈이 없었다. 나에게 딱지를 줘야 할 때, 그는 딱지를 한 장이라도 덜 주었으면 덜 주었지 더 주는 법이 없었다. '겐또(어림짐작)'를 할 때에는, 내 눈에는 똑같은데도 JS는 내 딱지와 그의 딱지를 나란히 세우고 엄지손가락으로 눌러보고 또 눌러보곤 했다. 사실은 나도 그랬다.

❦ ❦ ❦

신흥자전차점은 WY의 삼촌이 운영하였다. WY 삼촌의 부인은 우리 어머니가 중매를 섰다고 한다. 그래서 그런지 WY의 삼촌은 우리 어머니를 만나면 "내리오십니까?" "들어가십니까?" 하고 만날 때마다 인사가 깍듯했다. WY는 동구에서 살 때 삼촌과 같이 우리 옆집에 살았기 때문에 그 분도 나를 잘 알았다. WY의 삼촌은 내가 자전차점 앞을 지나갈 때도 곧잘 살갑게 아는 체를 하셨다.

신흥자전차점 뒤편에는 까자(과자)를 만드는 공장이 있었고, 길 건너편에는 까자공장에서 만든 까자를 파는 가게가 있었다. 그 무렵에는 과자를 입이 앞쪽으로 달린 어항 같은 투명 유리병에 넣고 팔았다. 아이들이 돈을 내면, 주인은 유리병에서 과자를 집어내서 낸 돈만큼, 하나, 둘 세어서 아이들에게 건네주었다.

그 시절 우리가 즐겨 사먹었던 과자로는 아미다마(눈깔사탕), 오다

마, 십리사탕, 박하사탕, 삐가, 오꼬시(쌀강정), 센뻬이(전병), 오마개 등
이 있다. 오마개는 뽑는 재미가 있었다. 오마개를 싼 종이를 펴면 '또'
라고 쓴 글씨가 나올 때가 있었다. '또'가 나오면 또 한 번 오마개를 뽑
을 수 있었다. 우리는 '또'가 나오나 안 나오나 마음을 졸이면서 조심
조심 오마개 종이를 폈다. 설탕을 끓여서 철판 위에 여러 가지 모양을
그린 꿀떡도 맛있었다. 아령처럼 생긴 모양을 떼어 내기 위하여 꿀떡
을 입으로 조심스럽게 빨던 기억이 새롭다. 주인은 아령 모양을 뽑아
내는 아이들에게 같은 모양의 꿀떡을 또 하나 주었다.

시장통에는, 아래쪽에 백설아이스께끼 공장과 위쪽에 송림아이스께
끼 공장이 있었다. 송림아이스께끼의 '송림'은 우리와 같은 학년인 JS
가 지은 이름이다. 우리는 여름에 가끔 아이스께끼로 더위를 식혔다.
중학교 때에는 그것을 누가 빨리 많이 먹는지 시합을 하기도 했다. 어
떤 친구는 다른 사람이 못 먹게 여러 개의 아이스께끼에 미리 침을 발
라놓기도 했다.

들과 산에도 먹을 것이 많았다. 봄에는 삐비(띠, 삘기)를 뽑아먹고 찔
레나무순도 꺾어 먹었다. 소나무 가지를 잘라서 낫으로 겉껍질을 깎
아내고 그 안의 송콧(속껍질)도 이빨로 갉아먹었다. 이빨로 갉을 것이
없으면 마지막에는 입으로 핥아먹었다. 초여름에는 감나무 밑에 떨어
진 감똘개를 주워 먹었고, 막 노릇노릇하게 익어가는 보리나 밀을 베
다가 불에 꼬실라서(그슬어서) 먹기도 했다. 보리나 밀은 제집 밭 것보
다 남의 집 밭에 가서 주인 몰래 베어오는 것이 스릴 있었다. 밀은 오
래 씹으면 끈기가 조금 생겼다. 우리는 그것을 껌을 씹듯 짝짝 소리를

내어 씹기도 했다. 내 막내누님은 보리나 밀을 비벼 먹은 시커먼 내 손과 입 주위를 보고 "꼭 인도징 같다"고 했다. '인도징'은 피부가 까만 인도인을 일컫는 일본말이었다. 봄에는 보리줄기를 잘라서 햇때기(호드기)를 만들어 불었다. 버드나무 껍질을 벗겨서 만든 햇때기도 소리가 잘 났다. 겨울에는 산에 가서 괭이로 흙을 파고 칡을 뽑아서 먹는 것도 즐거웠다.

하동 시장동의 내 동무들

학교를 마치고 집에 돌아오면 책 보따리를 집어던지고 노는 것이 나의 일과였다. 저학년 때는 주로 우리 집이나 이웃집, 또는 그 근처에서 놀았고, 고학년에 올라가서는 온 동네를 돌아다니면서 놀았다. 나는 중학교에 들어가서도 방과 후에는 주로 놀았다. 혼자서는 거의 놀지 않았다. 동네아이들과 어울려서 여러 가지 놀이를 하며 놀았다. 그 무렵 내가 우리 동네에서 가장 재미있게 한 놀이는 '깡기리'와 '도둑놈 잡기'다.

깡기리는, 빈 깡통을 술래 한 사람이 지키고 나머지는 여러 곳에 흩어져 숨었다가 술래가 숨은 아이를 찾느라고 자리를 비운 틈에 뛰어나와서 깡통을 차버리면서 "깡기리"라고 소리를 지르는 놀이였다. 술래에게 붙잡힌 아이들은 손을 맞잡고 깡통 옆에 줄지어 서 있다가 '깡기리' 소리가 나면 흩어져서 다시 숨었다. 깡기리를 할 때 술래는, 붙잡은 아이들을 지키랴, 숨은 아이들을 찾으러 다니랴, 잠시도 긴장을 늦추지 못하고 이리저리 뛰어다녀야 했다.

우리 동네 한가운데는 윗면이 반반한 바위 하나가 길과 맞닿아 있었다. 그 바위 옆에는 전신주가 서 있고 거기에는 백열등이 하나 달려 있었다. 그곳은 우리가 깡기리를 하기에 딱 좋았다. 그곳에서 나는 동네아이들과 어울려 저녁밥을 먹을 때까지 깡기리를 했다. 저녁밥을 먹은 뒤에도 거기서 깡기리를 할 때도 많았다. 전봇대에 매달린 백열등이 불을 밝혀주어서 그곳은 밤에도 깡기리를 하기 좋았다. 낮에 하는 깡기리보다 오히려 밤에 하는 깡기리가 더 재미있었다.

우리가 깡기리를 하고 노는 바위 옆에 사는 한 아지매는 우리가 놀면서 웃고 떠드는 소리에 머리를 절래절래 흔들었다. 아지매는 이따금 우리에게 소리를 질렀다.

"야아들아, 다른 데 가서 놀아라. 시끄러서 못 살것다. 아이구, 몸서리가 난다."

아지매가 시끄러서 못 살겠든 말든, 몸서리가 나든 말든 우리는 뺑돌뺑돌 말을 안 듣고 깡기리를 하고 또 했다. 참다 참다 못하면, 아지매는 물을 한 바가지 떠다가 우리에게 확 끼얹으면서 "아이구 몸서리야, 말도 말도 숭칙시럽게 안 듣는다."고 했다.

도둑놈 잡기는, 아이들을 동수로 양편으로 나누어서, 한 편은 도둑놈, 다른 한 편은 순경이 되어, 도둑은 뿔뿔이 흩어져서 숨고 순경은 숨은 도둑을 잡으러 다니는 놀이다. 도둑놈 잡기도 깡기리와 마찬가지로 순경에게 붙잡힌 도둑은 한곳에 붙들려 있다가 다른 도둑이 뛰어나와서 한 사람의 손바닥을 치면 모두 달아났다. 도둑놈 잡기는 낮에 해도 재미있지만 밤에 하면 훨씬 더 재미있었다.

우리 동네는 초가집이 다닥다닥 붙어 있었다. 평평하게 붙어 있는 집도 있고 계단처럼 높낮이가 다르게 붙어 있는 집도 있었다. 도둑놈 잡기를 할 때면 나는 홍길동이 되었다. 순경에게 쫓기는 도둑이 되면, 길에서 초가지붕 위로 뛰어오르기도 하고, 지붕과 지붕 사이를 건너뛰기도 하고, 지붕 위에서 내 키의 서너 배도 넘는 길에 뛰어내리기도 하고, 쫓겨서 남의 집 뒤란에 숨기도 하고, 급하면 남의 집 정지(부엌)에까지도 들어가서 숨었다.

우리 집과 WY 집 사이 뒤에는 축대가 매우 높은 곳에 집이 한 채 있었다. 그 집의 마당은 WY 집 지붕 높이와 엇비슷하였다. 마당 끝에 서면 우리 동네가 제법 많이 내려다보였다. 그 집에는 이름이 '일곤'이와 '이곤'이라는 형제가 살고 있었다. 그들은 나보다 너덧 살 어렸다. 그들은 자기 집 마당에서 놀기도 하고 동네를 돌아다니며 놀기도 하였다. 그들이 동네를 돌아다니며 놀 때는 저녁 먹을 때가 되어도 집에 안 들어올 경우가 많았다. 그럴 경우는 그들의 어머니가 여축없이 마당 끝에 나와서 "일곤아―이, 일곤아―이" 하고 형제를 찾았다. 아지매는 들숨을 깊이 들이마시고 "일곤아―이, 일곤아―이" 할 때 몸통을 앞으로 깊이 숙였다. 첫째가 대답을 안 하면 이번에는 "이곤아―이, 이곤아―이" 하고 둘째를 불렀다. 둘째를 부를 때는 "이곤아―― ―이" 하고 크고 길게 소리를 질렀다. 옆에서 들어도 아지매는 열

읍사무소 뒤로 초가집들이 다닥다닥 붙어 있었다.

을 많이 받은 목소리였다. 그러다가 일곤이나 이곤이가 "예—" 하면
아지매는 "이 호랭이가 물어갈 놈아, 안 들어오고 뭐허냐."고 소리를
질렀다. 어떤 때는 "이 쎄가 만발이나 빠질 놈아."라고도 했고, "저녁
안 쳐묵고 뭐허냐."라고도 했다.

우리 동네 뒤에는 타작마당이 있었다. 그곳은 보리타작이나 벼타작
을 할 때는 타작마당이었고 타작을 하지 않을 때는 우리들의 놀이마
당이었다. 타작마당은 테니스 코트와 비슷한 넓이였다. 거기는 넓은
공간이 필요한 놀이를 하기에 아주 좋았다. 나는 타작마당에서 동네
아이들과 자치기나 덴까이를 하며 많이 놀았다.

자치기는 짧은 나무막대 끝을 각각 반대쪽으로 비스듬히 깎아서 조금 긴 막대기로 쳐올려 멀리 보내는 놀이다. 덴까이는, 마당에 한일(一) 자나 S 자 모양으로, 그 당시 우리 발걸음으로 서너 걸음 넓이로 길을 길게 그리고, 그 중간 중간에 시냇물에 다리를 놓듯 한 걸음 정도의 좁은 길을 그린 다음, 아이들이 양편으로 나뉘어 한 편은 길을 통과하고 또 한 편은 좁은 길에 서서 통과하려는 아이들을 통과하지 못하도록 막는 놀이다. 길을 통과하는 편의 아이들이 한 사람도 남김없이 모두 통과하면 그대로 다시 시작하고, 통과하려는 아이들이 모두 끝까지 통과하지 못하면 공수(攻守)를 서로 바꾸었다. 덴까이는 통과하려는 쪽이나 그것을 막는 쪽이나 몸이 재빨라야 했다.

타작마당은 비석치기 하기에도 안성맞춤이었다. 비석 치기는, 손바닥만 한 납작한 돌을 세워놓고 대여섯 걸음 쯤 떨어진 곳에서 또 다른 손바닥 크기의 돌로 던지거나 몸에 지니고 가서 넘어뜨리는 놀이다. 우리는 돌을 무릎 사이나 사타구니 사이에 끼우고 껑충껑충 뛰어가기도 하고, 가슴이나 등거리에 올리고 조심조심 걸어도 가서 세운 돌을 넘어뜨렸다.

나는 남의 집 마당에 가서도 많이 놀았다. 우리 집 마당은 내가 놀기에 너무 작았다. 남의 집 마당에서 즐겨했던 놀이로는, 땅따먹기, 딱지따먹기, 다마치기(구슬치기), 팽이치기, 제기차기 등이 있다. 나는 지금도 내가 어릴 때 놀던 우리 동네의 모습과 나와 같이 놀던 아이들의 모습이 생생하게 떠오른다.

장날이 되면 나는 시장통에 자주 가서 놀았다. 우리 어머니는 장날마다 시장통에 내려가서 장사를 하셨다. 우리 밭에서 가꾼 열무나 호박 등을 팔기도 하고, 배피떡 장사, 우무장사, 죽장사도 하셨다. 우리 어머니가 장사하는 근처에 WY의 할머니가 잔치국수와 막걸리를 파는 가게가 있었다. 우리 어머니와 WY의 할머니는 친동기같이 가깝게 지냈다. 어머니는 장사가 끝나면 으레 WY의 할머니 가게에 가서 막걸리를 한 잔 들이키셨다. WY의 할머니는 내가 어머니를 따라갈 때마다 잔치국수를 말아주셨다.

그 무렵에 WY의 집은 우리 집 옆에서 시장통으로 이사를 했다. 그래서 내가 시장통에 갈 때에는 주로 WY와 어울렸다. 시장통에는 WY 외에도 친구들이 여럿이었다. 상호상회의 YD, 금물상회의 JS, 그 옆집의 달리기를 잘하는 SS, 그리고 읍내에서 가장 큰 기와집에서 살았던 JS가 나와 같이 놀았던 친구들이다. 우리보다 한 학년 아래이고 별명이 '꾀쭐이'라는 아이도 자주 우리와 섞였다. 그 밖에도 서너 명이 더 있었던 것 같은데 누구인지는 일일이 기억나지 않는다.

장날의 시장통은 오후 4~5시쯤 되면 장사꾼과 장꾼들이 거의 모두 떠나고 빈터가 되었다. 시장통에는 어린이회장을 했던 JT의 부모님이 교복을 짓는 가게가 있었고 그 앞에는 넓은 공터가 있었다. 그곳은 장날에 보따리장사들이 난전을 펴고 장이 파하면 팔던 물건을 모두 거두어 떠나고 빈터가 되었다. 그곳에서 우리는 자주 놀았다. 우리는 편

을 나누어 자전거 타기 경주를 많이 했다. 그 무렵에는 어린이용 자전
거가 없었다. 모두 어른들이 타는 자전거여서 우리가 자전거 안장에
올라앉으면 발이 페달까지 잘 닿지 않았다. 그래서 페달을 밟아서 발
이 떨어지면 페달이 한 바퀴 돌아서 올라올 때 발등으로 걸어 올려서
밟았다. 안장에 앉아서 타기가 힘든 아이들은 안장에 올라앉지 않고
오른쪽 다리는 안장 밑으로 집어넣어 저쪽 페달을 밟고, 왼쪽 다리는
이쪽 페달을 밟고 쪼그리고 앉아서 자전거를 탔다. 그렇게 타도 자전
거는 잘 달렸다.

딱지 따먹기도 했다. 나는 JS와 딱지 따먹기를 했던 기억이 유난히
또렷하다. 우리가 가장 많이 한 딱지 따먹기는 산치기였다. 산치기를

할 때, 나는 상대에게 딱지를 주어야 할 경우에는 깔까라시(새 딱지)는 모조리 가려내고 헌터라시(헌 딱지)만 골라서 주었다. 상대방이 나에게 깔까라시도 섞어서 달라는 요구는 잇금도 안 들어가는 소리였다. 주고받을 딱지 수가 많을 때에는 딱지를 나란히 쌓아놓고 엄지손가락으로 꾹 눌러서 겐또(어림짐작)를 했다. 시장통의 동편 빈터에는 가끔 말광대가 와서 여러 가지 기기묘묘한 재주를 부리며 우리에게 손짓을 했다. 시장통에서 놀 때, 산골에서 나무를 해서 지게에 지고 장에 팔러 온 사람들이 날이 저물 때까지도 나무를 못 팔아서, "갈비 한 짐 사이소!" "장작 한 짐 사이소!" 하던 애끓는 소리가 귓가에 쟁쟁하다.

여름날의 목골꼬랑

　나의 아버지는 농한기를 빼고는 우리 밭에 가서 사시다시피 했다. 내 어머니도 장사를 하지 않는 날에는 거의 매일 밭에 가서 일을 하셨다. 나도 어머니를 따라 밭에 자주 갔다. 나는 밭에서 학교나 동네에서 보지 못한 수많은 생명이 자라는 것을 보았다. 자연책에서 보고 배운 생물들은 움직이지 않는 죽은 생물이었다. 그러나 우리 밭에 가서 본 생물들은, 기어가고, 뛰어가고, 날아다니는 살아 있는 생물들이었다. 예컨대, 배추벌레는 배추흰나비가 알을 까고 그것이 자라서 배추벌레가 되고 또 자라서 다시 배추흰나비가 된다는 것을 자연책으로는 배웠다. 그러나 자연책에는 그림으로만 그려져 있기 때문에 그 과정을 확실히 알 수가 없었다. 머리로 상상할 뿐이었다. 그런데 우리 밭에 가면 배추흰나비가 까놓은 알과 그것이 배추벌레가 되어서 기어

다니는 모습과 배추흰나비가 되어서 날아다니는 모습을 모두 눈으로 생생하게 볼 수 있었다.

우리 동네 뒤에는 천지가 밭이었다. 그래서 밭에 심어진 보리며, 감자며, 고구마며, 채소 따위를 늘 볼 수 있었다. 그러나 보는 것만으로는 그것들이 어떻게 싹을 틔우고 어떻게 심고 어떻게 가꾸는 것인지는 알 수 없다. 하지만 나는 밭에 가서 부모님의 심부름도 하고 일도 거들면서 농작물이 싹이 터서부터 수확되기까지를 직접 체험했다. 내 친구들 중에는 감자의 싹을 어떻게 틔우고 고구마는 어떻게 심는지 모르는 사람이 적지 않을 것이다. 나는 잘 안다. 감자는 조각을 낸 씨 감자를 밭에 직접 심는다. 고구마는 통째로 심어서 싹을 틔우고 줄기를 길게 키운 다음에, 그 줄기를 잎이 두어 개 달릴 정도의 길이로 가위로 잘라서 밭에 꽂는다. 고구마 순은 비오기 직전이나 비가 내릴 때에 꽂아야 한다. 땅에 물기가 없으면 이내 곧 말라죽기 때문이다. 나는 아버지 어머니와 함께 비를 줄줄 맞으면서 고구마 순을 꽂았던 기억도 있다.

아버지는 풀을 베어다 밭 한쪽에 쌓아서 퇴비를 만들어, 보리씨를 뿌리거나 고구마 순을 심기 전에 밑거름으로 밭에 뿌리셨다. 나는 학교에서 풀을 모아서 만든 퇴비는 어떻게 만들고 언제 어디에 뿌리는지 모르다가, 우리 밭에 다니면서 아버지가 하시는 것을 보고 그것을 확실히 알았다. 나는 아버지를 도와서 코를 찌르는 역한 냄새를 참으며 밭에 퇴비를 흩어 뿌렸다. 그 다음에 보리씨를 뿌리고 괭이로 흙을 덮었다. 나의 아버지와 어머니는 나에게 농사일을 시키거나 가르치시지는 않았다. 목이 마를 때 우리 밭에서 조금 떨어져 있는 샘에 가서 물을 떠오라는 심부름 정도만 시키셨다. 그렇지만 나는 가만히 앉아 있지 못했다. 이것도 해보고 싶고 저것도 해보고 싶어서 내 스스로 농사일을 거들었다. 본디 나는 한자리에 가만히 앉아 있는 아이가 아니었다. 장난을 쳐도 쳐야 하고 재작을 지기도 지겨야 했다.

우리 밭으로 오가는 길 위아래에는 계단식 논들이 제법 넓게 누워 있었다. 그 논들이 끝나는 곳에는 목골꼬랑이 있었다. 그래서 우리 밭에 오갈 때는 반드시 그 논들 사이를 지나가야 했고 목골꼬랑을 건너야 했다. 나는 논과 목골꼬랑에서도 많은 생명들이 사는 모습을 보았다. 우리 밭과 우리 밭에 가는 길가에 있는 논, 그리고 목골꼬랑은 나의 체험학습장이었다. 또 그곳은 나의 일터이자 놀이터이기도 했다.

☘ ☘ ☘

여름이 되면 나는 매일같이 목골꼬랑에 가서 놀았다. 꼬랑의 중간쯤에는 집채만 한 바위가 여러 개였다. 나는 동네 아이들과 함께 그 바위들 밑으로 흐르는 꼬랑물 속에 들어가서 멱도 감고 물장난도 쳤다. 어른들은 바위 사이에 숨어서 속옷까지 벗고 목욕을 했다. 밤에는 우리 동네 처녀들이나 아지매들도 거기에 가서 목욕을 했다. 어른들 중에는 목욕을 한 다음에 바위 위로 올라가서 쉬거나 낮잠을 한 숨 자는 사람도 있었다. 우리 꼬맹이들도 자주 바위에 올라가서 놀았다. 옛날의 목골꼬랑은 물이 매우 맑고 깨끗했다. 나는 가끔 바위가 있는 곳의 조금 위쪽에 가서 놀기도 했다. 거기에는 송사리 같은 작은 물고기들이 놀고 있었다. 꼬랑 바닥에 있는 돌을 살짝 들어 올리면 가재가 기어 나오기도 했다. 가늘고 긴 풀이나 나뭇가지에 지렁이를 실로 감아서 꼬랑 벽에 박힌 돌 사이에 집어넣었다 뺐다 하면 집게발에 검회색 털이 수북한 참게가 끌려나오기도 했다.

나는 목골꼬랑에서 헤엄을 치거나 물놀이를 하면서 얼마나 물속에 머리를 처박았던지 왼쪽 귀에 고름이 잔뜩 고인 적이 있었다. 아마 중이염이었던 듯하다. 어머니는 나를 병원인지 한의원인지, 어디로 끌고 가셨다. 의사는 곪은 내 귀밑에 칼을 들이대어서 쨌다. 그런 다음 내 귀는 말끔히 나았다. 그런데 한참 나이를 먹고 나서 언제부터인가 내 왼쪽 귀가 전혀 안 들린다는 것을 알았다. 아마 의사가 내 귀를 칼로 쨀 때 청각신경을 건드린 것 같았다. 그 후부터 지금까지 나의 왼쪽 귀는 아무 소리도 못 듣는 먹통이 되었다.

대학에 입학할 때 신체검사를 받았다. 내가 들어간 서울교육대학은 신체검사가 엄격했다. 손가락이 하나만 이상해도 잘못하면 불합격이었다. 그래서 청각검사를 받을 때 나는 얼마나 마음을 졸였는지 모른다. 청각검사를 하는 줄 뒤에 서서 보니 손목시계를 오른쪽 귀에 대었다 왼쪽 귀에 대었다 했다. 째깍째깍 하는 시계소리가 들리면 팔을 들어 올리게 해서 청각의 이상 유무를 확인하는 것이었다. 그래서 내 차례가 왔을 때, 나는 시계소리가 들리면 오른팔을 들고 안 들리면 왼팔을 들었다. 그렇게 해서 청각검사를 무사히 통과했다. 교단에 섰을 때도 1년에 한 번씩 건강검진을 받았는데 그때마다 그런 식으로 통과했다. 청각검사가 귀에 리시버(receiver)를 끼고 기계음을 듣는 방식으로 바뀐 후에도, 들리면 오른팔을 들어 올리고 안 들리면 왼팔을 들어올렸다. 다행히 한 번도 걸린 적은 없지만 건강검진을 받을 때마다 나는 마음을 졸여야 했다.

❦ ❦ ❦

4~5학년 때부터 나는 우리 동네에서 내려와 너뱅이들 가까운 곳에 자주 가서 놀았다. 읍내와 너뱅이들 사이에는 폭이 조금 넓은 개울이 직선으로 흐르고 그 가운데 쯤에는 우리가 '물기계'라고 부르는 수문(水門)이 있었다. 여름이면 나는 아이들과 함께 그 개울에 가서 헤엄도 치고 물기계 위에서 다이빙도 했다. 피라미나 미꾸라지 같은 물고기도 잡고 잠자리도 잡았다. 거기의 잠자리는 보통 잠자리보다 눈과 몸집이 크고 푸른색을 띤 수뱅이였다. 우리는 미리 잡은 암수뱅이를 실에 묶어서 나무 가지에 매달고 "수뱅아 붙어라, ××× ×이다." 하며 휘휘 돌리면서 숫수뱅이를 꾀었다. 그런데 훗날 알고 보니 내가 헤엄도 치고 다이빙도 한 그 개울은 읍내의 생활하수가 모이는 곳이었다.

나는 너뱅이의 넓은 수로(水路)에서도 헤엄도 쳤다. 수로의 양쪽 둑에서 논게도 잡았다. 둑에는 게 구멍이 셀 수도 없이 뚫려 있었다. 사람의 인기척을 알아차린 게는 '아나, 나 잡아봐라'며 제 구멍으로 쏙 들어가 버리곤 했다. 나는 한번 잡겠다고 마음먹으면 반드시 잡고야 마는 땡삐(땅벌)였다. 나는 오른팔을 게 구멍 깊숙이 집어넣어서 웅크리고 있는 놈의 멱살을 잡아서 끌어내었다. 손가락이 게에 닿을락 말락 하면 손가락을 있는 대로 늘이고 손끝을 깐닥깐닥하여 게를 더듬어서 잡았다. 어떤 때는 게 구멍에 뱀이 들어앉아 있어서 식겁하기도 했다. 뱀은 논두렁에도 똬리를 틀고 긴 혀를 날름거리며 나를 질겁하게도 하기도 했다. 그 무렵 너뱅이의 논에는 온갖 생물들이 살고 있었다. 두루미인지 왜가리인지 흰 새들이 가늘고 긴 다리로 논 위를 걸으면서 먹이를 찾았고, 황새도 제법 많았던 것 같다.

공중에는 물총새도 날아다녔다. 나는 물총새도 잡았다. 너뱅이에는 논과 논 사이에 물을 통하게 하는 작은 나무 수로가 곳곳에 있었다. 물총새를 잡으려면 먼저 송사리나 피라미같이 물총새가 좋아하는 미끼를 잡아야 한다. 우리가 헤엄치던 너뱅이의 넓은 수로에는 물총새의 미끼가 지천이었다. 그것을 한 마리 잡아서 실로 묶어서 나무수로에 매달아 두었다. 미끼는 나무수로를 타고 흐르는 물에서 놀 수는 있지만 실에 묶였기 때문에 제자리에서 쩔쩔맸다. 그것은 너뱅이들을 날아다니는 물총새들에게 이게 웬 떡이냐 싶은 먹이감이었다. 물총새는 공중을 날아가다가 갑자기 사까닷찌(물구나무서기)를 해서 미끼를 낚아챘다. 미끼는 입에 물었지만 물총새는 그만 나에게 잡히는 신세가 되고 말았다. 나는 잡은 물총새를 가지고 조금 놀다가 눈깔이 불쌍해서 날려 보내주곤 했다.

못밥은 밥 중에서 가장 맛있는 밥 중의 하나이다. 나는 모내기철에 남의 집 못밥을 자주 얻어먹었다. 모내기철이 되면 나의 어머니는 품앗이를 하러 가끔 남의 집 모내기에 힘을 보탰다. 우리 집에는 논이 없었다. 어머니가 남의 집 모내기를 도와주면 그 집의 아지매는 우리 밭에 김을 맬 때 품앗이를 해주었다. 내가 중·고등학교 다닐 때는 이웃집에서 모내기를 할 때 못줄을 잡아주곤 했다. 나는 어머니 힘으로도 얻어먹고 내 힘으로도 얻어먹고, 남의 집 못밥을 많이 얻어먹었다.

못밥은 대개 팥을 섞은 쌀밥이었다. 밥그릇도 제대로 없었다. 바가지에다 밥을 담았다. 보리밥만 먹다가 맛보는 쌀밥은 정말 맛있었다. 쌀밥뿐이랴. 모내기를 할 때 햇감자가 갓 나왔다. 감자를 캐낸 곳에 모를 심는 논도 많았다. 햇감자는 그냥 쪄먹어도 꿀맛이었다. 칼로 배를 반으로 갈라서 삐들삐들 말린 갈치에 햇감자를 얇게 토막을 내어서 넣고 삼삼하게 재진 갈치조림은 별미 중의 별미였다. 무시를 토막 내어 굵은 멸따구와 함께 졸인 왁다지의 맛도 잊을 수가 없다. 자다가 깨서 얻어먹는 남의 집 제삿밥도 꿀맛이었다.

내가 6학년일 때 태풍 '사라호'가 한반도를 강타했다. 『두산백과사전』을 찾아보니 사라호 태풍을 다음과 같이 기록하였다.

"1959년 9월 한반도에 막대한 피해를 입힌 태풍이다. 최대 중심 풍속은 초속 85m, 평균 초속은 45m, 최저 기압은 952hPa을 기록하여, 그 당시에 기상관측 이래 가장 낮은 최저 기압이었다. 경상도에 특히 큰 피해를 남겼다. 사망·실종 849명, 이재민 37만 3,459명, 총 1,900억 원(1992년 화폐가치 기준)의 재산 피해가 발생하였다."

사라호 태풍 때 하동읍도 큰 피해를 입었다. 경찰서에서 진주 쪽으로 가는 길, 입술이 약간 두툼한 친구 HT네 방앗간 앞쪽 신작로(新作路)의 버드나무 가로수가 뿌리째 뽑히고 너뱅이도 거의 전부 물에 잠겼다. 그런 난리통이었는데, 태풍이 지나간 다음날 나는 어디에서 무엇을 했나? 이름이 기억나지 않는 친구 둘과 물이 들어찬 너뱅이 가에서 헤엄을 쳤다. 그때가 추석 무렵이었다.

🌺 🌺 🌺

　오래전에 '브래드 피트'와 '줄리아 오몬드'가 주연인 「가을의 전설」이라는 영화를 재미있게 보았다. 어릴 적 나에게도 가을의 전설이 있다. 우리 동네인 동구에 들어서면 오른편이 경찰서 담이었다. 그것은 6·25 전후 공비의 출몰을 막기 위해 흙에다가 돌을 박아서 만든, 폭이 1m쯤 되는 높은 담이었다. 경찰서 마당은 동구 입구의 길보다 높아서 어린 우리가 보기에는 우리 키의 3배쯤 되는 높이였다.

　그 담에 바짝 붙어서 경찰서 마당에 살구나무가 한 그루 있었다. 살구나무는 매우 크고 해마다 많은 살구가 열렸다. 살구나무는 길 쪽과 경찰서 마당 쪽으로 가지를 뻗치고 있었다. 길 쪽으로 뻗은 가지에 달린 살구는 미처 익기도 전에 아이들이 간짓대로 훑어서 모조리 따먹었다. 그러나 경찰서 마당 쪽으로 뻗은 가지에 달린 살구는 노랗게 잘 익어도 가지에 그대로 매달려 있었다. 만약 그 살구나무가 서있는 곳이 군청이나 읍사무소 정도만 되어도 살구는 모조리 아이들 손에 결딴이 났을 것이다. 그런데 거기는 경찰서였다. 장소가 장소인 만큼 아이들은 그쪽의 살구는 아예 손댈 생각을 못했다.

　살구가 노랗게 익었을 때 나는 동네 아이들과 저녁에 경찰서 쪽으로 뻗은 살구를 털기 위한 특공대를 편성했다. 특공대는 나를 포함하여 네 명인가 다섯 명이었다. 보름달이 둥실하게 떠서 주위가 훤히 보이는 달밤이었다. 특공대는 암벽등반을 하듯 경찰서 담을 타고 살구나무 위로 올라갔다. 경찰서 마당에는 아무도 없었다. 우리 모두는 운동회날처럼 위에는 흰색 반팔 난닝구, 아래에는 검은색 빤스 차림이었다. 특공대는 나뭇가지 하나에 한 명씩 붙어서 부지런히 살구를 따서 목 아래 난닝구 속으로 집어넣었다.

경찰서 앞에는 파출소가 있었고, 거기서 뒤쪽으로 마당을 몇 걸음 걸어가면 본관 건물이 있었다. 그런데 본관에는 변소가 있는데 파출소에는 없었다. 그래서 파출소에서 근무하던 순경이 용변을 볼 때는 본관으로 가야 했다. 우리가 부지런히 살구를 따서 각자의 난닝구 속에 집어넣고 있을 때, 파출소에서 근무하던 순경 한 사람이 소변을 보기 위해 마당을 걸어서 본관으로 들어갔다. 본관으로 들어갈 때는 우리를 못 본 것 같았다. 그런데 볼일을 보고 파출소로 되돌아가던 순경이 갑자기 걸음을 멈추더니 살구나무 쪽을 쳐다보고 있는 것이 아닌가!

특공대는 살구 따는 동작을 멈추고 바짝 긴장했다. 그러면서 순경이 제발 파출소로 그냥 가 주기를 마음속으로 빌었다. 그런데 그 순경은 우리의 바람대로 해 주지 않았다. 우뚝 서서 우리를 쳐다보던 순경이 살구나무 쪽으로 뚜벅뚜벅 걸어왔다. 나는 큰일 났구나 하고 몸이 얼어붙었다. 살구나무 가까이 걸어온 순경은 잠깐 동안 우리를 쳐다보더니 별안간 한쪽 발로 마당을 쿵 치면서 "이놈들!" 하고 고함을 질렀다. 내 가을의 전설은 그 고함소리가 들린 직후가 클라이맥스였다. '이놈들' '쿵' 소리와 동시에 한 녀석이 살구나무에서 아래로 뚝 떨어진 것이다. 그것은 마치 나무에 매달렸던 송충이가 나무에서 떨어지는 모습이었다. 우리는 혼비백산했다. 나머지 녀석들은 쏜살같이 살구나무에서 담으로 내려와 그 높은 곳에서 길로 뛰어내렸다. 그리고 정신없이 흩어졌다. 나는 살구나무 가까이 있는 골목에 몸을 숨겼다. 거기에서 나는 나무에서 떨어진 녀석과 순경의 목소리를 들을 수 있었다. 그 녀석이 떨어질 때 그의 고무신이 한 짝 벗겨져서 달아났던 모양이다. 녀석은 잔뜩 울음 섞인 목소리로 "나 신, 나 신." 했다. 그러자 순경은 "신 빨리 찾아서 가."라고 말했다.

그런데 큰일 날 뻔했다. 살구나무 아래는 화단이었다. 그 무렵 경찰서 화단 가에는 끝이 뾰족하고 흰색 페인트가 발린 나무 울타리가 쳐져 있었다. 만일 떨어진 녀석이 나무 울타리 위로 떨어졌더라면 크게 다쳤을 것이다. 뾰족한 끝부분에 머리를 박았거나 배라도 찔렸다면…… 지금 생각해도 끔찍하다. 그 녀석은 운이 되게(매우) 좋았다. 용케도 화단 가운데 떨어졌던 것이다. 나중에 보니 그 녀석의 배는 짓눌려 으깨어진 살구로 온통 범벅이 되어 있었다. 우리는 그다음 해부터는 경찰서 마당 쪽으로 난 살구는 아예 쳐다보지도 않았다.

겨울나기의 추억

나는 겨울에도 즐거웠다. 4학년 때부터인가 겨울방학이 되면 나는 산에 나무를 하러 다녔다. 날마다 다닌 것은 아니고 일주일에 두서너 번 다녔다. 주로 아버지를 따라다녔다. 가끔은 동네 아이들 두서너 명과 같이 다니기도 했다. 내가 아버지를 따라서 또는 동네 아이들과 같이 나무를 하러 간 곳은 적량면 밤골 뒷산이었다. 밤골 뒷산에서 조금 더 들어갈 때도 더러 있었다. 아버지는 생솔가지를 잘라서 나의 지게에 얹어주시면서 나더러 먼저 집에 가라고 하셨다. 나는 나무지게를 지고 혼자서 집에 왔다. 혼자서도 별로 무섭지 않았다. 집에 오면 이른 점심때가 되었다. 동네 아이들과 함께 갈 때는 늦은 점심때가 되어서야 집에 돌아왔다. 아이들과 같이 나무하러 갈 때는 마른 나뭇가지나 덤불을 낫질하여 묶어 왔다. 소나무 아래에 떨어진 갈비(솔가리)를 갈쿠리로 긁어서 짊어지고 올 때도 있었다.

　나는 동네아이들과 나무하러 가는 것이 즐거웠다. 아이들의 노래 중
에 "깊은 산 속 옹달샘 누가 와서 먹나요."라는 가사의 노래가 지금도
있는 듯하다. 하지만 지금 아이들은 시골에 살아도 옹달샘이 무엇이
며 어떻게 생겼는지 모를 것이다. 그렇지만 나는 나무하러 가거나 돌
아오는 길에 옹달샘에 가서 코를 박고 물을 먹기도 하고 물을 떠서 낯
을 씻기도 했다. 옹달샘은 하나만 있는 것이 아니었다. 우리가 나무하
러 오가는 길에는 서너 개나 있었다. 옹달샘 노래는 "새벽에 토끼가
눈 비비고 일어나 세수하러 왔다가 물만 먹고 가지요."라고 끝을 맺
는다. 요즘 아이들은 집토끼는 보아도 산토끼는 보지 못했을 것이다.
옛날 우리는 옹달샘에서 세수하는 산토끼는 못 보았지만 우리를 보고
놀라서 도망가는 산토끼는 얼마든지 볼 수 있었다. 고라니가 뛰어다
니는 것도 자주 보았다. 나뭇짐을 진 우리는 한 번에 집까지 올 수 없
었다. 돌아오는 도중에 여러 번 쉬어야 했다. 우리는 쉼터에 지게를
받쳐놓고 앉아서 마른 맹감 잎사귀를 종이에 돌돌 말아서 입에 물고
거기에 성냥을 그어서 어른들이 담배 피우는 흉내를 냈다. 그러다가
어른들한테 들켜서 "이놈들아 그러다가 불날라."라고 야단을 맞기도
했다.

※ ※ ※

　앉은뱅이썰매나 발스케이트를 탔던 추억도 즐겁다. 우리 고향은 남

녘이라 겨울에도 그다지 춥지 않았다. 얼음이 얼지 않을 때도 있었고 얼어도 두껍게 얼지 않았다. 요즘 피겨나 쇼트트랙 경기를 할 때 신는 스케이트는 도저히 탈 수 없는 두께였다. 앉은뱅이썰매도 겨우 탈 정도일 때가 많았다. 우리는 주로 아침나절에 썰매를 탔다. 점심때가 지나면 얼음이 녹아서 타기가 어려웠다.

나는 앉은뱅이 썰매나 발스케이트를 내가 직접 만들었다. 썰매는, 각목을 30cm 정도의 길이로 두 개 잘라서 양쪽에 놓고, 그 위에 널빤지를 못으로 박은 다음 각목 아래에 굵은 구리철사를 달면 앉은뱅이 썰매가 되었다. 각목 아래에는 구리철사보다는 창틀 위에 박힌 선로(線路)가 좋았다. 구리철사는 일직선이 되도록 펴야 하지만 선로는 이미 직선으로 똑바로 생겼을 뿐만 아니라 얼음 위로 잘 미끄러졌다. 하지만 그것은 왜정 때 지은 남의 집이나 건물의 창틀을 절단 내기 전에는 구하기가 여간 힘들었다. 아이들은 썰매 앞 쪽에 한 뼘 정도 폭의 널빤지를 세워달고 거기에 크레용 따위로 'MP'라고 쓰기도 했다. 그렇게 세운 널빤지는 썰매를 탈 때 물막이용이었고, MP는 헌병이라는 뜻이었다.

썰매판만으로는 썰매를 탈 수 없었다. 썰매를 앞으로 미는 지팡이가 필요했다. 지팡이는 지름 2cm 정도의 둥근 나무막대기를 적당히 잘라서, 한쪽 끝에는 못을 박아서 송곳을 만들고 다른 한쪽은 같은 굵기의 짧은 나무토막을 달아서 손잡이를 만들면 되었다. 꼬맹이들은 지팡이의 길이가 짧았고 학년이 올라갈수록 길었다. 송곳이 될 곳은 못대가리이다. 나는 못대가리를 돌멩이 위에 올려놓고 대장간에서 하듯 이리저리 돌려가면서 망치로 내려쳤다. 잘못하여 못 끝을 잡은 손가락을 쳐서 얼굴을 찡그리며 손을 감싸 쥐었던 때도 흔했다.

발스케이트 만들기는 그다지 어렵지 않았다. 발바닥 폭 정도의 통나무를 발 크기 정도의 길이로 잘라서 한가운데를 톱질하여 두 쪽으로 나누고, 둥근 아래에는 굵은 구리철사를 박고 앞쪽에는 못을 두 개 박았다. 스케이트 양쪽에도 잔못을 촘촘히 박았다. 그런 다음 앞쪽 못에 긴 고무줄을 매달았다. 그 고무줄은 발스케이트를 탈 때 스케이트에서 발이 빠지지 않도록 감기 위한 것이었다. 발스케이트를 타지 않을 때는 발스케이트 몸체를 칭칭 감았다. 나는 썰매 같은 놀이기구를 만들 때 옆집에 사는 홍석이 형제를 불러서 조수로 쓰곤 했다. 나는 조수들 것도 만들어주었다.

우리 집의 마루 끝은 군데군데 톱질 자국이 있었다. 썰매를 만들 때 마루 끝에 나무를 올려놓고 톱질을 했기 때문이다. 팽이를 만들 때도 자치기놀이 때 쓰이는 나무를 토막 낼 때도 마루 끝에 나무를 올려놓고 톱질을 하였다. 우리 어머니는 내가 그렇게 톱질하는 것을 보셔도 "잘못하면 다친다."고만 하셨지 별로 야단을 치지 않았다. 아버지한테 들키면 혼이 났다. 그래서 나는 아버지가 집에 안 계실 때만 공사를 벌였다.

지금은 우리가 학교를 오가던 길 주위에 집들이 꽉 들어찼지만, 옛날에는 길까지는 시장통이었고 그 동쪽은 모두 논이었다. 나는 주로 그 논과 물기계가 있는 개울에서 썰매를 탔다. 국민학교 정문 앞의 개울에 갈 때도 있었다. 논에서 탈 때는 개울에서 썰매를 탈 수 있을 만큼 얼음이 두껍게 얼지 않은 날이었다. 얼음이 두껍게 얼어도 작은 꼬맹이들은 논에서 탔다. 그래야 안전했다. 꼬맹이들은 거의 모두 썰매 위에 양발을 개고 앉아서 탔다. 또 그들의 송곳은 꼬맹이일수록 짧았다. 5~6학년 때부터는 두 발만 겨우 올라앉을 수 있을 만큼 썰매가 작았고 앞에 MP를 달았다. 송곳도 길었다. 썰매 위에 쪼그리고 앉아서 엉덩이를 위로 들어 올렸다 아래로 내렸다 하면서 긴 송곳으로 쭉쭉 밀고 나갔다.

발스케이트는 타기 전에 준비가 필요했다. 스케이트가 발에 착 달라붙도록 단단히 고정시켜야 했다. 우리는 스케이트 위에 발을 올려놓고 고무줄로 칭칭 감았다. 고무줄을 왼쪽 못에서부터 시작하여 발등 위로 당겨서 오른쪽 못에 걸고, 다시 왼쪽 못으로 당겨서 또 오른쪽 못으로 왔다 갔다 하면서 여러 번 고무줄을 감았다. 발등만 감으면 스케이트를 탈 때 스케이트가 발에서 빠져버리기 일쑤였다. 그래서 발뒤꿈치까지 여러 번 둘러서 감았다. 발스케이트를 탈 때는 스케이트 앞쪽에 박힌 못으로 얼음을 콕콕콕콕 찍다가 스케이트를 반듯이 세워서 내달았다. 발스케이트를 논에서 탈 때는 나락클텅이(끌텡이)를 조심해야 했다. 나락끌텅이에 발이 걸리면 넉장구리(넉장거리)를 하기 마련이었다.

썰매를 탈 때 꼬맹이나 신마이(초보자)들은 얼음 위에 물이 없는 곳을 좋아했다. 그러나 썰매를 능숙하게 타는 프로일수록 얼음이 약간 녹아서 구멍이 나고, 그 구멍에서 물이 솟아 나와서 얼음 위에 고인 곳을 좋아했다. 썰매가 지나갈 때 얼음이 약간 아래로 내려앉는 듯하다가 다시 올라오는 곳을 우리는 고무얼음이라고 했다. 고무얼음 위를 MP

로 물살을 가르며 "빠집니다, 빠집니다, 안 빠집니다." 하며 지나가다가 물에 폭 빠지는 아이들도 많았다. 물기계가 있는 개울과 국민학교 앞에 있는 개울은 모두 얕았다. 그러나 거기는 물에 빠져도 고무신과 바짓가랭이만 젖을 뿐 그다지 위험하지는 않았다. 물에 젖은 채로 집에 가면 부모님한테 야단맞을 게 뻔했다. 그래서 물에 빠진 아이들은 개울둑에 불을 질러놓고 젖은 대비(양말)와 바지를 말렸다. 나도 물에 빠져서 개울둑에 불을 지른 적이 많았다.

❦ ❦ ❦

썰매나 발스케이트는 점심때가 되면 얼음이 녹아서 거의 파장이었다. 오후에는 주로 연날리기를 했다. 우리 집 뒤에는 경사가 완만한 밭이 여러 개 붙어 있었다. 그곳은 지대가 매우 높은 데다가 사방이 뻥 뚫려서 바람이 잘 불었다. 연날리기에는 둘도 없는 곳이었다. 우리 집 뒤의 밭두렁 사이에 하마칭이로 넘어가는 길이 나 있었다. 우리 동네 아이들은 그 길과 밭두렁 사이를 누비며 연을 날렸다. 가끔은 보리 싹이 파랗게 돋아난 밭에 들어가서 뛰어다니며 연을 날리기도 했다. 겨울에 보리밭이 얼면 흙이 보리 뿌리를 들어 올리므로 일부러라도 보리밭을 밟아줘야 했다.(지금 그곳은 거의 전부 산복도로에 묻혔다.)

연은 방패연과 가오리연 두 가지였다. 가오리연은 만들기가 간단해서 아이들이 직접 만들었다. 방패연은 만들기가 까다로웠다. 우리 동네에 이름이 모두 '천'으로 끝나는 4형제의 아버지가 있었는데 그분이

연을 잘 만들었다. 우리 동네 아이들의 방패연은 거의 모두 그분이 만들어주었다. 그분이 만든 방패연은 모두 이마에 태극마크를 달고 있었다. 연을 날리기 위해서는 연줄을 감는 자새가 있어야 한다. 꼬맹이들은 주로 가운데 중(中) 자 모양의 자새를 썼고 큰 아이들은 밭 전(田) 자 모양의 자새를 썼다.

처음에 연을 날리기 시작할 때는 자새의 실을 천천히 풀어주면서 뛰었다. 연이 공중에 낮게 뜨면 한 손으로 자새를 붙들고 다른 손으로 실을 당겨다 늘렸다 하면서, 등에 엎인 얼라를 둥개둥개 어르듯 연을 달랬다. 연이 하늘높이 올랐을 때 자새를 급하게 빨리 감았다가 확 풀어주면 연은 아래로 사까다찌를 했다. 연줄에 작은 종이 한가운데 구멍을 내어 끼우면 종이가 바람에 밀려서 연줄을 타고 연까지 가서 편지를 배달해주었다. 연줄을 서로 맞대고 비비면서 연싸움도 많이 했다. 연싸움에는 잉에실이 필요했다. 잉에실은 연줄을 길게 풀어서 팽팽하게 당기고 유리병 조각을 가루처럼 깨어 풀에 섞어서 실에 여러 번 문질러서 만들었다. 잉에실은 보통 실보다 약간 빳빳하고 유리가루가 반짝였다. 그것으로 상대편 연줄에 대고 비비면 칼날처럼 실을 끊었다.

❀ ❀ ❀

틈틈이 팽이도 돌렸다. 나는 나무팽이를 직접 만들었다. 나무팽이는 둥근 나무를 낫으로 뾰족하게 깎고 적당한 길이로 자르는 것까지는 쉬운데, 뾰족한 끝에 박을 쐬다마를 구하기가 하늘의 별 따기였다. 쐬다마를 구하다구하다 끝내 못 구하면 못을 박았다. 그 다음에 톱으로 자른 면을 뻬빠(사포, garnet paper)로 문질렀다. 그것은 자른 면에 크레용으로 원을 그릴 때 원이 잘 그려지게 하기 위한 것이었다. 톱질만 하면 면이 거칠거칠해서 원이 예쁘게 그려지지 않았다. 뻬빠를 구하지 못하면 표면이 반반한 돌 위에 팽이의 자른 면을 대고 빡빡 응땠다(문질렀다). 그렇게 하고서 크레용으로 원을 그렸다. 한가운데는 작은 원을 그리고, 점점 더 크게 색색별로 원을 그렸다. 색색별로 원을 그려서 팽이를 돌리면 자른 면이 오색 무지개가 되었다. 팽이채도 만들었다. 팽이채 끝에는 줄을 묶었다. 줄은 닥나무 껍질이 최고였다.

기계팽이 돌리기는 팽이에 긴 줄을 감아서 홱 던지면서 팽이줄을 낚아채었다. 팽이줄을 많이 감을수록, 빠르게 낚아챌수록 팽이가 잘 돌았다. 우리는 두 손으로 팽이줄을 팽팽히 당겨서 내 팽이로 상대편 팽이의 이마빼기를 들이박았다. 그렇게 하면 상대편 팽이는 비틀비틀하다가 땅에 폭 꼬꾸라졌다. 겁도 없이 덤비다가는, 받친 놈은 멀쩡한데 되레 받은 놈이 튕겨 나가서 비실비실 주저앉기도 했다.

나의 어릴 적 이야기에서 빼서는 안 되는 사람이 둘 있다. 한 사람은 지금까지도 우정을 나누는 WY이고, 또 한사람은 '홍석이'라는 친구다. 내가 어렸을 때, WY는 우리 집 바로 오른쪽에, 홍석이는 우리 집 바로 왼쪽에 살았다. 나와 WY와 홍석이는 셋이 다 같은 학년이었다. 홍석이에게는 6·25전쟁 때 피란 가서 낳았다 하여 '피란이'라는 두 살 터울의 동생이 있었다. 나와 홍석이 형제는 동네에서 무슨 놀이를 하든지 거의 늘 같이하던 동지였다. 나는 썰매를 만들 때도, 가오리연을 만들 때도, 나무를 깎아서 팽이를 만들 때도 홍석이 형제와 같이 만들었고, 그것을 가지고 놀 때도 같이 놀았다. 동네 가운데에서 깡기리와 도둑놈잡기를 할 때도 같이 어울렸다. 장마가 끝나면 우리 뒷집의 뒤란에서는 샘물이 솟아올라서 한동안 우리 집과 홍석이 집 사이를 쫄쫄거리며 흘러내렸다. 나와 홍석이는 감자 토막에 바지락 껍데기를 끼워서 흐르는 물 가운데 걸쳐놓고 물레방아를 돌렸다. 목골꼬랑에서는 풀잎을 따서 물에 띄우고 누구의 풀이 먼저 가는지를 겨뤘다. 고무신을 물에 띄워 겨루기도 했다.

홍석이는 내가 고등학교를 졸업할 때까지도 나의 이웃이자 친구였다. 그 무렵에 홍석이의 동생 피란이를 기절초풍시킨 추억이 있다. 피란이는 저녁에 영화구경을 하러 읍민관에 자주 갔다. 하루는 나와 홍석이가 피란이를 놀래주기로 작정했다. 나는 검정색 헌 코트를 입고 홍석이의 어깨 위에 목말을 타고 올라앉았다. 그런 차림으로 우리 집 앞의 컴컴한 골목에 서서 영화 구경을 마치고 집으로 돌아오는 피란이를 기다렸다. 피란이는 우리의 위장(僞裝)에 꼼짝없이 걸려들었다. 골목길을 무심코 올라오던 그는, 컴컴한 앞쪽에 키가 팔대장석인 시커먼 괴물을 발견하고 걸음을 뚝 멈추었다. 그는 소스라치게 놀란 듯했다. 그때 홍석이가 한 걸음 두 걸음, 뚜벅뚜벅 앞으로 나아갔다. 그랬더니, 피란이는 나 살려라 하고 도망을 쳤다. 그런데 너무 안됐다. 홍석이는 50대 초반에 세상을 떠났다. 평소에 그는 목에 커다란 혹을 달고 다녔는데 아마도 그것이 원인인 듯하다. 그로부터 몇 년 후에는 피란이도 형을 따라 갔다.

🐌 🐌 🐌

　저녁이면 나의 어머니와 막내누님은 등잔불에 머리를 맞대고 나의 내복과 대비를 꿰매곤 했다. 그 무렵 우리의 대비는 모두 목양말이었다. 대비를 신을 때는, 신은 다음에 아래로 처지지 않도록 둥근 고무줄을 발목에 끼웠다. 하루 종일 놀다가 저녁에 대비를 벗으면 발목에 동그랗게 고무줄 자국이 나 있었다. 대비는 발뒤꿈치 부분이 자주 구멍이 났고, 내복은 팔꿈치와 무릎 쪽이 자주 구멍이 났다. 어머니는 나의 대비나 내복을 꿰매시면서 “얼마나 나부대는지 내복이고 대비고 빠꿈한 데가 없다.” 하시며 혀를 차기도 하셨다. 내 양말과 내복은 꿰맨 곳에 또 구멍이 나기 일쑤였다. 막내누님은 흰 천을 동그란 나무테에 팽팽히 끼우고 갖가지 색실로 수(繡)도 놓았다. 내가 고등학교에 다닐 때에는 나에게 게실로 도꾸리를 짜주기도 했다. 등잔불 아래에서 각자 할일을 하면서 이 얘기 저 얘기할 때 내가 잘못 알아듣고 엉뚱한 말을 하면 막내누님은 “남당에 엄떵이다.”라며 나에게 퉁을 주었다. 나는 왜 엄떵이 앞에 남당이 들어가는지 몰랐지만 그 까닭을 캐묻지는 않았다. 그 무렵에 ‘정수’라는 거러박수(거렁뱅이)가 남당에 산다는 소문이 있었다. 정수가 우리 집에 밥을 얻으러 오면 어머니는 밥을 넉넉히 떠주었다. 반찬도 조금 덜어줄 때도 있었다. 우리 어머니뿐만 아니라 우리 어린 시절에는 누구나 인심이 후했다.

정월 초하루에서 대보름까지

우리가 손꼽아 기다리는 정월 초하루 설날은 겨울방학이 끝날 무렵이었다. 우리 어머니는 설날이 가까워지면 설을 쇨 준비에 바쁘셨다. 먼저 차례지낼 준비를 하셨다. 나는 막내누님을 도와서 놋그릇을 꺼내어 닦았다. 놋그릇은 깨진 기와조각을 가루처럼 잘게 부수어서 볏짚으로 문질러 닦았다. 어머니는 나와 누님을 보고 "매매 닦아라."고 말씀하시곤 했다. 설날에 어머니는 해마다 두부를 만드셨다. 콩은 우리 밭에서 많이 수확했으므로 두부를 만드는 데는 돈들 것이 없었다. 요즘 두부는 거의 모두 중국산 콩으로 만들고 국산 콩으로 만든 것은 값이 엄청 비싸다고 한다. 그렇지만 그 무렵에는 콩을 포함한 모든 먹거리에 중국산의 ㅈ 자도 없었다. 또 요즘 두부는 허물허물하고 고소한 맛이 별로 없지만, 옛날 우리 어머니가 만든 두부는 탱글탱글하고 고소했다. 순두부를 천에 붓고 눌러 짤 때에, 어머니는 두부자루 위에 맷돌을 올려놓고 짓눌렀다.

설날에 어머니는 매번 한두 가지 떡도 하셨다. 단골메뉴는 쑥떡이었다. 한해에는 인절미, 다른 해에는 호박시루떡도 번갈아가며 하셨다. 떡을 만들 때에도 쌀을 빼고는 돈이 들지 않았다. 나는 떡이 다 만들어질 때까지 진득하게 참지 못했다. 솥에서 떡시루를 떼어낼 때 부뚜막에 올라앉아서 시루뻔부터 떼어먹었다. 인절미를 만들 때에는 시루에 찐 쌀떡을 먼저 몇 개 집어먹어야 직성이 풀렸다.

설날 아침에 우리 가족은 큰방 윗목에 차례상을 차리고 마루에서 절을 했다. 방이 좁아서 그랬는지 풍습이 그랬는지, 왜 마루에서 절을 하는지 나는 몰랐다. 형님이 객지나 군대에서 오래간만에 집에 왔을 때도 부모님은 방안에 앉고 형님은 마루에서 절을 했다. 차례 지낸 음식으로 아침을 먹은 다음에는 큰아버지와 부모님께 세배를 드렸다. 세뱃돈은 주실 생각도 받을 생각도 안 했다. 그 다음에 나는 이웃집에 세배를 다녔다. 세배를 받은 어른들은 나에게 떡을 내주었는데 쑥떡이 대부분이었다. 배가 부른 데다 쑥떡을 내오면 먹을 수도 없고 안 먹을 수도 없었다. 억지로 조금 떼어서 씹는둥 마는둥 하면 "음석을 그리 깨작거리면 복 나간다."고 나무라는 어른도 있었다.

설날 사나흘 뒤부터 동네 사람들은 매구(꽹과리)를 쳤다. 매구는 이틀이나 사흘 이상 계속되었다. 매구는 단출했다. 꽹과리를 치는 상쇠가 앞장서고 징과 북과 장구를 치는 사람이 각각 1명씩 상쇠 뒤를 따랐고, 맨 뒤에는 벅구(小鼓)를 치는 몇 사람이 전부였다. 상쇠는 우리들에게 연을 만들어 주는 분이 맡았다. 상쇠와 그 뒤의 징과 북과 장구를 치는 사람들은 고깔을 썼지만 벅구를 치는 사람들은 고깔도 없었다. 색깔 있는 긴 천을 두세 개 어깨에 두를 뿐이었다. 나는 매굿꾼의 맨 뒤꽁무니에서 벅구를 치며 따라다녔다.

매굿꾼은 집집마다 돌아다니며 매구를 쳤다. 안방에 들어가서도 치고, 정지에서도 치고, 뒤란에 가서도 쳤다. 상쇠가 '깽깽깽 깨깽깽깽' 꽹과리를 두드리고 나머지 사람들은 꽹과리 소리에 맞춰서 각자의 기구를 치고 두드렸다. 매굿꾼이 찾아가는 집에서는 술과 안주를 내놓았다. 술상이 나오면 상쇠가 "매구야, 어서 치고 술 먹세, 콩지름국에 짐난다." 하고 꽹과리를 두드리면, 매굿꾼은 또 한바탕 신나게 놀고 난 다음에 자리를 잡고 앉아서 술을 마셨다. 지금 생각하면 내가 머할라꼬 벅구를 치면서 매굿꾼을 따라다녔는가 싶어 웃음이 나오지만, 그때는 부끄러운 줄도 모르고 창피한 줄도 모르고 마냥 신나고 즐거웠다.

그런데 지금 되돌아보니 우리 매굿꾼 뒤에 또 다른 매구가 따라다녔다. 나보다 두 살인가 세 살인가 어린 쬐끄만 가시나가 매굿꾼 뒤를 졸졸 따라다녔던 것이다. 훗날 내가 성인이 되어 가끔 고향에 내려가서 들으니까, 그녀는 시장통에서 무슨 장사를 한다고 했는데, 남과 돈을 주고받을 때 십 원짜리 한 장도 빈틈이 없고, 아는 사람에게 물건을 팔 때도 한 푼도 이문을 남기지 않고 본전 되시리 준다고 하면서 챙길 이문은 다 챙긴다고 하였다. 하동 사람들은 그녀와 같은 사람도 '매구'라고 하였다. 매굿꾼을 따라다녔던 그 매구는 매구를 치는 사람들만 따라만 다닐 뿐 매구를 치지는 않았다. 그 매구는 어렸을 때 제 잘못을 어른이 나무라면 콩만 한 것이 한마디도 안 지고 앵조가렸다(이죽거렸다). 그 가시나는 어른들도 못 당하는 촉새였다.

※ ※ ※

　설날 다음 명절은 정월대보름이다. 설날부터 정월대보름까지는 모든 사람들이 쉬며 놀았다. 그동안은 남의 집에서 먹고 자며 농사를 지어주는 머슴도 쉬면서 놀았다. 보름날 아침에는 더위를 팔았다. 내가 더위를 팔 첫 상대는 옆집의 홍석이나 피란이었다. 그들의 이름을 불렀을 때 "응." 하고 대답을 하면 "내 더구." 하고 더위를 팔았다. 그런데 홍석이와 피란이는 좀처럼 걸려들지 않았다. 오히려 내가 그들에게 걸려들 때도 많았다. 어머니들은 자기 아이가 '내 더구'를 '응' 하고 사면 여름에 더위 탄다며 이름을 부를 때 대답하지 말라고 단단히 이르곤 했다

　정월대보름에는 집집이 찰밥을 지었다. 우리 밭에는 콩, 팥, 조, 수수 따위가 많았으므로 우리 집의 찰밥은 여러 가지 잡곡이 골고루 들어갔다. 보름날에는 여러 가지 나물도 만들어 먹었다. 우리 어머니는 보름이 되기 전부터 싹을 틔운 콩을 시루에 넣고 아침저녁으로 물을 주며 콩나물을 길렀다. 어린 시절 보름날에 먹었던 나물은 콩나물을 비롯하여 무나물, 고사리나물, 시래기나물, 토란대나물, 말린 가지나물, 말린 호박나물, 등이 기억 속에 남아 있다. 나는 가족과 찰밥으

로 아침을 먹은 후에 복조리를 들고 동네를 돌아다니며 찰밥을 조금씩 얻어 와서 가족과 함께 맛을 보았다. 복조리는 아버지가 산죽(山竹)을 베어다가 직접 만드셨다. 보름날 아침인가 저녁에 어른들은 '귀밝이술'을 마셨다. 보름날 귀밝이술을 마시면 귀가 밝아진다고 믿었다.

설날부터 대보름 사이에는 중·고등학생 또래의 여자들과 처녀들은 널을 뛰었다. 아지매들도 가끔씩 뛰었다. 우리 국민학교 때의 겨울방학책에는 평평한 땅 위에 거적을 돌돌 말고 그 한가운데 위에 널빤지를 올려놓고 널뛰기를 하는 모습이 있었다. 그러나 나의 고향에서는 거적을 말지 않고 땅에 널구덕을 팠다. 우리 집 가까이에는 남새밭이 딸린 집이 두 채 있었다. 남새밭은 흙이 부드러워서 널구덕을 파기가 쉬웠다. 양쪽 끝 부분을 조금 깊이 파서 한가운데에 송곳하게 쌓고 그 위에 널빤지를 올려놓고 널을 뛰었다.

겨울방학 책대로 거적을 말고 그 위에서 널을 뛰면 몇 번 콩닥거리고 말 것이었다. 그러나 내 고향 방식대로 남새밭에 흙을 파고 널을 뛰면, 몸이 공중 높이 올라갔다가 내려오면서 널빤지를 힘차게 내려굴려서 반대편 사람도 공중 높이 올라갔다. 머리를 길게 땋고 한복을 입은 처녀가 널을 뛰면 치마가 바람에 펄럭이고 머리댕기가 시계추처럼 흔들렸다. 널을 아주 높이 뛰는 여자는 속치마가 보이기까지 했다. 나도 널을 뛰어 보았지만 쉽지 않았다. 널뛰기는 널을 뛰는 두 사람의 호흡이 잘 맞아야 했다.

❀ ❀ ❀

설날이 지나고 정월대보름이 가까워질 무렵에는 하동읍의 동쪽에 있는 마을과 서쪽에 있는 마을사람들이 돌싸움을 했다. 시장통에서 북쪽 산비탈을 쳐다보면 심심바구(바위)가 있었다. 심심바구는 굉장히 컸다. 우리 고장 사람들은 그 심심바구를 기준으로 동서로 편을 갈라서 돌싸움을 했다. 그런데 무슨 까닭으로 돌싸움을 했는지 모른다. 컴퓨터에게 물어봤더니 돌싸움은 그 무렵 남쪽 지방의 풍습이었다고 한다. 돌싸움은 해마다 했다. 중·고등학생 또래가 주축이었고 우리는 쫄병이었다. 그중에는 청년들도 많았다. 하루만 싸운 것도 아니다. 이틀이고 사흘씩 싸웠고 그보다 오래 싸울 때도 있었다.

돌싸움꾼들은 서로 싸우는 중에 가끔 상대편이 던진 돌멩이를 맞았다. 나는 돌멩이를 맞은 기억이 없는데, 부산에 사는 친구 TH가 머리에 돌멩이를 맞았던 기억을 들려주었다. TH는 상처가 난 곳에 담뱃가루를 뿌리고 그 위에 된장을 붙여서 싸매고 다녔다고 한다. 어렸을 때 나는 물팍(무르팍)에 딱지가 떨어질 새가 없었다. 다친 상처가 나아서 딱지가 떨어질 만하면 또 다쳐서 상처가 났다. 어머니는 내가 '너무 간파서' 그런다고 하셨다. 상처가 크게 나면 어머니는 나에게도 TH처럼 아버지 쌈지에서 담뱃가루를 털어서 뿌리고 된장을 붙여 싸매주셨다. 작은 상처에는 맨솔다마를 발라주셨다. 그 시절 내 막내누님은 손에 '동도구리모'를 찍어 발랐고, 시집가는 새 각시는 얼굴에 '박하분'을 톡톡톡 두드려 발랐다.

그 시절에도 하동읍에 약국이 있었다. 그렇지만 나는 약국의 약을 먹어본 기억이 별로 없다. 어릴 때 나는 자주 배탈이 났다. 배탈이 날 때마다 어머니는 장독에서 된장을 떠내어 물에 풀고 체로 걸러서 나에게 먹이셨다. TH도 배탈이 날 때마다 된장물로 배를 달랬다고 한다. 된장물은 엄청나게 짰다. 그것은 지독한 소태였다. 나는 된장물을 먹는 것이 회초리를 맞는 것보다 싫은 고역이었다. 그것을 먹을 때는 오만상을 찌푸리고 몸서리를 쳤다.

정월대보름께 쥐불놀이도 했다. 빈 깡통에 못으로 구멍을 여러 개 내서 철사줄을 매달고, 그 안에 불이 붙은 나무 조각을 넣고 빙빙 돌리는 놀이가 쥐불놀이였다. 쥐불놀이는 낮보다 밤에 하는 것이 제격이었다. 밤에 쥐불놀이하는 것을 멀리서 보면 사방이 컴컴한 데서 벌건 불덩이가 원을 그리며 돌았다. 그것은 도깨비불처럼 보이기도 했고 옛날이야기 속의 한 장면 같기도 했다. 쥐불놀이는 낮에도 하고 보름날 밤에 달집을 태운 후에도 많이들 했다.

❀ ❀ ❀

정월대보름의 백미(白眉)는 뭐니 뭐니 해도 달집 짓기다. 달집 짓기는 우리 겨울놀이의 하이라이트이자 피날레였다. 달집 짓기는 꼬맹이부터 중・고등학생 또래까지 모두 달라붙었다. 가끔은 어른들도 나와서 도와주었다. 달집 짓기는 점심을 먹은 후 곧바로 시작했다. 달집 문으로 쓸 타이어와 달집의 뼈대가 될 장대는 보름날이 되기 전에 미리 마련되어 있었다. 달집을 짓는 곳은 우리 동네 뒤의 먼당이었다. 거기는 읍내 전체는 물론 너뱅이까지 훤히 내려다보이는 곳이었다.

달집을 짓기에는 그보다 더한 명당이 없었다.

달집 짓기의 맨 처음 순서는 긴 장대 여러 개의 끝을 묶고 원뿔 모양으로 세워서 달집의 뼈대를 만드는 것이었다. 그렇게 뼈대를 세우고 아래에서부터 일정한 간격으로 새끼줄로 뼈대를 빙 둘러친 다음 달문을 달았다. 달문은 폐타이어에 창호지를 빙빙 둘러 감았다. 뼈대를 세우고 달문을 단 다음에는 뼈대 전체에 짚단을 빈틈없이 쑤셔 박고 그 위에 생솔가지를 촘촘히 꽂았다.

달집을 만드는 것은 중·고등학생 또래나 어른이 맡았다. 국민학교에 다니는 아이들은 달집을 세우기 전에 산에 가서 솔가지를 꺾어오는 일을 맡았다. 아이들은 대장을 앞세우고 제법 먼 산까지 가서 솔가지를 꺾어왔다. 대장은 대개 중·고등학생 또래가 많았다. 대장은 낫을 들었고, 뒤따르는 아이들 중에도 낫을 든 녀석이 있었다. 나도 3~4학년께부터 솔가지를 꺾으러 가는 줄에 끼었다. 솔가지를 꺾으러 가는 줄은 산으로 갈 때나 돌아올 때나 의기양양했다. 모두 양손에 솔가지를 끌고 돌아올 때는 마치 개선장군 같았다.

달집이 다 만들어지면 아이들은 그동안 가지고 놀던 연을 모두 달집에 매달았다. 달집에 매달린 연은 바람을 타고 잘 날았다. 달집을 태울 무렵에는 동네 아지매들도 달집 주위에 많이 모였다. 동네 아저씨들도 더러 보였다. 쟁반 같은 보름달이 두둥실 떠오르면 달집 문 안에 애지름을 한 깡통 끼얹고 불을 붙였다. 불은 순식간에 볏짚을 태우고 생솔가지에 옮겨 붙었다. 생솔가지가 불에 타기 시작할 때에는 희뿌연 연기기둥이 하늘에 닿았고, 연기가 잦아들면 집채보다 큰 불덩어리가 달집을 집어삼켰다. 불길이 절정에 다다르면 달집 주위는 대낮같이 밝고 용광로처럼 뜨거웠다. 달집에 매달렸던 연은 불길을 피해 연줄을 끊고 이미 도망을 쳤다. 사람들은 볼들이 벌겋게 익어서 섰던 자리에서 뒤로 물러서야 했다. 아지매들은 연신 머리를 조아리고 양손바닥을 모아 비비면서 달님께 각자의 소원을 빌었다. '비나이다, 비나이다, 신령님께 비나이다. 제발 우리 집 웬수가 작은 각시를 안 얻게 해 주소서.'

달집을 태우면서 읍내를 내려다보면 시장통에도, 생기물 섬호정 근처에도, 광평에도, 배섬에도 모두 불길이 솟아올랐다. 우리 동네 달집의 불길이 가장 컸고 다른 동네 달집의 불길은 하나같이 작아 보였다. 다른 동네아이들도 자기 동네의 달집의 불길이 가장 컸다고 느꼈을 것이다. 그다음 날 학교에 가서는 다들 자기네 동네 달집의 불길이 제일 컸다고 서로 빡빡 쎄웠다(우겼다). 우리 동네 달집의 불기둥과 등대 둥대했던 동네의 아이가 쎄우는 것은 봐 줄 수 있어도, 택도 없이 빡빡 쎄우는 녀석은 죽이지도 못하고 살리지도 못했다.

정월대보름날 밤에는 다리(橋) 밟기도 했다. 보름날에 다리를 밟으면 다리가 안 아프다고 했다. 하동읍 사람들이 다리 밟기를 하는 곳은 주로 섬진강 다리였다. 보름달이 하늘높이 떠오르면, 사람들은 가족끼리, 또는 친구끼리 섬진강 다리로 모여들어 다리를 밟았다. 나도 어머니와 막내누님의 손을 잡고 섬진강 다리를 밟았던 기억이 꿈틀거린다. 다리 밟기로 설날부터 보름까지의 긴 휴식은 끝났다. 정월대보름이 지나면 사람들은 하나둘 일상으로 되돌아갔다. 나의 아버지는 봄 농사를 짓기 위해 농기구를 챙기셨고, 어머니는 밭에 뿌릴 씨앗도 고르고 장사 준비도 하셨다. 나는 국민학교를 졸업하고 중학교에 진학했다.

3부
푸른 꿈이
영글던 날들

어머니는 아버지와 반대였다. "자식은 힘이
닿는 데까지는 가르쳐야 한다"는 것이 어머
니의 생각이었다. 나의 진학문제를 두고 아
버지와 어머니가 의논을 했는지 언쟁을 벌
였는지 나는 모른다. 아버지가 나를 중학교
에 안 보내려고 했다는 이야기를 한참 후에,
어머니로부터 들었다.

어머니
그리고 하동중학교

　나는 1960년 3월에 하동중학교에 입학했다. 그해 봄에 3·15 부정선거가 있었고 뒤이어 4·19 의거가 일어났다. 그런데 까딱 잘못했으면 나는 최종학력이 국졸(國卒)이 될 뻔했다. 아버지가 나의 중학교 진학을 반대했기 때문이다. 우리 이웃 동네에 아버지의 6촌 누이동생이 살고 있었다. 농한기가 되면 아버지는 누이동생 집에 가서 6촌 매제와 시간을 보내고 오시곤 했다. 아마 그해에도 설날과 정월대보름 사이에 누이동생 집에 다녀오신 듯했다. 아버지는 매제한테 무슨 이야기를 듣고 오셨는지 "자식은 국민학교만 마치면 더 공부를 시켜서는 안 되고 농사일을 가르쳐야 한다"고 하시면서, 내가 쓰던 지게를 놔두고 새 지게를 또 하나 만드셨다. 나의 어머니는 아버지와 반대였다. "자식은 힘이 닿는 데까지는 가르쳐야 한다"는 것이 어머니의 생각이었다. 나의 진학 문제를 두고 아버지와 어머니가 의논을 했는지 언쟁을 벌였는지 나는 모른다. 아버지가 나를 중학교에 안 보내려고 했다는 이야기를 한참 후에 어머니로부터 들었다.

우리 집의 돈줄을 아버지가 쥐고 있었더라면 나는 중학교에 못 갔을 것이다. 그런데 아버지는 돈하고는 거리가 멀었다. 밥만 잡수시면 밭에 가든지 산에 가셨다. 우리 집 돈줄은 어머니가 쥐고 있었다. 십 원짜리 한 장도 어머니 주머니에서 나오지 않으면 나올 구멍이 없었다. 간혹 아버지가 돈이 필요할 때도 어머니에게 손을 벌리셔야 했다. 어머니는 아버지 모르게 나의 중학교 입학원서에 도장을 찍었다. 아버지는 평소에 말씀이 별로 없으셨다. 또 어머니가 하는 일에는 여간해서 간섭하시지 않았다. 우리 집 모든 일은 어머니가 주관하셨다. 사실은 우리 집이 가난해서 나는 중학교 갈 형편이 못 되었다. 그때는 많은 아이들이 중학교에 가지 못했다. 중학교에 진학을 못 하는 아이들은 집에서 농사일을 거들거나 남의 업소에 가서 일을 배웠다. 학력이 인정 안 되는 맹감중학교에 가는 아이도 있었다.

❦ ❦ ❦

우리가 입학시험을 칠 때, 하동중학교의 입학시험에는 단순히 필답고사만 있었던 것이 아니라 미술 실기시험과 체육 실기시험도 있었다고 친구 JS가 나에게 일러바쳤다. 그때 미술 실기시험은 왼손을 보고 종이에 그리는 것이었다고 한다. 그런데 JS는 어떤 사물을 보고 왼손

막내 누님, 친구 우엽 그리고 필자(중1 시절).

으로 그리라는 줄 알고 앞에 있던 주전자와 컵을 왼손으로 그리다가 시험 끝나기 5분여 전에야 그게 아니라는 것을 알고 후닥닥 왼손을 그리다 말고 시험지(그림)를 냈다고 한다.

입학시험을 치른 며칠 후에 나는 합격자 발표를 보러 학교에 갔다. 그 무렵 하동중학교는 입학시험에서 떨어지는 사람이 별로 없었기에 합격자 발표는 보나 마나였으나 몇 등으로 붙었나가 궁금해서 간 것이었다. 그런데 내가 교문에 들어서자 어떤 아이가 공 아무개가 1등이라고 하는 것 같았다. 나는 그 아이가 혹시 내 이름을 잘못 말했나 싶었다. 나는 꿈도 야무지게 내가 혹시 1등일지도 모른다고 생각했다. 그런데 막상 합격자 명단을 눈으로 확인해 보니 나는 25등이었다. 왼손을 그리다만 JS는 그러고도 3등으로 합격했다. 나는 JS가 칸닝구(커

닝)를 했다고 선생님에게 까바칠려고 하다가, 사람이 그러면 못쓴다는 어머니의 말씀이 떠올라 관뒀다.

합격생은 국민학교 때 어린이회장을 했던 JT 부모님이 경영하는 동아양복점에 가서 교복을 맞추었다. 나도 거기에서 교복을 맞췄다. 하동국민학교를 졸업한 아이들은 물론이고 이웃학교나 면소재지 학교를 졸업한 아이들도 대부분 동아양복점에서 교복을 맞추었다. 그런데 웃기는 녀석이 있었다. 홍룡국민학교를 졸업한 한 녀석은 윗도리를 마치 반코트처럼, 웃옷의 길이가 허벅지까지 내려오도록 맞추어 옷자락 끝에 호크(hock)를 달아서 안으로 접어 입고 다녔다. 그것은 앞으로 키가 점점 크면 또 새 옷을 맞추어야 하니까 그럴 것 없이 호크를 달면 키가 자란 만큼 한 칸씩 아래로 내려서 3년 동안 입을 수 있도록 한 것이었다. 그렇게 호크를 단 것은 물론 그의 부모님 아이디어였을 것이다. 일견 아이디어치고는 굿 아이디어였다. 그런데 그 후에 호크를 내려달고 보니 전에 접었던 부분이 허옇게 자국으로 남았다. 학년이 올라갈수록 소매도 껑충했다. 그러거나 말거나 그 녀석은 그 옷으로 3년을 거뜬히 버텼다.

합격생은 남녀 합해서 모두 240명쯤이었다. 합격생은 1학년 A, B, C, D반으로 나뉘었다. A반과 B반은 남학생으로 채워졌고 C반은 여학생반이었다. 그리고 D반은 남학생이 반, 여학생이 반인 남녀 합반이었다. 나는 D반의 출석부에 이름을 올렸다. 자리는 키가 작은 순서대로 앉았는데, 나는 16번인가여서 중간쯤에 앉았다. 우리 반에는 입학시험을 1등으로 합격한 YK도 있었고 홍룡국민학교에서 공부 잘한다고 소문이 뜨르르했다는 JH도 있었다. 안약국집 KC도 우리 반이었고 목 넘어 삼양제재소의 SB도 우리 반이었다. SB는 2학년 때도, 3학년 때도, 나와 같은 반에서 공부했다.

SB는 키가 작아서 맨 앞자리에 앉았고 KC는 키가 나와 비슷해서 내 바로 뒤에 앉았던 것 같다. 담임은 농업 과목을 가르치는 정문원 선생님이었다. 교실은 본관 뒤쪽에 교실 두 칸짜리 건물에 있었다. 교실 남쪽에는 우물이 있었고 북쪽에는 큰 추자나무 아래에 교사용 변소가 있었다. 본관과 우리 교실 사이에는 자잘한 자갈이 깔려 있었다.

🍄 🍄 🍄

국어는 최봉길 선생님이 가르치셨다. 선생님은 미술도 가르쳤는데, 한 쪽 손이 조금 불편하셨다. 선생님들 중에는 학생에게 교과서를 읽힐 때 "누구 읽어볼 사람?" 하여 "저요." 하고 손을 드는 학생 중 어느 한 사람에게 "너." 하고 지명하는 선생님이 있고, 학생들의 의사를 물어보지 않고 "몇 번 읽어봐." 하고 일방적으로 지명하는 선생님도 있었다. '몇 번'은 주로 그날의 날짜였다. 5일이면 5번, 10일이면 10번을 지명하였다. 그래서 선생님이 우리에게 책을 읽힐 기미가 보이면, 우리는 얼른 오늘이 며칠인가를 따져보았다.

하루는 국어 선생님이 "여자 몇 번, 읽어 봐."라고 몇 번을 지명하였다. 지명받은 여학생은 자리에서 일어설 때부터 당황하는 기색이 역력했다. 읽기를 시작할 때부터 떠듬거려서 듣는 내가 불안했다. 그때 여학생이 읽었던 글은 어떤 시(詩)를 설명하는 글이었다. 그동안 나를 조마조마하게 한 여학생은 기어코 오발탄을 쏘고 말았다. 여학생이 읽던 글 중에 "어야 어야 노 저어라"라는 부분이 있었는데, 여학생은 그것을 "에야 에야 노 저어라"고 읽었던 것이다. 나는 웃음을 참느라고 쩔쩔맸다. 그 시절 나는 여학생이 조금만 실수를 해도 얼마나 고소했던지. 그런데 나만 그랬을까?

한번은 KC가 국어 선생님에게 얻어맞는 불상사가 일어났다. 쉬는 시간에 내가 KC에게 "많다 뜻이 뭐야?" 하고 물었다. KC는 "많다가 많다지 뭐." 하며 별것을 다 묻는다는 듯 싱거워했다. 그래서 내가 "그러니까 그 많다의 뜻이 뭐냐 말이야?" 하고 되물었다. KC는 "이것보다 저것이 많을 때 많다 아냐?"고 말했다. 내가 다시 "많다 할 때 그 많다의 뜻이 뭐냐니까?" 하고 KC를 조였다. 그제야 KC는 '많다'를 설명하기가 쉽지 않다는 것을 느낀 것 같았다. 그러고 말았다.

그런데 국어시간에 최 선생님이 수업을 막 시작하려 할 때였다. KC가 별안간 벌떡 일어서더니 "선생님 질문 있습니다. '많다'의 뜻이 무엇입니까?" 하는 게 아닌가! 나는 어리둥절했고 선생님은 얼굴이 벌게졌다. 선생님은 무서운 표정으로 KC를 노려보시다가 "너 좀 나와." 하고 KC를 불러내어서 한 손으로 사정없이 KC의 뺨을 갈겼다. 이번에는 KC의 뺨이 벌게졌다. 정신없이 때리던 선생님이 물었다.

"너 나이 몇 살이야?" "열세 살입니다." "너 형의 나이는 몇 살이야?" "열 몇 살입니다." "그럼 너 형 나이는 너보다 어때?" "많습니다." "이제, 많다의 뜻 알았어?" "예." "들어가."

KC는 벌게진 얼굴로 나를 꼴치며(꼬나보며) 제자리로 돌아왔다.

나는 KC가 가수 이장희처럼 "그건 너, 그건, 너, 바로 너 때문이야." 라고 나를 탓할 줄 알았는데 다행히도 그러지는 않았다. 만일 KC가 선생님한테 얻어맞은 것을 나 때문이라고 했더라면 나는 무척 억울했을 것이다. 왜냐하면 내가 KC더러 선생님한테 물어보라고 하지는 않았으니까. KC가 입 다물고 가만히 있었으면 아무 일도 없었을 텐데 왜 매를 사서 맞는지, 나는 알다가도 모를 일이었다. KC가 용감해야 할 일이나 용감해서는 안 될 일이나 왜 시도 때도 없이 용감한지 이해가 안 되었다. 만약에 내가 집에 가서 우리 어머니께 이런 나의 생각을 말씀드렸다면 어머니는 "다일러."라고 동의하셨을 것이다. 어머니는 다른 사람의 말에 동의할 때 곧잘 "하므."라고도 하셨다. 막내누님은 오랜만에 친한 친구를 만나면 반갑다고 한 손을 앞으로 내밀어 허공을 긁으며 "아이구 이 문딩아!" 하고 사대육신이 멀쩡한 사람을 인정사정없이 한순간에 문상(문둥이)으로 만들어버리곤 했다.

☙ ☙ ☙

영어는 고무웅 선생님이 가르치셨다. 고 선생님은 3학년 수학을 가르쳤던 고봉암 선생님의 아들이었다. 중학교 1학년 때 첫 영어 숙제는 4선 노트에 알파벳을 써오는 것이었다. 인쇄체 대문자와 소문자, 필기체 대문자와 소문자를 잉크에 펜을 묻혀서 열심히 썼다. 잉크와 펜을 학교에 가지고도 왔다. 엄지, 집게, 중지 세 손가락은 늘 잉크가 묻어 있었고 잉크를 엎질러 교복까지 망칠 때도 많았다.

우리가 배운 영어 교과서 이름인지 교과서의 첫 단원인지 모르지만 윌리와 샐리(Willy and Sally)가 기억에 떠오른다. 우리는 선생님이 읽는 대로 따라 읽으면서 꼬부랑말과 글을 배우기 시작했다.

I am a boy. You are a girl.

Are you a boy? Yes I am.

Are you a girl? No I am not. I am a student.

훗날 알고 보니 'I am a boy'는 'I'm a boy'로 쓰고 '아임어 보이', 빨리 읽으면 관사 a도 거의 들리지 않게 읽어야 하는데, 우리는 단어마다 힘을 주어 '아이 엠 어 보이'라고 또박또박 읽었다. 또, student의 t 발음은 거의 들리지 않을 정도로 해야 하는 것인데, 우리는 '스튜던트' 하고 '트'에도 힘을 잔뜩 주어 발음했다.

수학은 정기룡 선생님이 가르치셨다. 정 선생님은 여자 동급생 YH 의 아버지였는데 연세가 지긋하고 인자한 분이었다. 나는 수학에 약하다. 그때도 수학시간에 이해가 안 되는 것이 많았다. 예컨대 20× 0.5가 20보다 큰 수가 되지 않고 왜 10이 되는지 이해가 안 되었다. 나는 어떤 수에 무슨 수든지 곱하면 그 답이 앞의 수보다 커지는 줄 알았다. 그래서 한번은 수학시간이 끝난 후 쉬는 시간에 선생님의 뒤를 따라 교무실에 가서 왜 그런지를 여쭈어보았다. 선생님은 친절하고 자상하게 설명해 주셨다.

내가 서울에 올라와서 우연히 정 선생님을 뵌 적이 있다. 충무로에서였다. 선생님은 나를 금방 알아보셨다. 중학교 1학년 때 교무실까지 따라가서 귀찮게 하여 나를 기억하시는지도 몰랐다. 선생님은 학교를 그만두고 충무로에서 무슨 사업을 하신다고 하였다. 그때 나는 가정교사 자리를 찾고 있었다. 나의 사정을 말씀드렸더니 선생님은 나에게 고무응 영어 선생님의 누님 집에 가정교사 자리를 구해주셨다. 선생님을 못 만났더라면 그때 나는 오도 가도 못 하는 낙동강 오리알 신세가 되었을 것이다. 나는 지금도 정 선생님의 고마움을 잊지 못한다.

❦ ❦ ❦

우리에게 역사를 가르친 김철수 선생님은 우리 친구 YS의 아버지다. 선생님은 한눈에 총명하고 엄격한 분이었다. 내가 듣기로, 선생님은 보통고시에 합격한 경력을 가지셨다고 한다. 수업도 청산유수였다. 교탁 위에 교안은 펴놓았지만 별로 보지 않고 수업을 하셨다. 가끔 역사에 관련된 재미있는 이야기도 들려주곤 하셨다. 요동정벌을 갔던 이성계가 압록강 하구에 있는 위화도에서 회군(回軍)하여 조선을 세운 이야기를 들었던 기억이 지금도 아물거린다. 지리를 가르친 조○○ 선생님의 흑두건 이야기도 재미있었다는데, 나는 조 선생님의 수업을 받은 기억도, 흑두건 이야기를 들은 기억도 모두 없다.

우리 D반 담임인 정문원 선생님은 농업을 가르치셨다. 선생님은 우리가 배울 내용을 칠판에 먼저 판서하고 우리가 그것을 다 쓴 다음에 설명해 주셨다. 선생님이 가르쳐주신 학습 내용 중에는 내가 우리 밭에서 부모님이 농사짓는 것을 눈으로 보고 도와드리면서 이미 익힌 내용도 많았다. 선생님은 말씀을 오래 하시면 입술 양쪽에 허옇게 침이 고였는데, 어느 순간에 그것을 '쩝' 하고 입속으로 빨아들여서 목 너머로 삼키셨다. 나는 그것을 볼 때마다 너무 더러바서 쌍을(더러워서 얼굴을) 찌푸렸다.

✿ ✿ ✿

음악은 정현화 선생님한테 배웠다. 정 선생님은 사범대학을 갓 졸업한 젊은 선생님이었다. 선생님은 음악 교과서에 없는 이태리 가곡을 이태리어 가사로 여러 곡 가르쳐 주셨다. 우리는 가사의 뜻도 모르고,

> 카―로미오 밴― 크레―디멜맨― 센자디테― 랑―기스 케일 코―오―
> 카―로미오 밴 센―자디 테―에― 랑―기스 케일 코―오―

하고 따라 부르기도 하고,

> 께 벨라 꼬―싸― 나 요르 나타― 솔― 레 ―
> 나리아 세레 나―도 뽀나 템―베에 스타   ―

로 시작되는 「오 쏠레미오」도 배웠다. 나는 '쏠레미오'가 사람 이름인

줄 알았다. 정현화 선생님은 내가 하동고등학교에 다닐 때도 음악을 가르치셨는데, 위의 노래를 중학교 때 배운 것이 아니라 고등학교 때 배운 게 아닌가 하는 생각도 든다. 우리 학교 교가와 응원가도 음악시간에 배웠다.

천—만첩 두루 영봉— 둘러서 있고—
지—척에 배액운산이—내려다보오는—
이— 강산 조—은터에— 영—웅도— 나아리—라
인재를— 길러내는— 하—도옹— 중—학교—

하—동 읍내가— 뒤집어질— 듯이—
힘—차게 싸워라— 하—동 중학—
청천벽력 기세로— 적군을 —무찔러—
청천벽력 기세로— 적군을 무찔러—
힘—차게— 싸—워서— 이겨라 이겨라—

교가의 가사는 모두 내 기억 속에서 찾아냈는데, 응원가 중의 '하동 읍내가 뒤집어질 듯이'와 '청천벽력 기세로'는 아무리 찾아도 없어서 친구 TH의 기억을 뒤져서 끄집어냈다.

하루는 음악 선생님이 나를 보고 '공학규'라고 불렀다. '공학규'는 나의 형님 이름이다. 처음에 나는 선생님이 어떻게 내 형님 이름을 아시나 궁금했지만 선생님한테 물어볼 엄두는 내지 못했다. 그 무렵 형님은 군(軍)에 가 있었으므로 형님한테 물어볼 수도 없었다. 나는 음악 선생님이 형님의 친구인지도 모른다고 생각했다. 훗날 알고 보니 정 선생님과 내 형님은 친하게 지내지는 않았지만 하동국민학교 동기동 창이었다. 음악 선생님이 내 형님 이름을 부른 다음부터 나는 음악시 간에 늘 긴장했다. 시험공부를 할 때도 음악은 다른 과목보다 더 열심 히 준비했다. 그래서 시험 때마다 음악은 거의 만점을 받았다.

요즘 나는 주로 1960~70년대의 올드팝(old pop), 영화테마뮤직, 세 미클래식을 듣기 좋아한다. 하루 종일 광고 없이 주로 클래식을 들려 주는 KBS 클래식FM(채널 93.1MHz)을 자주 틀어서 클래식을 듣는 귀도 조금 트였다. 나에게 각별한 우정을 보내주는 친구 YD가 강남문화재 단 사무국장으로 있을 때는 '예술의 전당'에서 강남심포니오케스트라 의 연주회가 열릴 때마다 초대권을 보내주었다. 나는 그 연주회에 다 니면서 클래식에 더욱 친숙해졌다. 예술의 전당에서 세계 4대 오케스 트라 중 하나인 '베를린 필'을 만나서 구렁이알(구렁이알) 같은 배춧잎 파리를 수십 장이나 뜯기기도 했다. 영화음악으로 세계적으로 이름 을 날리는 '엔니오 모리코네(Ennio Morricone)'와, 역시 세계적인 관현악 단인 '폴 모리아(Paul Mauliat)'가 한국을 찾아왔을 때도 두 번이나 지갑 을 열었다. 이처럼 내가 음악을 좋아하는 것은 물론 음악 감상이 나의 태생적인 취향이기 때문이겠지만, 정현화 선생님을 만난 덕분도 있지 않을까 생각한다.

음악은 운동장가의 둑 아래에 있는 교실에 가서 배운 것 같은데 분 명하지는 않다. 그 교실 근처에는 큰 소나무가 여러 그루 있었다. 비가 온 후에는 소나무 아래에 빗물이 고였다. 우리는 솔잎 뒤꽁무니에 송진을 발라서 고인 빗물에 띄우곤 했다. 송진이 퍼지면서 솔잎은 배처럼 앞으로 잘도 나갔다.

❀ ❀ ❀

국민학교 다닐 때 나는 집에서는 공부를 거의 하지 않았다. 중학교에 가서도 시험 볼 때 아니고는 별로 공부를 하지 않았다. 시험을 볼 때는 시험범위만큼 노트를 달달 외웠다. 나는 홍룡국민학교에서 온 JH와 누가 시험을 잘 보나 하고 암암리에 경쟁을 했다. JH는 홍룡국민학교에서 한가락 했다고 나를 몰랑몰랑하게 여겼을 것이지만, 나도 촌놈이 공부를 잘하면 얼마나 잘 하겠느냐며 그를 몰캉하게(물렁하게) 봤다. 입학 후 첫 중간고사에서 나는 전교 2등을 했고 1학기말 고사에서는 전교 4등을 했다. 나는 JH의 성적이 나보다 낮을 때에만 그의 등수를 물어보고 나보다 높을 때에는 물어보지 않았다. 또 나보다 낮은 JH의 성적은 한평생 기억하려고 작정했지만 세상일은 내 맘대로 되는 게 아니었다.

한번은 이런 일이 있었다. 체육시험에 재건체조인지 무슨 체조이지, 체조순서를 적으라는 문제가 나왔다. 아마 숨쉬기운동, 다리운동, 팔운동, 가슴운동, 옆구리운동, 등배운동, 몸통운동 순이지 싶다. 나는 그 순서를 숨, 다, 팔, 가, 옆, 등, 몸으로 외었다. 그리고 시험 답안지에는 꼬박꼬박, 무슨 운동, 무슨 운동이라고 적었다. 그런데 JH는 순서는 맞게 썼는데 '운동'을 모조리 빼고, 숨쉬기, 다리, 팔, 가슴, 옆구리, 등배, 몸통으로 적었던 것 같다. 체육선생님은 그것을 오답으로 처리하여 빨간 줄을 좍좍 그어버렸다. JH는 이게 왜 틀렸느냐며, 무답시(공연히) 애먼 나한테 썽도가지(성깔)를 부렸다. 내가 봐도 '운동'을 빼버리고, 다리, 팔, 가슴, 옆구리로만 써 놓으면 그 부위가 '몰똑잖다'는 것인지, '우리—하다'는 것인지, 아니면 '쑥쑥 애린다'는 것인지 모를 것이었다.

국민학교 2학년 때 나와 WJ와의 과거사를 들춘 녀석과 한판 붙은 것도 중1 때였다. 녀석은 내가 못할 짓을 한 것처럼 이죽거렸다. 그 과거사가 나로서는 짜릿한 로맨스였는데 그 녀석에게는 불륜으로 보였던 모양이다. 장소는 우리 D반 바로 앞의 자갈이 깔린 곳이었다. 전력상으로는 내가 분명히 열세였다. 그렇지만 나는 마치 WJ에게 내가 이처럼 용감한 사나이라는 것을 보여 주기라도 하듯 있는 힘을 다하여 싸웠다. 나는 그 녀석에게 얻어맞은 만큼 때려줬고 그 녀석을 때려준 만큼 얻어맞았다. 레퍼리(심판, referre)가 없어서 승패는 가려지지 않았다. 나는 그 녀석이 제가 이겼다고 생각할 것 같아서 얼른 내가 이겼다고 못을 박았다. 늘그막에 보니 그 녀석은 하는 짓짓이 밥맛이다.

중학교 다닐 때 나는 집에 뛰어가서 점심을 먹고 왔다. 점심이라야 보리밥 한 공기와 두어 가지 밑반찬이 전부였다. 여름에는 바삐 새미에 가서 찬물을 한 바가지 떠다가 거기에 보리밥을 홀홀 말아서 먹었다. 집에 뛰어가서 점심을 먹고 오면 오후 1교시에 대 오기에 시간이 늘 빠듯했다. 오후 수업에 보도시(간신히) 들어갈 때도 있었다. 중학생이 되고서도 나는 방과 후에 집에 오면 국민학교 때보다는 덜했지만 동네 아이들과 놀기를 좋아했다. 부모님을 따라 밭에도 자주 갔다. 겨울이면 여전히 산에 나무하러 다녔다.

❀ ❀ ❀

하동중학교 운동장 남서쪽 가장자리에는 신기리에서부터 달려온 둑이 있고, 그 둑을 넘으면 아름드리 소나무가 빽빽한 '송림'이다. 운동장과 송림 사이에는 둑이 가로놓여 있었지만 우리에게는 송림도 운동장이었고 송림에 연이어 있는 백사장과 섬진강까지 우리의 놀이터이면서 휴식처였다. 쉬는 시간에도, 점심시간에도, 방과 후에도, 틈만 나면 우리는 송림을 친구 삼았다. 또, 송림은 우리의 배움터이기도 했다. 송림에서 백일장도 하고, 사생대회도 하고, 미술시간에도 종종 송림에 가서 풍경화를 그렸다. 『디지털하동문화대전』에는 송림을 다음과 같이 설명하고 있다.

"송림은 인공림으로 섬진강 변 백사장에 소재한다고 하여 '백사 송림' 또는 소나무가 푸르다는 의미의 '하동 창송(蒼松)'이라고도 한다. 하동 송림을 '창송'이라 부르는 것은 '창(蒼)'이 '푸르다·우거지다·늙다' 등 여러 의미로 쓰여, '푸른 소나무'라는 의미 외에 '노송(老松)'을 뜻하는 면도 있기 때문이다. 하동 송림은 섬진강 백사장을 끼고 있으며, 면적은 2만 6,400㎡에 달하고 길이는 약 2㎞이다. 900여 그루의 노송이 서식하고 있다. 껍질 모양은 마치 옛날 장군들이 입었던 철갑

을 두른 듯하다.

1745년(영조 21) 당시 도호부사(都護府使) 전천상(田天詳)이 강바람과 모래바람의 피해를 막기 위하여 소나무를 심은 것이 오늘날의 하동 송림이다. 송림 공원 주차장에는 노거수 소나무 밑에 '백사청송(白沙靑松)'이란 글이 새겨진 비석이 세워져 있는데, 거센 모래바람에도 굴하지 않는 소나무의 기상과 백성을 위하는 목민관의 정신을 의미한다.

숲 안의 '하상정(河上亭)'이라는 정자는 옛날에 활을 쏘는 곳이었다고 한다."

우리가 어릴 적에는 추석 무렵에 송림에서 씨름대회와 그네뛰기를 하였다. 전국에서 모인 궁수(弓手)들이 하상정에 모여서 활쏘기 실력도 겨뤘다. 농악대도 흥을 돋우지 않았나 싶다. 그때는 곳곳에 간이음식점이 들어서서 사람들은 거기에서 밥배도 채우고 술배도 채웠다. 그러면서 오랜만에 만난 지인들끼리 반가운 악수를 나누기도 하고 섭섭한 일로 그동안 뜸했던 사람들끼리 화해의 악수를 나누기도 했다.

송림은 하동 사람들이 여름에 더위를 피할 수 있는 최고의 장소였다. 피서를 하면서 술 내기 윷을 노는 사람들도 있었고, 보릿대 모자를 얼굴에 뒤집어쓰고 코를 고는 사람도 있었다. 갱조개장수를 불러서 '뜨거운' 국물을 들이마시고 "어, 시원—허다."고 뜬금없이 딴소리를 하는 사람도 있었다. 옛날 송림은 하동 사람들의 잔치마당이자 휴식처였다.

🍂 🍂 🍂

읍내 생기물 뒤의 '섬호정'도 하동 사람들의 좋은 휴식처였다. 『디지털하동문화대전』의 기록은 이렇게 나와 있다.

"섬호정은 1870년(고종 7) 고을 수령의 부임 시 영접문(迎接門)으로 사용하던 것을 지역 유림들이 하동향교 뒷산에 옮겨 세우고 섬호정(蟾湖亭)이라 이름 지었다. 1927년 하동향교 직원인 여종엽 등 지역 유림 35명이 출자하여 섬호정계(蟾湖亭契)를 조직하고, 옛 하동의 객사인 하남관(河南館) 정문 계영루(桂影樓)를 사서 그 재목으로 건립하였다. 1973년에 무너진 것을 1975년 3월 당시 하동군수 장치경이 하동 군비를 지원하여 복원하였다. 2006년 하동군수 조유행이 중건하였다. 섬호정은 정면 3칸, 측면 2칸 규모의 팔작지붕 2층 누각으로 되어있다. 마루는 한옥에서 흔히 사용되는 '우물 정(井)' 자 모양의 우물마루이며, 천장은 우물천장으로 되어있다. 2층에는 교자(橋子)를 놓아 새들이 오르내리도록 하였다. 섬호정에는 심상우가 쓴 현판이 걸러 있다. 이외에도 1927년 여종엽 등 35명의 발기(發起)를 적은 '섬호정 발기문'과 같은 해 3월 16일 여종협이 쓴 '섬호정상량문', 2006년 섬호정정 중건을 주도하였던 하동군수 조유행의 노력을 치하하는 하동군민의 '섬호정기(蟾湖亭記)'가 걸러 있다."

나는 중학생이 되고부터 가끔 섬호정에 올라갔다. 그 부근에는 아름드리 벚나무가 섬호정을 둘러싸고 있어서 4월 초가 되면 벚꽃이 만발했다. 섬호정에서 동쪽을 바라보면 하동 읍내가 훤히 드러나고 서쪽에는 섬진강이 유유히 흐른다. 나의 2년인지 3년인지 위에 '제상목'이라는 선배가 있다. 언젠가 내가 섬호정에 올라가서 섬진강을 바라보니 그 선배가 강물에 작은 목선을 띄우고 그 위에서 색소폰을 불고 있었다. 그 모습은 마치 옛날의 선비가 강물에 배를 띄우고 퉁소를 부는

섬호정(蟾湖亭).

풍류이자 신선놀음이었다. 제 선배는 무슨 곡을 연주했을까? 혹시 그
무렵 유행했던 「베싸메 무초」를 연주했을까?

그 무렵에는 저녁에 콩쿨대회가 자주 열렸다. 우리 2년 위에 '황우
성'이라는 선배가 있다. 그 선배는 자주 콩쿨대회에 참가했다. 그 선
배의 18번이 바로 「베싸메 무초」였다.

　베싸메― 베싸메 무―초―

　꼬모씨 뿌에라에스타 라 노체라 울띠마―베―쓰

　베싸메― 베싸메 무―초―

　께땡고 미에도 아 뻬르드레떼 뻬르데르떼 데스 뿌에쓰

아! 나는 그 무렵 제 선배와 황 선배가 얼마나 멋져보였던지……

🐛 🐛 🐛

나의 국민학교 동창생 중에 CS라는 친구가 있다. 그 친구는 중학교에 안 가고 청암면 묵계리에 있는 도인촌(道人村)에 들어가서 처녀머리처럼 머리를 땋고 한문을 배웠다. 그때 그가 한복 차림에 머리를 땋고 우리 앞에 나타나면 우습기도 하고 신기하기도 했다. 그 친구가 섬호정을 배경 삼아 황소 등에 올라타고 피리를 부는 모습의 사진이 우리가 중·고등학교에 다닐 때 어느 달력인가 어느 책인가에 실려 있었다. 아주 근사하고 멋진 사진이었다.

🐛 🐛 🐛

우리 동기들 중에는, "중1 때 연극을 본 적이 있느냐?"고 물으면 "없이(없어)." 하고 뚝 잡아떼는 친구가 혹시 있을지 모르겠다. 그런 친구는 기억을 뒤집어 툴툴 털어보라. 그리해보면 아무리 어병한 밤펑이(바보)라도 읍민관에 가서 단체로 연극을 관람했던 기억이 되살아날 것이다.

연극을 보게 된 사연은 이렇다. 우리가 중1 때 하동고등학교 3학년이었던 선배 몇 명이 섬진강을 건너 무등산에 놀러갔다가 진상농고 학생들에게 억수로 얻어맞았다고 한다. 그 소리를 듣고 뿔따구가 난 하동고등학교 학생들이 원수를 갚으러 진상농고에 몰려갔으나, 적은 미리 정보를 입수하여 이미 어딘가로 숨어버린 후였단다. 그렇다고 씩씩거리기만 하고 빈손으로 돌아올 수가 없었던 모양이다. 그래서 몽둥이를 휘둘러 진상농고 교사(校舍)의 유리창을 모조리 때려 부수어서 반분풀이는 했다는 것이다.

　일이 거기서 끝났으면 좋으련만 세상일이란 거기서 끝나지 않을 때도 많다. 진상농고 측에서 "워메, 이 잡것들이 핵교를 회를 쳐도 요렇게 징허게 회를 쳐놓았당가. 절대로 그냥 넘어갈 일이 아니지라. 긍께 머시냐, 싸게 변상을 허지 않으면 좋찮을 것잉게." 하고 나왔던 것이다. 하동고에서는 변상할 방법이 막막했는가 보다. 그래서 생각다 못해 연극을 꾸며 읍민관에서 읍내학교 학생들에게 단체관람을 시키고 거기서 얻은 수익금으로 변상할 요량이었던 것 같다. 그때 우리가 본 연극이 「사육신」이었다. 우리가 읍민관에 가보았더니 몽둥이를 들고 진상농고에 몰려갔던 선배들이 어느새 대쪽 같은 충신이 되어 단종을 지키기 위해 목숨을 초개같이 버렸다. 목숨을 버리고서도 선배들은 그다음 날 부활하여 책가방을 끼고 학교에 다녔다.

❀ ❀ ❀

　1학년 때 한번은 우리 학교와 진주중학교가 축구시합을 붙었다. 내가 하동중학교에 다닐 무렵에는 사천군(지금의 사천시)에 있는 곤양중학교와 서포중학교, 그리고 진주중학교와 가끔 축구시합을 했다. 우리 학교는 곤양중학교와 서포중학교는 몰캉하게 봤지만 진주중학교는 만만히 볼 수가 없었다. 그 무렵 진주중학교의 축구 실력은 매우 야물었다. 축구 시합은 우리 학교에서 열렸다. 선생님들은 시합 결과를 손바닥에 올려놓고 점을 쳤으나 점괘가 백발백중 필패로 나왔던 모양이다. 우리 학교가 진주에 가서 지는 것은 몰라도 고향에서 지는 것은 낯 뜨거운 일이라고 생각했던 것 같다.

생각다 못해 선생님들은 부정선수를 끼워 넣기로 의견을 모았다. 하동고등학교에 다니는 선배들 중에서 빠리빠리한 골잡이들을 골라서 하동중학교 축구팀에 섞었다. 선생님들은 키가 작은 선배들 중 골잡이들을 골라서 바리캉으로 그들의 머리를 씬중(머리 깎은 스님)처럼 빡빡 밀고 우리 학교 축구팀에 끼워 넣었다. 내 기억이 맞다면 그때 땅콩이 선배와 김민부 선배도 붙들려왔던 것 같다.

요즘의 축구는 4·3·3 포매이션(formation)을 쓰기도 하고 4·4·2 포매이션을 쓰기도 한다. 또 박지성 같은 선수는 공격도 하다가 수비도 맡는 올라운드플레이(All-round play)를 하기도 한다. 하지만 옛날에는 거의 모두 5·3·2 포매이션으로 진용을 짰다. 맨 앞에는 가운데에 3명의 센터포워드(center forward)가 서고 양편에 2명의 윙(wing)이 날개를 폈고, 중간에 3명의 하프백(half back)이 섰으며, 2명의 풀백(fullback)이 골키퍼 앞에서 골문을 지켰다.

그때 진주중학교 선수 중에 '정강지'라는 선수가 있었다. 그는 센터포워드로 뛴 것 같다. 정강지는 비호 같았다. 동에 번쩍 서에 번쩍 했다. 그 선수는 훗날 국가대표팀에 발탁되었다. 진주중학교와의 축구

시합에서 우리 학교는 부정선수를 한 명도 아니고 여러 명을 집어넣었는데도 아마 3 : 0으로 진 듯싶다. 그 시합 때 김중휘 선생님이 우리 팀을 따라 사이드라인을 뛰면서 "그석아, 패스, 패스." "아무개야, 센타링 해야지."라며 소리를 쳤던 소리가 지금은 들리지 않는다. 진주중학을 나온 JS는 그때 그 시합을 우리가 국민학교 6학년 때 했다고 하는데 그건 택도(턱도) 없는 소리다. 나는 못 먹어도 '고'고 피박을 써도 중1 때다. 중1 때가 아니고서는 내가 김중휘 선생님이 사이드라인을 뛰면서 그석이와 아무개를 불렀던 것을 기억할 택이 없다.

중학교 2학년에 다니던 해 음력 8월 4일. 우리 집에는 청천벽력이 떨어졌다. 나의 어머니가 세상을 떠나신 것이다. 지병이 있었던 것도 아니다. 어머니는 키가 자그마하고 마른 체격이었으나 건강하셨다. 그랬던 어머니가 하루는 "몸이 좀 이상하다"고 하시면서 자리에 눕더니 사흘 만에 갑자기 돌아가신 것이다.

하늘이
무너지다

2학년에 올라가서 나는 A반이 되었다. 2학년 A반 담임은 김중위 선생님이었다. 선생님은 수학을 가르치셨다. 선생님이 도형을 가르칠 때 "삼각형 ABC는 삼각형 A 다시 B 다시 C 다시(A′ B′ C′)제." 하고 난 후에 SB의 이름을 불렀던 기억이 떠오른다. 아마 삼각형을 두 개 그린 다음 설명을 하려고 보니까 SB가 수업을 안 듣고 딴짓을 했던 모양이다. SB는 2학년 때도 나와 같은 반이었다. WY도 우리 반이었다. 중2 때 나는 WY와 SB와 셋이서 자주 어울렸다. SB는 눈이 똘방똘방하고 말을 할 때는 입술이 야무졌다.

SB가 본관 뒤편(1학년 때 D반 옆)의 교사용 변소 위에 서 있었던 추자나무에서 추자를 따다가 박이 터진 일이 있었다. 추자나무 바로 앞이 교무실인지라 추자를 따기 위해서는 나무에 기어오를 수도 없고 간짓대로 후려칠 수도 없고 방법은 딱 하나, 선생님들의 눈을 피해서 돌멩이를 집어던지는 것이었다. SB의 머리가 터질 때 나도 그 자리에 있었다. WY가 던진 돌멩이가 맞추라는 추자는 안 맞추고 나뭇가지를 두 번 톡톡 치고 변소 지붕 위에 툭 떨어진 다음 SB의 머리통을 명중시켰다.

그 다음 스토리는 어떻게 전개되었는지 모르겠다. 수업을 마치고 WY의 집에 가 보니 SB가 홋다이(붕대)로 머리를 칭칭 감고 사과인지 배인지를 우적우적 베어 먹으면서 앉아 있었다. 그때도 SB의 눈은 똘방똘방했다. 무엇이 좋은지 웃기까지 했다. 홋다이만 감지 않았으면 아무 일도 없었던 것처럼 보였다. 그 무렵 정현화 음악 선생님은 SB의 별채에서 먹고 자면서 SB의 공부를 돌봐주고 있었다. 범인인 WY는 교무실로 붙잡혀 가 정 선생님 옆에서 오랫동안 물팍을 꿇고 양팔로 만세를 부르는 벌을 받았다고 한다.

🦋 🦋 🦋

중2 때 영어는 주익중 선생님에게 배웠다. 우리는 그분을 '죽중' 선생님이라고 불렀다. 선생님은 경상도 말씨가 아니었다. 지금 생각하니 충청도 말씨가 아니었나 싶다. 선생님이 가르쳐주신 것 중 한 토막이 기억에 남아 있다. 내용상으로 봐서 문장의 순서는 맞지 않는다.

If you are fairy. Don't run away.

Boys and girls. So do I. 나도 구례에—요.

송림에서 찍은 중학교 2학년 A반 단체사진.

'If you are fairy. Don't run away'는 내 기억 속에 없어서 WY의 기억에서 빌려왔다.

국어는 문우석 선생님에게 배웠다. 선생님의 별명은 '문탁주'였다. 문 선생님은 약주를 좋아해서 아침저녁으로 매일 막걸리를 마셨다고 한다. 그래서인지 선생님 얼굴은 늘 불그쭉쭉했다.

체육은 이대영 선생님이 가르치셨다. 이 선생님은 우리 친구 DH의 사촌형님이다. 선생님은 자신이 해병대 출신이라는 것을 유난히 강조하셨다. 체육시간에 우리를 가르치는 것도 군대식이었다. 우리가 잘못을 하면 선생님은 운동장을 수도 없이 뛰어서 돌게 하였다. 운동장을 돌다가 지쳐서 걸어가는 학생이 있으면 왜 빨리 안 뛰느냐고 고함을 고래고래 지르기도 했다. 선생님 누님의 이름이 '이길례'라고 했다. 그래서 선생님들끼리 배구시합을 하면 우리는 우리끼리만 들을 수 있는 작은 소리로 "이대영(2:0)으로 이길레."라고 놀렸다. 이 선생님은 우리의 소리를 못 들었으므로 우리가 놀려도 놀림을 당하지 않았다. 선생님들끼리 배구시합을 할 때 이 선생님이 심판을 보실 때가 있었다. 스코어가 2:0일 때 선생님은 "이대영" 하고 자신이 자신의 이름을 불렀다.

❀ ❀ ❀

　물상은 물상 선생님한테 배웠다. 물상은 1학년부터 3학년까지 모두 물상 선생님이 가르치셨다. 물상 선생님은 성격이 좀 신경질적이라 할까, 다혈질이라 할까, 아무튼 학생들을 대하는 태도가 다른 선생님들에게 비해 많이 달랐다. 선생님의 별명이 '물까마구'였다. 선생님이 지나가시면 우리는 "물까마구 간다."고 했다. 지금 생각하면 귀싸대기를 맞아도 수십 대도 모자랄 못된 짓이었으나, 그때 우리는 천지도 모르고 깨춤을 추었다.

　물상 선생님은 수업하실 때 교안(敎案)을 교탁 위에 올려놓고 우리에게 가르칠 내용을 칠판에 가득 쓰셨다. 선생님은 교안을 한 번 보고 칠판에 옮겨 쓰고, 몸을 뒤틀고 교안을 보고 또 칠판에 쓰고를 반복하셨다. 칠판에 판서(板書)를 할 때 선생님은 왼손을 바지 뒷주머니에 찔러 넣었다. 판서를 마친 후에는 교탁에서 내려와 우리들 사이를 이리저리 돌아다니다가 무언가 못마땅한 녀석에게는 발길질을 하셨다. 선생님의 발길질에 허벅지나 정강이를 얻어맞은 녀석이 한둘이 아니다.

물상 선생님은 우리가 칠판의 내용을 모두 쓰면, "에— 조용히 해라." 하고 우리에게 조용히 할 것을 주문하시고 설명을 하셨다. 우리가 조용히 하고 있는데도 선생님은 "에— 조용히 해라."고 하셨다. 선생님은 수업을 하는 도중에도 '에—'를 연발하셨다. 3학년 때 TH와 SB가 세어보니 1시간 수업을 하면서 '에—'를 무려 76번이나 하시더라는 것이다. TH의 말을 듣고 보니 나도 물상 선생님이 1시간에 '에—'를 몇 번이나 하는가를 세어본 것 같다.

SB는 침으로 방울을 잘 만들었다. 입을 모으기만 하면 그의 혀끝에는 금방 동그란 침방울이 올려져있었다. SB가 그것을 '후—' 하고 불면 침방울은 입 밖으로 나와서 아무데고 날아가서 앉았다. SB는 키가 작아서 늘 맨 앞자리에 앉았다. 2학년 때는 교탁 바로 아래가 그의 자리였다. 한번은 물상 시간에 SB가 침방울을 만들어 '후—' 하고 불어서 물상 선생님의 교안 위에 올려놓았다. 선생님은 그때도 왼손을 바지 뒷주머니에 찔러 넣고 고개를 뒤로 돌려서 교안을 보고 칠판에 쓰고 또 고개를 뒤로 돌려서 교안을 쓰고를 반복하다가 교안 위에 침방울이 앉아 있는 것을 발견하셨다. 처음에는 선생님이 엄지와 장지손가락으로 그것을 '톡' 하고 터뜨리셨다. 그런데 판서를 하고 뒤돌아보니 또 그것이 교안 위에 있었던 것이다. 선생님은 그것도 다시 톡 하고 터뜨리셨다. 그 다음부터는 판서를 하면서 도다리 눈을 하고 침방울이 어디서 날아오나 살피셨다. 범인이 SB라는 것을 알아차린 선생님은 교단에서 내려와 SB의 정강이를 겨냥하여 다리를 들어 올리셨다.

그때 나는 SB의 정강이가 크게 수난을 당하는 줄 알았다. 그런데 이게 어찌된 일인가. 선생님은 들어 올렸던 다리를 거두시더니 주머니에서 돈을 꺼내 세어서 SB에게 주면서 말씀하셨다.

"내가 돼지막 지을라고 니네 제재소에서 피죽을 외상으로 샀는데, SB 너, 이 돈 아버지께 갖다드려. 까먹으면 안 돼. 알았지?"

나는 터져 나오는 웃음을 틀어막았다. 다른 아이들도 모두 웃음을 참느라고 어깨를 들썩거렸다.

🐷 🐷 🐷

SB는 GI의 아버지에게 꿀밤도 얻어먹었다. 경남여관 앞길이었지 싶다. 나와 SB 와 WY가 함께 읍민관 쪽으로 걸어갈 때 우리들 앞에 GI의 아버지가 큰 키로 하늘을 찌르며 걸어가고 있었다. 내가 말했다. "SB 너는 인마, GI 주구바지(즈그 아버지) 키의 반도 안 되겠다." 하니까, SB 가 "웃기지 맘마." 하더니 걸음을 빨리하여 GI의 아버지 옆으로 가서 바짝 붙는 것이었다. GI의 아버지는 SB를 보지도 않고 그의 머리에 알밤을 까셨다. GI의 아버지는 우리가 하는 소리를 다 듣고 있었던 것 같았다.

읍내에는 신삼우 씨의 막걸리 도가 옆을 흐르는 개울이 있고, 그 개울 양쪽 가에 길이 두 개 나 있었다. 경남여관 쪽에서 우리 학교에 등하교하는 학생들은 그 두 길 중 하나를 걸어서 오갔다. 우리는 막걸리 도가 쪽의 길을 '가시나길', 건너편의 길을 '머시마길'이라 불렀고, 가시나 길에는 가시나들만 다니고 머시마 길에는 머시마들만 다녔다. 그런데 내가 가만히 생각해보니, 어차피 나중에 한 길에서 만날 텐데 머할라고 따로따로 다닐까 싶었다. 그래서 나는 가시나 길로도, 머시나 길로도 안 가고, 우리 동네인 동구에서 내려와서 곧장 학교에 가고 오고 했다.

가시나 길과 머시마 길이 끝나고 한 길로 모이는 곳이 돌팍거리였다. 돌팍거리에서 국민학교 앞을 지나 왼편으로 개울을 건너면 거기서부터 '광평리'이다. 광평리의 첫 집은 우리와 같은 학년인 HS네 집이었다. HS네 집 길가 쪽 뒤편에는 읍민관에서 상영하는 영화 포스터가 늘 붙어 있었다. 어느 날 학교를 마치고 하교하던 길이었다. 같이 가던 친구 한 녀석이 멀리서 영화 포스터를 보고 대뜸 "박격포를 올려라."고 했다. 그는 영화 포스터의 제목을 읽었던 것인데, 그 제목은 처음 세 글자는 한자이고 나머지가 '올려라'였다. 그런데 내가 보니 포스터의 내용이 아무래도 '박격포를 올려라'는 아닌 것 같았다. 그래서 가까이 가서 보니 "潛望鏡을 올려라"의 '潛望鏡' 아래에 아주 작은 글씨로 '잠망경'이라고 씌어 있었다. 그 시절 우리 친구들 중에는 박사가 많았다. 갓똑띡이(헛똑똑이)도 많았다.

❧ ❧ ❧

중2 때 우리는 데모를 했다. 데모의 주동은 3학년에서 맡았다. 우리는 3학년들이 시키는 대로 몇 명씩 스크럼을 짜고 줄을 지어 교문을 나와서 구호를 외치며 읍내를 휘젓고 다녔다. 선생님들이 양팔을 쫙 벌리고 말렸지만 우리는 미꾸라지처럼 모두 그 사이를 빠져나왔다. DS의 기억을 빌리면 생물을 가르쳤던 김영길 선생님은 이른 아침에 자전거를 타고 소재를 넘어 하마칭이까지 나와서 아예 등교를 막았다고 한다.

왜 데모를 했는지, 무슨 구호를 외쳤는지는 잘 기억이 나지 않는다. 하지만 우리가 외치는 구호는 모두 '정의'였고 말리는 선생님들의 말씀은 무조건 '불의'였다. 우리는 '선'이고 선생님과 어른들은 케케묵은 '악'이었다. 그 무렵 우리 학교에는 우리 학교 재단 이사장의 아들인 정순태 선생님이 있었다. 그 선생님은 아마 도덕을 가르쳤던 것 같은데, 내가 보기에 말씀이 약간 어눌하고 수업 방법도 조금 서툴렀던 것 같다. 데모대는 그 선생님을 물러가라고 외친 듯하다.

데모를 할 때는 공부를 하지 않았으므로 나는 데모가 그렇게 반가울 수가 없었다. 데모하는 이유는 몰라도 그만이었다. 내일도 모레도 데모만 했으면 하고 나는 염불을 하며 목탁을 두드렸다. 3학년이었던 정윤영 선배는 데모에 앞장서지 못하도록 하루 종일 정원용 교장 선생님 방에 갇혀 있었다고 한다. 정 선생님은 그 무렵 우리 학교 교장선생님이었든지, 아니면 하동군 교육청의 교육감(요즘 교육장)으로 계시지 않았나 싶다. 내가 고등학교에 다닐 때에 선생님은 하동고등학교 교장을 지내셨다.

☙ ☙ ☙

중2 때 나는 또 한 번 결투를 했다. 1학년 때 나와 WJ 사이를 불륜으로 보고 이죽거렸던 녀석과 벌인 결투는 학교 안이었고 2학년 때는 길한복판이었다. 그러니까 1학년 때가 'OK 목장의 결투'였다면 2학년때는 '황야의 결투'였다. 나의 동급생 중에 SSK라는 친구가 있었다. 그는 청암 묵계 산골짜기에서 온 촌놈이었다. 그런데 그는 전혀 촌놈답지 않았다. 키도 큰 편이고 얼굴도 남자답게 생기고 공부도 곧잘 했다. 그는 싸움도 한가락 했다. 그는 읍내에 와서 학교를 다니면서도 전혀 기죽는 기색이 아니었다. 오히려 하동국민학교 출신보다 더 활개를 치고 다녔다. 그는 하마칭이에서 하숙을 하고 있었다. 면 소재지에서 와서 하마칭이에서 하숙하는 친구들이 그 말고도 몇 명 더 있었다.

하루는 공부를 마치고 내가 그들과 같이 하교하는 길이었다. 무엇때문인지 나와 SSK는 시비가 붙었다. 아마 그 녀석이 나를 한주먹도안 되는 놈이라고 여겼지 싶다. 나는 나대로 그를 촌놈이 까불어도 너무 까분다고 읍 놈의 텃세로 눌러서 얕잡아보았을 것이다. SSK가 나한테 까불까불할 때, 나는 허리에서 권총을 꺼내들고 싶은 생각이 꿀떡 같았지만 일단 참아야 했다. 왜냐하면, 그 녀석의 이름이 SSK니까그는 분명히 쌍권총을 가졌을 것이고, 같이 가는 친구들이 모두 그의편이었기 때문이다.

그 무렵 WY의 집은 JS의 집 근처에서 소전 옆의 한길 가로 이사를했다. 그리고 총잡이들은 WY의 집 앞을 지나가게 되어 있었다. 나는WY의 집 앞을 지나갈 때 권총을 꺼내들어야겠다고 생각했다. 그래야혹시 내가 총을 맞더라도 WY의 아버지나 할머니가 나와서 구해줄 것이었다. WY의 집 앞에 이르렀을 때 나는 SSK에게 결투를 신청했다. 그때도 1학년 때의 결투처럼 나의 전력은 상대보다 열세였다. 그러나 싸움은 붙어 봐야 아는 것이고, 또 결투란 쌍권총을 가졌다고 반드시 이기는 것이 아닐 것이었다. 나는 추접게(치사하게) WY의 아버지나 할머니가 내다보시나 곁눈질을 하면서 정신없이 방아쇠를 당겼다. 결과는 놀라웠다. 나도 상처를 많이 입었지만 SSK는 나보다 더 많이 상처를 입었다. WY의 어버지와 할머니는 가는귀가 먹어서 총소리를 못 들었는지 먹고 살기에 바빴는지 한 번도 밖을 내다보시지 않았다.

나는 총구에서 나오는 연기를 '후욱—' 불고 집게손가락을 방아쇠가 있는 구멍에 넣어 권총을 한 바퀴 뱅그르르 귀신같이 돌린 다음 권총을 허리의 권총집에 꽂았다. 그런 후 나의 카우보이 모자를 벗어서 먼지를 툭툭 털어서 다시 쓰고 나의 애마에 올라 '이랴—' 하고 말의 양 옆구리에 박차를 가하여 황토먼지를 뿌옇게 일으키며 집을 향해 말을 몰았다. 그런데 집에 와 있으니까 조금 지나서 SSk가 복수를 해야겠다며 그의 패거리를 대동하고 우리 집으로 넘어왔다. 그들이 하숙했던 곳과 우리 집은 지척이었다. 그들이 하숙하는 곳에서 언덕을 조금만 올라와서 우리 동네 까크막을 내려간다 싶으면 바로 우리 집이었다.

SSK는 그때까지도 분이 안 풀려서 씩씩거렸지만 나는 다시 권총을 잡지 않았다. 나는 홈그라운드라 유리했지만 권총을 잡을 이유가 없었다. 프로복싱 시합에서 리턴매치를 했다간 잘못하면 챔피언 벨트를 빼앗길 수도 있다는 것을 나는 이미 알고 있었다. 또, 장사에 눈은 안 떠도 남는 장사와 밑지는 장사를 구분했고, 구경꾼은 항상 패자를 응원하지 승자를 응원하지 않는다는 사람의 심리도 알고 있었다. SSK는 다시 한 판 붙자고 나에게 한참 동안 시루다가(겨루다가) 내가 끝내 권총집을 안 풀자 제풀에 슬그머니 돌아갔다. 그런데 안타깝게도 SSK는 새파란 젊은 나이에 세상을 등졌다.

❀ ❀ ❀

우리에게만 추억이 있고 선배들에게는 추억이 없으란 법은 없다. 누구인지는 잘 기억이 안 나지만, 내가 중1 때 3학년이었던 어느 선배의 추억도 참 재미있다. 우리가 고향에서 학교 다닐 무렵, 섬진강 건너 중섬에는 여름에 수박이 크고 달았다. 선배는 2학년 때 몇몇 친구들과 같이 밤에 시커멓게 뻘을 얼굴에 바르고 강을 건너서 수박서리에 나섰다고 한다. 중섬 부근의 섬진강은 남해가 밀물이면 강물도 같이 불어나고 썰물이면 강물도 같이 빠진다. 강을 건너갈 때는 다행히 썰물이어서 모두 강을 잘 건넜다고 한다. 강을 건너 남의 수박밭에 들어가서 한 사람이 한 통씩 수박을 땄더란다. 그런데 갑자기 사람들이 웅성거리는 소리가 들려서, 어떤 선배는 수박을 끌어안고, 어떤 선배는 내팽개치고 뭐나게 들고 뛰었단다.

그런데 건너갈 때는 빠졌던 강물이 돌아올 때는 어느새 밀려와서 헤엄을 못 치는 선배는 낭패를 당했다고 한다. 뒤에서는 "저 놈들 잡아라."고 하지, 물은 목까지 차는데 헤엄은 못 치지, 그래서 "아무개야 같이 가." 했더니, 뒤에서 "잉이— 2학년 몇 반 아무개, 너 내일 학교

가서 보자."고 소리를 지르더라는 것이다. 중섬 사람들은 몇 사람씩 조를 짜서 밤에 수박밭을 지켰는데, 그날 밤 수박을 지키는 사람들 중에 하동중학을 다니는 3학년이 한 명 끼어 있었던 모양이다. 그날 밤은 김 선배 일행이 무사히 돌아왔으나 그다음 날 학교에 가서 선배는 3학년 교실에 불려가 바께쓰(양동이)를 뒤집어쓰고 뭐 나게 두들겨맞았다고 한다. 그 무렵에는 섬진강 저편 광양군에 살면서 강을 건너 하동중학교나 하동고등학교에 다니는 학생들이 많았다. 그런데 강을 건너오는 학생들의 말을 들어보면 얼핏 들었을 때는 하동말인데 자세히 들어보면 살짝 맛이 갔다.

❦ ❦ ❦

나는 2학년 초부터 안식교회에 다녔다. 내 친구 중에 YJ라는 친구가 있었는데 그는 물론이고 그의 가족 모두가 안식교인이었다. 그 친구와 어울리다가 안식교에 빠진 것이다. 안식교회는 회영루 옆의 맹감 중학교로 올라가는 돌계단을 중간쯤 올라가다가 왼쪽으로 빠지면 몇 걸음도 안 가서 있었다. 안식교회에는 목사가 따로 없고 국민학교 때 남상탁 선생님의 아버지이자 남약국의 주인이 장로를 맡아서 교회를 이끌고 있었다. 안식교는 토요일을 안식일로 믿었다. 그래서 YJ는 토요일에는 학교에 안 나오고 교회에 갔다.

나는 토요일 오후에 교회에 갔다. 어느 날은 저녁에도 갔는데 무슨 요일인지는 나는 모르고 하느님만 아신다. 나는 교회에서 국민학교

꼬맹이들을 지도했다. 나는 만나본 적도 없는 예수님과 하느님을 아주 잘 아는 양 아이들에게 이야기해 주었다. 나는 기도를 잘 안 하면서 아이들에게는 매일 기도하라고 시키는 위선자였다. 모임이 끝날 무렵에 모임을 총지휘하는 분이 "오늘은 '아무개 선생님'이 기도를 해 주시겠어요." 하고 나를 지명하면 나는 넉살도 좋게 '하늘에 계신 우리아버지, 어쩌고저쩌고' 하면서, 우리 집에 큰아버지와 친아버지, 아버지가 두 분씩이나 계시는데도 별쭉시럽게(유별스럽게) 또 아버지를 찾았다.

안식교는 크리스마스를 예수의 탄생일로 치지 않는다. 성경상으로 예수의 탄생일이 언제인지 모른다는 이유다. 다른 교회에서 부르는 찬송가도 안식교에서는 '찬미가'라고 고집을 부렸다. 안식교에서는 가끔 미국에서 보내온 강냉이가루를 나누어주었다. 강냉이가루가 나오면 나는, '기쁘다 구주 오셨네'로 시작하는 크리스마스 캐럴의 곡조에 맞춰, "기—쁘다— 강냉이 가루 나—왔네— 모두—들—모—여—라— 장—로는— 열닷—되— 집—사는— 열—되— 꼬마들은— 한— 되—다— 아—이구— 내모가치— 없—네—요—" 하고 하느님을 모독했다. 나는 강냉이가루 타는 재미로 안식교회에 다녔는지도 모른다.

내 나이 서른다섯 무렵에 우리 가족은 천주교회의 교적부에 영세명을 올리고 성당에 나갔다. 성당은 우리 아파트 바로 옆에 있었다. 그러던 중 지금부터 12년 전쯤에 나는 하늘나라가 정말 있는지, 하느님이 정말 계신지를 꼭 알아야 하는 엄청난 일을 당했다. 그래서 가톨릭출판사, 분도출판사, 성바오로출판사 등, 주로 가톨릭 계열의 출판사에서 나온 책 중에서 인간의 사후(死後)세계와 관련된 책을 30여 권을 구해서 읽었다. 그중에는 개신교 목사나 신자가 쓴 책도 서너 권 있었다. 그러나 그 책을 모두 읽어도 하늘나라와 하느님의 존재 여부가 여전히 안갯속이었다. 오히려 더 헷갈리기만 했다.

그래서 나와 아내는 성북동에 있는 한 수도원으로 찾아가서 수사님 한 분을 만났다. 가톨릭에서는 관례상 수도사도 신부님이라고 부른다. 한참 동안 사정을 이야기 한 후에 나는 신부님께 물었다. "신부님, 하늘나라와 하느님이 분명히 있습니까?" 신부님의 대답은 뜻밖이었다. "있는지 없는지 나도 모릅니다."라고 하는 것이었다. 나는 의아했다. 그래서 또 물었다. "하늘나라와 하느님이 있는지 없는지도 모르면서 왜 신부님은 한평생을 신부님으로 삽니까?" 그 질문에 신부님은 "있다고 믿는 사람에게는 있고 없다고 믿는 사람에게는 없으나, 나는 하늘나라와 하느님이 있다고 믿기 때문에 신부로 삽니다."라고 했다. 처음에 나는 신부님의 말씀이 무슨 뜻인지 아리송했지만 이내 곧 알아차렸다. 하늘나라와 하느님의 존재 여부는 객관적인 사실이 아니라 주관적인 믿음이라는 것을. 그런데 나는 성당에 가서도 하느님을 믿었는데 거기서는 강냉이가루를 나눠주지 않았다. 그래서 강냉이 가루가 나왔다며 사람들 모이라는 노래는 부를 필요가 없었다.

☀ ☀ ☀

중학교 2학년에 다니던 해 음력 8월 4일, 우리 집에는 청천벽력이 떨어졌다. 나의 어머니가 세상을 떠나신 것이다. 지병이 있었던 것도 아니다. 어머니는 키가 자그마하고 마른 체격이었으나 건강하셨다. 그랬던 어머니가 하루는 "몸이 좀 이상하다."고 하시면서 자리에 눕더니 사흘 만에 갑자기 돌아가신 것이다. 처음에 우리 가족은 어머니가 몸살이 나셨나 생각했다. 며칠 후면 툴툴 털고 일어나실 줄 알았다. 병원에는 갈 생각도 안 했고 갈 형편도 못 되었다. 나는 지금도 내 어머니를 빼앗아간 병이 무슨 병인지 모른다. 그리고 그때 병원으로 모시지 못한 것이 바위덩어리 같은 한(恨)으로 남아 있다.

우리 동네 아지매들이 찾아와서 눈물을 글썽였다. 그러면서 "이제 좀 살 만하게 되었는데 너무 안됐다."고 애석해 하는 사람도 있고, "늙은 영감이 먼저 안 가고, 어쩌면 좋겠노."라며 혀를 끌끌 차는 사람도 있었다. '좀 살 만하게 되었다'는 것은 그 무렵 군대에 간 내 형님의 제대가 얼마 남지 않았다는 뜻이고, '늙은 영감'은 우리 큰아버지를 가리키는 말이었다. 큰아버지는 그 이듬해 음력 2월에 돌아가셨다. 김중휘 담임 선생님도 문상을 오셨다. 선생님을 따라 내 친구들도 여러 명 우리 집에 왔다.

어머니가 돌아가신 것은 나와 우리 집의 형편으로 볼 때 단순히 한 사람의 죽음이 아니었다. 나의 장래와 우리 집의 앞날이 끝이 보이지 않는 컴컴한 터널 속으로 들어가는 것이었다. 어머니는 우리 집의 살림꾼이면서 돈줄이었다. 어머니가 돌아가심으로써 우리 집은 살림을 꾸려가기가 암담했다. 돈도 바짝 말랐다. 어머니가 계셔야 내가 공부를 계속할 수 있지, 어머니가 안 계시면 대학은 그만두고라도 고등학교에도 가기 어려웠다.

　나는 이 글을 쓰면서 깨달았다. 중학교 2학년 때까지는 내가 어느 선생님에게서 무슨 과목을 배웠는지 기억이 비교적 잘 떠올랐다. 그런데 3학년 때부터 고등학교를 졸업할 때까지는 기억이 잘 나지 않았다. 또, 어머니가 돌아가시기 전까지는 나의 성적이 전교 10등 근처에서 맴돌았는데 2학년 말 성적은 20등 근처까지 떨어졌고 3학년 때의 성적은 30등 가까이까지 미끄럼을 탔다. 그것은 어머니가 돌아가신 후부터 나의 정신적 방황기가 시작되었다는 것을 의미한다. 만일 고등학교 졸업앨범이 없었더라면 나는 고등학교 때의 추억을 떠올리기가 무척 힘들었을 것이다.

　어머니가 돌아가시고 추석이 지난 얼마 후에 학교에서는 교내 백일장이 열렸다. 전교생이 송림에 넘어가서 시를 지었던 것 같다. 나는 달이 둥그렇게 뜬 밤에 달을 보고 삶은 고구마를 먹으면서 어머니를 그리워하는 내용의 시를 써내어 장원인지 최고상인지를 받았다. 나는 그 시를 따로 적어서 보관했더라면 좋았을 것이란 생각을 여러 번 했다. 여학생이 교과서를 조금만 틀리게 읽은 것은 기억하면서, 그 추억 어린 시는 왜 기억하지 못하는지……. 2학년 때 나는 '성적은 우수하나 가정 형편이 곤란한 학생'에 뽑혀서 월사금을 면제 받았다. 운동장과 정구장 사이의 게시판에 내 이름이 몇몇 다른 아이들의 이름과 같이 붙었던 기억이 선명하다.

시련을 떨치고

중3이 되었다. 3학년이 되어도 나에게는 기쁨도 희망도 없었다. 3학년 때 우리 가족은 아버지, 큰누님, 막내누님, 그리고 나였다. 이혼을 하고 부산에서 혼자 살고 있던 큰누님이 우리 식구가 되어서 어머니가 하시던 살림을 맡았다. 어머니가 돌아가셨을 때 군에 있었던 나의 형님은 제대를 하고 서울에서 택시운전을 하고 있었다. 우리 가족은 우리 집 마루 끝에 어머니의 신위(神位)를 모시고 매달 음력 초하루와 보름날 아침마다 상식(上食)을 올리고 상복 차림으로 울었다. 1년 상(喪)을 지낸 것이다. 제에 올릴 음식은 개발 장사를 하는 작은누님이 장만했다. 그 무렵 우리 가족 중에서 돈을 만들 수 있는 사람은 아무도 없었다. 돈이 들어가는 일에는 무엇이든지 작은 누님에게 손을 벌렸다.

나에게 어머니를 잃은 상실감은 질기고도 길었다. 어머니가 떠나신 후부터 나는 학교를 마치고 집에 돌아오면 기운이 없었다. 무슨 일이든지 시들했다. 시험 때가 되어도 공부를 하는 둥 마는 둥 했다. 우리 집에 라디오라도 있었더라면 매일같이 그것을 끼고 살았을지도 모른다. 하지만 우리 집에는 그 흔한 트랜지스터라디오도 하나 없었다. 역사소설 같은 책이라도 있었다면 그런 것이라도 붙잡았을 텐데 우리 집에는 교과서 외에는 책이라곤 거의 없었다. 나는 여름에 아버지의 농사일을 거들지 않으면 우리 집 뒤의 마당바구에 자주 올라갔다. 마당바구에는 아름드리 소나무가 대여섯 그루 서 있고 그 아래에는 넓적한 바위가 두 개 누워 있었다. 거기에서는 너뱅이들과 저 멀리 흐르는 섬진강이 보였다. 나는 바위에 앉아서 눈앞의 풍경을 멍하니 바라보곤 했다. 그럴 때 나는 어머니를 생각하며 콧등이 자주 찡했고 눈가에 눈물이 고일 때도 많았다.

어머니가 안 계시니 우리 집 밭농사는 순전히 아버지 차지였다. 나는 아버지가 혼자서 농사를 짓는 것을 보고만 있을 수가 없었다. 일이 바쁠 때는 나도 팔을 걷어붙였다. 초여름에 보리타작을 할 때는 남의 타작기계를 빌려서 보리를 털었다. 하마칭이 지금의 산복도로가 시작되는 부근에 타작마당이 있었고 거기서 보리타작을 하였다. 거기에서 보리타작하는 사람이 많았으므로 때로는 타작 순서가 자정 가까이 될 때도 있었다.

옛날 그 타작마당에서 우리 집으로 오는 길은 까크막에다가 공동묘지였다. 나는 자정 무렵에 지게에다 보리 가마니를 짊어지고 혼자서

마당바구.

집까지 온 적도 있다. 가을에는 고구마 가마니를 지게에 지고 집으로 날랐다. 목골꼬랑 건너편에 있던 우리 밭에서 집까지는 타작마당에서 보다 더 멀고 길도 험했다. 겨울방학에는 여전히 산에 나무하러 다녔다. 그 무렵에는 아버지의 도움을 받지 않고 나 혼자 힘으로 소나무도 자르고, 생솔가지도 치고, 개등구리(나무 밑동)도 파서 짊어지고 집으로 왔다.

❀ ❀ ❀

집에서는 재미있는 일도 웃을 일도 별로 없었지만 학교에 가면 재미있는 일도 많았고 웃을 일도 많았다. 친구 KY는 자신은 웃지도 않고 종종 친구들을 웃겼다. 3학년 때 그는 C반이었다. C반 담임은 우리를 자주 웃기는 물상 선생님이었다. 그 무렵에는 월사금을 제달에 못 내는 친구들이 많았다. 그래서 담임 선생님들은 종례 때 밀린 월사금을 독촉하는 것이 소홀히 할 수 없는 업무 중 하나였다. KY도 가끔 월사금을 제달에 못 내었던 모양이다.

하루는 물상 선생님이 KY를 불러 세웠다.

"너 언제 월사금 가져 올 거야?" "장 본 이튿날요." "안 돼, 언제 가져 올 거야?" "장 본 이튿날요." "안 된다니까 그래, 언제 가져 올거야?" "장 본 이튿날요." "임마, 안 된다니까." "장 본 이튿날이 내일인디요."

선생님은 머쓱했고 C반 친구들은 배꼽을 잡았다고 한다. 물상 선생님이 KY를 불러 세웠던 날이 장날이었고 장 본 이튿날은 바로 그다음 날이었다. 그것을 알아차리지 못한 물상 선생님도 웃겼지만 처음부터 "내일이요." 했으면 될 것을 계속해서 '장 본 이튿날'이라고 말한 KY는 더욱 웃겼다. 나는 그 이야기를 전해 듣고 배꼽이 빠질 뻔했다.

어느 여름날 우리는 학교 담을 쌓을 돌을 찾아서 섬진강 건너편의 무등산에 갔다. 우리는 모두 넓적하고 묵직한 돌을 하나씩 배에 안거나 어깨에 둘러메고 학교로 돌아왔다. 학교 교문을 막 들어서면 바로 오른쪽에 큰 벚나무가 한그루 있었다. 친구들은 돌을 내려놓고 대부분은 교실로 들어가고 일부 20여명은 벚나무 아래에 앉아서 물상 선생님의 말씀을 듣고 있었다. 그 무렵에 밤하늘에 별이 움직인다고 해서 우리는 모두 신기해했다. 아마도 1957년 10월에 구(舊)소련이 발사한 인공위성인 '스푸트니크 1호'를 두고 그랬던 것 같다.

물상 선생님은 벚나무 아래에서, 인공위성이 어떻게 발사되고 어떤 원리로 지구 둘레를 도는지를 우리에게 설명해주셨다. 그 자리에 나도 있었다. 나와 같은 A반인 SH도 선생님의 이야기에 푹 빠져 있었다. 나는 갑자기 장난기가 발동했다. 나는 강아지풀을 하나 뜯어다 SH의 목덜미에 갖다 대고 간지럼을 태웠다. SH는, 눈은 선생님의 입에 고정시킨 채 손바닥으로 제 목덜미를 딱 쳤다. 나는 재미가 났다. 강아지풀로 또 SH의 목덜미를 간지럽혔다. SH는 또 목덜미를 딱 쳤다. 그렇게 서너 번 했을까. SH는 고개를 확 돌려 쳐다보고 범인이 나라는 것을 알아차렸다.

그렇게 끝날 일이었다. 그런데 SH는 내게서 배운 기술을 금방 물상 선생님한테 써먹었다. 선생님이 한 손은 가슴께 올려놓고 한 손은 하늘을 가리키고 빙빙 돌리면서 "에— 인공위성이, 에— 무중력 상태에 올라가면, 에또— 지구궤도를 에— 빙빙 돌게 되는데, 에—" 하고, '에—'를 수도 없이 반복하며 설명하시는데, SH가 내가 한 그대로 선생님 목덜미에다 강아지풀을 갖다 대고 간지럼을 태운 것이다. 나는 SH가 간도 크다 싶었다. 저러다가 들키면 어쩌려고 저런 모험을 하나 싶어서 간이 콩알만 해졌다. 선생님도 SH가 그랬던 것처럼 목덜미를 딱 치셨다. 또 간질간질하니까 또 딱 치셨다. 두 번만 욜랑거리고 말았으면 좋았을 텐데 SH는 실삼시럽게 또 선생님을 가지고 놀았다. 나는 SH에게 '꼬리가 길면 밟힌다'고 교육을 시키지 못한 것이 후회되었다.

물상 선생님은 꼬리가 긴 것은 밟아야 한다는 것을 잘 알고 계셨다. 또 목덜미가 실삼시럽게 간지러울 때는 뒤를 돌아보아야 한다는 것도 알고 계셨다. 선생님은 석사학위까지 받은 분이었다. 선생님에게 장난을 치는 녀석은 귀싸대기를 갈겨 줘야 한다는 것도 알고 계셨다. SH도 똑똑한 녀석이었다. 그는 죄를 지으면 벌을 받아야 한다는 것을 잘 알고 있었다. 선생님을 가지고 논 죄는 중형을 받아야 한다는 법조문도 훤히 꿰고 있었다. SH는 물상 선생님한테 귀싸대기를 달게 맞았다. 달게 맞고도 쓴지 SH는 얼굴을 찡그리며 아파했다. 1학년 때 국어선생님에게 '많다'의 뜻을 물었다가 귀싸대기에 불이 났던 KC에 이어, SH는 나를 따라 하다가 선생님에게 귀싸대기를 얻어맞은 2번 타자가 되었다. 그 이후로 나는 48년생 어린 동생들 앞에서는 찬물을 마시지 않았다. 물상 선생님을 가지고 논 다음부터 SH는 전과자가 되어 선생님에게 걷어차이는 단골손님이 되었다. 그렇게 얻어맞고도 SH는 우리가 겨울에 무등산에 토끼몰이 갈 때 웃으며 같이 따라갔다.

학생들을 힘차게 걷어차던 물상 선생님도 힘이 빠질 때가 있었다. 3학년 때 우리는 돌다리로 가을소풍을 갔다. 그런데 물상 선생님이 소풍 장소에서 갑자기 토사광란을 일으키셨다. 얼굴이 하얗게 되더니 물가로 벌벌벌 기어가서 손으로 모래를 파고 토하셨다. 선생님은 구토를 할 때는 신기하게도 토하기 전에 '에—'라고 하지 않았다. 나는 젖먹이가 벌벌벌 기어가는 것은 더러 보았어도 선생님이 벌벌벌 기어가는 것은 처음 보았다. 벌벌벌 기는 젖먹이는 귀여워도 벌벌벌 기는 선생님은 귀엽지 않았다. 선생님은 매우 고통스러워하셨다. 얼굴이 창백했다. 선생님들은 지게를 구해서 물상 선생님을 읍내로 모시기로 결정했다. 그 무렵에는 하동읍에 택시가 없었는지, 전화가 없었는지 잘 모르겠다. 체격이 큰 몇몇 친구들이 지게에 선생님을 모시고 교대로 지게를 지면서 읍내 병원으로 모셨다.

물상 선생님이 제작, 연출, 주연을 혼자서 맡은 모노드라마를 나는 첫 장면부터 마지막 장면까지 빠짐없이 감상했다. 마침 나는 선생님 옆을 지나가다가 R석에서 그 모노드라마를 감상할 수 있었다. 물상 선생님의 모노드라마는, 선생님에게는 셰익스피어의 『햄릿』과 같은 비극이었으나 관람하는 나에게는 웃음을 참기 힘든 희극이었다. 그렇지만 나는 희극을 보면서도 얼굴은 비극을 보는 표정을 지어야했다. 물론 하하거리고 웃지도 못했다. 만일 그렇게 했다가는 나도 그다음 날부터 SH처럼 물상 시간에 선생님의 밥이 될 것이었다. 물상 시험성적을 박하게 받을 가능성도 컸다. 하지만 희극을 보면서 비극을 보는 표정을 짓기란 물상 시험보다 훨씬 더 어려웠다. 나는 물상 선생님이 지게 위에 엎드려 읍내로 출발한 다음에야 희극을 본 표정으로 바꾸었다. 그리고 지게꾼들을 보고 무슨 일인가 싶어서 뒤늦게 뛰어온 친구들에게 하하거리며 나의 감상소감을 신나게 들려주었다.

물상 선생님을 읍내로 모신 지게꾼 중에 YS이라는 친구가 있었다. YS는 물론 상도동의 YS가 아니다. 그도 나와 같이 A반이었다. YS는 성격이 좋고 평소에 잘 웃었다. YS는 키가 커서 그의 자리는 교실 뒤편이었다. 물상 선생님은 교실을 왔다 갔다 하시다가 YS의 자리에 이르면 무엇이 못마땅한지 가끔 그를 발로 걷어차셨다. 그때마다 YS는 찍소리 못하고 발길질을 당했다. 선생님에게는 법이 따로 없었다. 선생님의 그때그때 기분이 곧 법이었다. 선생님이 그에게 신세를 진 후의 어느 날 물상 시간에 선생님이 YS를 공격하기 위해 발을 들어 올렸다. 그때 YS가 다급히 말했다. "저, 선생님, 소풍 때 제가……" 했을 때 물상 선생님은 YS가 당신의 은인이라는 것을 알아차리고 "아참, 그렇지." 하시면서 공격 자세를 풀었다. 우리는 또 배꼽을 쥐었다.

물상 선생님은 철마다 우리를 가르치고 철마다 우리를 웃기셨다. 선생님은 그 추운 겨울에도 우리를 웃기셨다. 3학년이 되면 주번을 섰다. 내가 교문에서 주번을 선 어느 날이었다. 눈이 하얗게 내려 쌓인 날이었다. 우리 고향은 겨울에도 따뜻해서 눈이 잘 오지 않는다. 눈이 와도 금방 녹는 때가 많다. 우리가 3학년이었던 해의 겨울은 몹시 추웠다. 내 기억으로는 섬진강이 꽁꽁 얼어붙어서 이쪽에서 강 건너 돔바꿈까지 얼음 위로 건너갈 수 있었다.

오래간만에 눈이 와서 쌓였으니 얼마나 좋았겠는가. 우리는 뛸 듯이 좋았다. 처음에는 주번이라는 것도 깜빡 잊고 눈을 뭉쳐서 던지며 장난을 쳤다. 이른 시간이라 출근하는 선생님들이 별로 없었다. 선생님이 한 분 두 분 출근을 시작했을 때 주번들은 주번들끼리 치던 장난을 선생님들에게로 방향을 틀었다. 우리는 눈을 뭉쳐서 학교 교문을 들어서는 선생님들의 목 안으로 집어넣었다. 별안간 눈뭉치 세례를 받은 선생님들은 "아이구 이놈들아." 하며 웃으시고 도망을 쳤다. 멀리서 우리가 장난을 치는 것을 보고 교문에 들어설 때 옷깃으로 목을 틀어막고 미리 도망을 치는 선생님도 있었다.

저만큼에서 물상 선생님이 오셨다. 우리는 물상 선생님이라고 사정을 봐주지 않았다. 우리는 공평했다. 선생님이 교문에 들어섰을 때 다른 선생님들에게 했던 것과 똑같이 물상 선생님 목 안에 눈뭉치를 집어넣으려고 했다. 그런데 물상 선생님은 다른 선생님들과는 달리 "이 놈들이 무슨 짓이야!" 하고 소리를 빽 지르면서 화를 내시고 우리를 야단쳤다. 선생님에게 야단을 맞았으니까 우리는 당연히 반성하는 얼굴로 고개를 숙여야 했다. 그런데도 선생님이 저만큼 가신 후에 우리는 오히려 고개를 빳빳이 처들고 소리 내어 웃었다. 물상 선생님은 화를 내시면서도 우리를 웃기는 재주를 가지셨다.

물상 선생님은 교우관계가 퍽 넓었다. B반인가 C반에도 선생님의 친구가 있었다. 신방촌에서 다니는 JH라는 친구였다. JH는 물상 선생님이 수업을 끝마치고 교무실로 가실 때 멀리서 "수오야, 수오야." 하고 선생님을 불렀다. 수오(水鳥)는 물상 선생님의 별명인 물까마구의 한자어였다. JH가 그렇게 친구를 불렀는데도 선생님은 가는귀가 먹었는지 JH와 별로 친하지 않았는지 뒤돌아보시지 않았다.

❀ ❀ ❀

3학년 때 자전거 경기를 했다. 우리끼리 한 것이 아니라 학교에서 주최하고 3학년만 참가했다. 운동장에서 출발하여 가을에 소풍을 갔던 돌다리를 돌아서 다시 학교로 되돌아오는 코스였다. 코스는 험난한 자갈길이었다. 나도 경기에 참가하고 싶었으나 내게는 자전거가 없었다. 그래서 신흥자전차점으로 WY의 삼촌을 찾아갔다. 나는 WY 삼촌이 경기용 자전거를 하나 빌려주실 줄 알았다. 그런데 내가 깜빡 잊고 '나이키' 유니폼을 안 입고 가서 그랬는지, WY의 삼촌은 나에게 손님들이 맡겨놓은 고물 자전거 중에서 아무거나 한 대 가져가라고 하셨다. 나는 운빠이샤라도 새 자전거를 타고 싶었다. 그러나 새 자전거를 타느냐 헌 자전거를 타느냐는 순전히 WY 삼촌의 마음먹기에 달린 것이었다. 나는 일진이 나빴다. 손님이 맡겨놓은 고물 자전거를 가지고 대회에 나갈 수밖에 없었다. 내가 아무리 페달을 밟았는데도 고물 자전거는 뒤로 나갔다. 나는 꼴찌에도 들지 못하고 중간 정도 등수밖에 못 들었다. WY의 삼촌은 치사하게 당신의 조카인 WY에게는 여러 날을 공들여 날렵하고 빠른 경기용 자전거를 만들어 주셨다. WY의 삼촌은 사람을 차별하셨다. WY는 경기용 자전거를 타고도 3등밖에 못했다. 1등은 상호상회 장남인 YD가 차지했다.

❧ ❧ ❧

가을에 수학여행을 갔다. JS의 기억에 따르면 수학여행은 두 팀으로 나누어 갔다고 한다. 한 팀은 구례 화엄사와 여수 오동도 등 하동 부근을 돌아오는 팀이고, 또 한 팀은 서울에 다녀오는 팀이었다고 한다. 나는 서울을 다녀오는 수학여행에 따라붙었다. 그 무렵 우리 집에는 돈이 바짝 말랐는데 무슨 돈으로 수학여행을 갔는지 모르겠다. 개발 장사를 하는 작은 누님의 주머니를 튼 것 같기도 하고 서울에서 택시 운전을 하고 있었던 형님이 돈을 보내 준 것 같기도 하다. 우리가 수학여행을 갔을 때 서울의 창덕궁에는 5 · 16 1주년을 기념하는 산업박람회가 열리고 있었다. 거기에 가서 우리는 구경도 하고 단체사진도

중학교 3학년 서울 수학여행(창덕궁, 1962년 5월 31일).

찍었다.

　우리는 대한극장에서 총천연색 시네마스코프 영화「벤허」도 단체 관람을 했다. 그때 우리가 낸 입장료가 5백 원이었던 것으로 기억된다. 영화는 억수로 재미있었다. 귓가를 쿵쿵 때리는 입체음향은 나의 마음도 쿵쿵 때렸다. 네 마리의 말이 이끄는 전차경기에서 벤허의 친구인 메살라가 벤허를 채찍으로 칠 때는 메살라가 천하에 죽일 놈이었다. 메살라가 전차 위에서 떨어져서 땅바닥에 끌려갈 때는 손바닥에 불이 나도록 손뼉을 치며 삼 년 묵은 체증을 가라앉혔다.

　JS의 기억을 또 빌리면, 우리 수학여행객 일행이 대한극장을 찾아갈 때 나를 보러왔던 나의 형님이 길을 가르쳐주었다고 한다. 우리 일행은 종로구 수송동 근처에서 묵었다. 내 형님이 길을 가르쳐주었는데도 인솔 선생님들은 전날 밤에 약주가 과했는지 길을 못 찾아서 헤맸다고 한다. 그래서 아이스크께끼 장수 한 사람을 불러서 통에 든 아이스께끼를 모두 사준다는 조건으로 길잡이로 세웠다는 것이다. 그런데 아이스께끼를 몽땅 사주겠다던 선생님들은 우리에게 아이스께끼를 하나 씩 사먹으라고 덤태기를 씌웠다고 한다.

그때나 지금이나 일류극장의 의자는 두께가 어른의 반 뼘 정도 된다. 의자는 등받이에 붙어 있었다. 사람이 앞으로 끌어내려야 펴지고 앉은 사람이 일어서면 다시 등받이에 달라붙었다. 우리 일행 중 몇몇은 의자를 앞으로 끌어내리지 않고 등받이에 붙어 있는 의자 끝에 올라앉아서 영화를 보았다고 한다. 의자를 펴서 앉으면 낮아서 그랬는지, 아니면 그렇게 올라앉아서 보는 것인 줄 알았던 촌뜨기였는지 모른다. 의자 끝에 올라앉아서 보면 뒤에 앉은 사람이 한마디하지 않을 수가 없을 것이다. 뒤에 앉은 어른이 "내려앉아라."라고 하니까 바닥에 내려앉으라고 하는 줄 알고 몇몇 아이들은 극장 바닥에 주저앉았다는 것이다. 나는 JS가 바닥에 앉고서 남이 그렇게 앉은 것처럼 말하는 것 아닌가 의심을 하려다가 관뒀다. 나의 형님이 나를 보러온 것을 형님의 동생인 나도 기억 못하는데 JS는 제 형님도 아니면서 그것을 왜 지가 주전없게(주제넘게) 기억하는지도 따지고 싶었는데, 좋은 게 좋다 싶어서 그것도 에라 관뒤라 했다.

내가 고등학교 2학년인가 3학년 때, 벤허는 말을 타고 전국을 돌아다니다가 우리 고향에도 찾아왔다. 우리는 멀리서 온 손님을 박대할 수 없었다. 그래서 읍민관으로 벤허를 만나러 갔다. 그런데 세상에 이런 일도 있는가. 내가 수학여행 가서 대한극장에서 봤을 때는 메살라가 죽은 다음에는 코빼기도 안 보였는데, 읍민관에서는 죽었던 메살라가 다시 살아나서 빨빨거리고 돌아다녔다. 벤허와 메살라를 데리고 다니던 사람이 끊어진 필름을 잘못 이어서 메살라를 다시 살려 준 것이다.

❀ ❀ ❀

나는 중학교 2학년 올라가서부터 웅변을 했다. 교내웅변대회에 나가서 상도 탔다. 그런데 어머니가 돌아가신 후로는 웅변이고 무엇이고 할 기분이 아니었다. 시험 볼 때 공부도 대충대충하고 말았다. 성적이 미끄럼을 타도 별로 책 보기가 싫었다. 그러다가 3학년에 올라와서 한 번 웅변을 했다. 3학년 때 한 웅변은 내가 자발적으로 나선 것이 아니라 웅변을 지도하는 국어 선생님이 내 팔을 끌어당겨서 어쩔 수 없이 한 것이었다. 국어 선생님 성함은 가물가물하다.

그 무렵에는 우리 학교뿐만 아니라 다른 학교에서도 웅변이 돌림병이었다. 읍민관에서 '군내(郡內) 중학교웅변대회'도 가끔 열렸다. 하동중학의 적수는 옥종중학이었다. 옥종중학의 웅변가들은 입이 야물어서 웅변이 찰졌다(차졌다). 옥종중학교에서는 학생들에게 공부는 안 가르치고 웅변만 가르치는 것 같았다. 옥종면은 읍내보다 진주가 더 가깝다. 읍내에 오려면 돌고지재를 넘고도 길이 멀었다. 그래서 옥종면 사람들은 큰 볼일이 있으면 모두 진주로 달려갔다. 읍내로 오는 경우는 별로 없었다. 중학교도 옥종중학 아니면 모두 진주 쪽으로 진학했다. 그런데 유독 웅변대회만은 하동읍으로 와서 우리를 잡아먹으려고 덤벼들었다.

그 무렵의 웅변은 처음부터 목에 핏대를 세워서 테너(tenor) 목소리로 뽑아내는 것이 일반적이었다. 또, "이 연사는 이러이러하게 외칩니다."라고 두 팔을 쓸데없이(쓸데없이) 여러 번 머리 위로 쳐들기도 했다. 처음에는 나도 그런 식으로 웅변을 했다. 그랬는데 웅변을 한 번 두 번 하면서, 그렇게 웅변을 하면 말하는 사람은 목이 빨리 쉬고 듣는 사람은 쉽게 피곤해진다는 것을 깨달았다.

나는 정원용 교장 선생님이 아침조례 때 우리에게 말씀하시는 것을 참고 삼았다. 교장 선생님은 한 손을 윗도리 양복주머니에 엄지손가락만 밖으로 나오도록 찔러 넣고 우리를 "제군들."이라고 부르면서 처음부터 끝까지 바리톤(baritone)으로 말씀하셨다. 한 번도 핏대를 세우는 법이 없었고 핏대를 세울 일도 없었다. 그래도 우리는 교장 선생님 말씀에 귀를 쫑긋 세웠다. 훗날 성인이 되어서야 깨달았는데, 웅변도 일종의 대화이다. 선생님이 문제를 일으킨 학생을 불러 세워서 귀창이 떨어지도록 야단을 쳐도, 너는 떠들어라 나는 듣는다 할 수도 있고, 등을 두드리며 조곤조곤하게 타이르면 소리가 아무리 작아도 감동을 하고 반성도 하는 것이다. 웅변은 한마디로 청중을 감동시키는 것이다.

아마 6월 25일경에 군내 반공웅변대회였을 것이다. 국어 선생님은 옥종중학을 이길 사람은 나뿐이라며 떼를 썼다. 나는 할 수 없이 웅변 원고를 썼다. 웅변 원고는 딱 한 번 내가 잘 아는 5~6년 위의 한 선배에게 부탁했고, 그 후로는 내가 직접 펜대를 잡았다. 나는 원고를 달달 외었다. 이만하면 됐다 싶어도 외우고 또 외웠다. 그렇게 외워도 막상 단상에 오르면 꽉 막힐 때가 있는 것이 웅변이다.

웅변대회장인 읍민관은 우리 학교 학생들이 자리를 꽉 메웠다. 드디어 내가 웅변할 차례가 왔다. 나는 정원용 교장 선생님의 흉내를 냈다. 목소리의 톤만 흉내 내고 양복 윗저고리에 손을 찔러 넣는 것은 흉내 내지 않았다. 나는 목소리를 바리톤으로 깔고 청중들이 말귀를 알아듣도록 천천히 차분하게 내가 말하는 뜻은 여차여차하다고 청중들을 타일렀다. 내가 핏대를 세우지 않아도 청중들은 착하게도 내 말에 귀를 기울여주었다. 그렇다고 처음부터 끝까지 좋은 말로만 타이르면 그것은 정원용 교장 선생님의 훈화지 웅변이 아니다. 웅변은 클라이맥스가 있어야 한다. 좋은 말로 타이를 때는 타이르더라도 큰 소리로 야단을 칠 때는 야단을 쳐야 한다. 나는 딱 한 번만 두 손을 머리 위로 쳐들고 이래도 박수를 안 칠 거냐고 청중을 다그쳤다. 그렇게 해서 최고상으로 삼각형 탁상시계를 받았다. 그 무렵에 우리 집에는 시계가 없었다. 그 때 받은 탁상시계는 두고두고 우리 집의 가보로 대접받았다.

❦ ❦ ❦

국민학교를 졸업하고 중학교에 들어갈 때의 나의 기분은 최고였다. 입학시험을 망칠까 염려할 필요도 없었고, 어머니의 튼튼한 돈줄도

하동중학교 졸업기념(1963년 1월 23일).

있어서 걱정할 것이 아무것도 없었다. 어머니는 늘 "짜친다(쪼들린다),
짜친다." 하시면서도 나의 요구에는 짜치는 법이 없었다. 막내누님이
새 옷을 사달라고 하면, "가시나가 아무거나 입지 무신 옷 타령이냐."
고 퉁을 주었지만 나의 요구는 무엇이든지 오냐오냐 하셨다. 그러다
가 중학교를 졸업하고 고등학교 입학원서를 쓸 무렵의 내 기분은 말
이 아니었다. 우리 집의 돈줄이었던 어머니가 안 계셔서 우리 집 형편
은 유동성(流動性)이 간당간당하여 당장 내일을 걱정해야 하는 부실기
업과 같았다. 그래서 고등학교 입학원서도 쓸 둥 말 둥 하였다.

　그 무렵 하동중학 졸업생들은 성적이 아주 좋으면 대한금속을 타고
부산에 가서 경남고등학교의 교문을 두드렸다. 나도 부산에 가서 경
남고등학교 교문을 두드려보고 싶은 마음이 굴뚝같았다. 경남고등학
교 수위가 문을 열어줄지 닫아걸지는 모르지만 일단은 교문을 한번
노크는 해보고 싶었다. 어머니만 살아계셨더라면 헛걸음을 치더라도

대한금속을 탈 수 있었을지도 모른다. 그러나 그것은 가정(假定)일 뿐 현실은 적막강산이었다. 나는 또 한 번 어머니의 부재(不在)를 실감하며 오르지도 못할 나무를 쳐다볼 수 없었다.

　나의 마지막 선택은 하동고등학교라도 가든지, 공부를 막살하든지(끝장내든지) 양자택일이었다. 그러나 공부를 그만둔다는 것은 생각하기조차 싫었다. 하동고등학교라도 가야 앞길이 열리든 말든 할 것이었다. 하지만 우리 집 형편은 하동고등학교에 들어가는 것도 쉽지 않았다. 기댈 곳은 생기물에 사는 작은 누님밖에 없었다. 돈 나올 구멍은 거기밖에 없었다. 한편으로는 서울의 형님이 운전대를 잘만 돌리면 돈이 날아올 것도 같았다.

　나는 가족에게 "도대체 하동고등학교라도 보내줄 거요 말 거요?" 하고 다그쳤다. 그때마다 우리 가족은 한입으로 "뭐 어찌 되겠지." 하고 다들 책임회피를 했다. 문제는 돈이었다. 입학시험 걱정은 할 필요가 없었다. 하동고등학교는 눈감고 왼손으로 답안지를 써도 들어갈 수 있었다. 그 무렵 나는 낙동강 오리알이었고 길 잃은 외기러기였으나 어찌어찌해서 하동고등학교에 간신히 들어갈 수 있었다.

　나는 하동고등학교라도 들어가면 그 다음부터는 발을 뻗고 잠을 잘 수 있을 줄 알았다. 그런데 그것은 천만의 말씀이었다. 경남고등학교에 들어간 녀석들이 시도 때도 없이 고향에 와서 내 비위를 긁었던 것이다. 고향에 오면 교복과 교모를 벗고 나올 것이지 그 녀석들은 꼭 경남고등학교 교복과 교모를 챙겨 입고 쓰고 나타나서 나에게 염장을 질렀다. 교복과 교모는 학교 갈 때에만 입고 쓰는 것일 터였다. 그래서 교복이나 교모나 모두 학교 교(校) 자를 쓸 것이다. 그런데 그 엠뱅할 녀석들은 송림에 나타날 때도, 장바닥에 돌아다닐 때도 꼭 교복을 입고 교모를 뒤집어쓰고 나왔다. 안 그래도 속이 상한 나에게 폼을 잡아서 나의 속을 뒤집어놓으려고 일부러 그렇게 야료를 부리는 것 같았다.

　나는 부애(부아)가 났다. 부애가 나면 안 만나고 안 보면 될 일이었다. 하지만 나도 네발 달린 짐승인데 다리를 묶고 하루 종일 방구석에 처박혀있을 수는 없는 일이었다. 그리고 그 녀석들을 피한다고 부애가 안 날 것도 아니고 또 피할 수도 없었다. 미우나 고우나 나는 그들과 짧게는 3년 동안, 길게는 9년 동안, 같이 공부하고, 같이 놀고, 같이 장난치고, 같이 웃고, 같이 삐꾸면서(삐지면서) 우정을 나눈 친구들이었다. 그런 친구들에게 내가 뭣땀시 부애를 내야하는가. 사흘 낮 사흘 밤을 먹지도 않고 자지도 않고 곰곰이 생각해 보니, 내가 그들을 보고 느낀 감정은 부애가 아니라 부러움이었다. 나는 경남고등학교에 들어간 친구들이 그렇게 부러울 수가 없었다.

4부

더 넓은
세상을 향하여

나는 수업이 끝나면 집으로 바로 가는 날보다
운동장에서 공을 차거나 농구를 하거나, 아니
면 송림에 가서 시간을 뭉게는 날이 많았다.
더욱이 여름에는 낮은 긴데 집에 가면 아버지
농사일을 돕는 것 말고는 마땅히 할 일이 없
었다. 그래서 여름에는 학교가 끝나면 섬진강
에 뛰어들어 헤엄을 칠 때가 많았다.

청춘 수업이
시작되다

하동고등학교는 하동중학교와 울타리 하나 사이였다. 고등학교는
중학교 바로 뒤에 바짝 붙어 있었다. 교문에서 운동장으로 들어가는
길만 다를 뿐 고등학교는 중학교와 쌍둥이였다. 학교가 앉은 방향도
똑 같고, 교사(校舍)도 비슷하고, 운동장도 비슷하고, 운동장에서 둑만
넘으면 바로 송림이고 백사장이고 섬진강인 것도 똑같았다. 중학교와
고등학교 앞에 '하동'이 들어가는 것도 똑같았다. 학교에 오는 길도
똑같았다. 고등학교 교문은 중학교 교문의 네댓 걸음 앞에 있었다. 거
기서 오른편으로 돌아 조금만 걸어서 들어가면 중학교와 거의 비슷한
고등학교가 중학교를 앞세우고 있었다.

내가 하동고등학교에 들어간 해에 학교는 이름표를 새로 달았다.
'하동고등학교' 이름표를 떼고 '하동종합고등학교'로 고쳐 달았다. 그

러니까 내가 하동종합고등학교의 첫 신입생이 되었고 3년 후에는 1회 졸업생이 되었던 것이다. 하동종합고등학교는 인문과, 토목과, 상과, 가정과, 이렇게 네 개의 과가 있었다. 이 네 과가 합치면 종합이 되는 것이다. '하동종합고등학교'는 당시 정원용 교장 선생님 작품이었다.

교장 선생님은 대학에 가는 학생이 몇 명도 안 되는 농촌학교에 일반 고등학교가 있는 것은 문제가 있다고 보신 것 같았다. 또 앞길이 구만리 같은 학생들이 고등학교까지 마치고도 어중재비(어중이)가 되는 현실을 마음 아파하신 듯하다. 그래서 어떻게든지 졸업생들이 제 밥벌이를 하게 해주어야겠다는 생각을 하신 것 같았다. 교장 선생님은 하동종합고등학교로 이름표를 고쳐달기 위해 동분서주하셨다고 한다. 교장 선생님이 경남 교육계의 실력자라는 이야기를 어느 선생님에게 전해 들었다.

※ ※ ※

나에게는 국민학교 시절에 찍은 사진이라곤 졸업할 때 찍은 6학년 단체사진과 수학여행을 가서 찍은 단체사진 딱 두 장밖에 없다. 물론 졸업앨범도 없다. 중학교 졸업앨범도 없다. 중학교 시절의 사진도 2학년 A반 때 찍은 반 전체 사진과 졸업할 때 찍은 3학년 전체 단체사진, 서울에 수학여행을 갔을 때 찍은 단체사진, 그리고 아이들이 가지고 노는 딱지 크기의 개인 사진 서너 장이 전부이다. 그런데도 나는 중학교 시절의 추억은 비교적 쉽게 끄집어 낼 수 있었다. 하지만 고등학교

하동종합고등학교 시절의 필자.

때는 졸업앨범도 있고 소풍 가서 찍은 사진도 있고 친구들과 어울려 찍은 개인 사진도 여러 장 있다. 그럼에도 고등학교 다닐 때의 기억은 중학교 다닐 때보다 더 희미하다. 나는 이 글을 쓰면서 고등학교 졸업 앨범을 찾아보았다. 졸업앨범에는 교장 선생님과 교감 선생님을 포함하여 모두 서른세 분(33명) 선생님의 사진이 실려 있다. 그중에서 내가 앨범을 처음 펼쳤을 때, '아, 이분이 내가 고등학교 다닐 때 우리 학교 선생님이었지' 하고 금방 생각이 난 선생님은 채 열 분도 안 된다. 나는 인문과여서 토목과나 상과나 가정과 선생님들에게는 한 번도 수업을 받아본 적이 없어서 낯선 선생님이 많기는 하다.

그런데 졸업앨범에도 없는데 얼굴이 선명하게 떠오르는 선생님이 한 분 있다. 화학을 가르친 김세명 선생님이다. 김 선생님은 이화여자대학교를 나오신 분이었다. 얼굴도 예쁘장했다. 물론 처녀 선생님이었다. 처녀 선생님이니까 내가 기억하는 것이다. 선생님이 〈2H2 + O2 = 2H2O〉와 같은 화학방정식을 가르쳐주시던 모습이 삼삼하다. 그것도 간지러운 서울 말씨로.

그 무렵 우리 학교에 총각 선생님이 두 분 있었는데, 그중 한 분이 화학 선생님에게 침을 흘린다는 소문이 우리들 사이에 파다했다. 그분은 국어선생님이었다. 그 선생님은, 우리에게는 따먹지 못하는 감은 쳐다보지도 말라고 가르치고는 자신은 따먹지도 못하는 감을 쳐다보았다. 수업시간에도 우리를 가르치다 말고 교실 창밖의 감나무를 쳐다보았다. 나는 그 선생님을 비웃어주고 싶었다. 사실은 나도 화학 선생님에게 침을 흘려볼까 하다가 국민학교 2학년 때 나의 짝꿍이었던 WJ가 눈을 흘길까 봐 꾹 참았다. 지금의 내 아내는 조금도 무섭지 않았다.

❦ ❦ ❦

나는 중학교 다닐 때는 점심을 집에 뛰어가서 먹고 왔는데 고등학교에 들어가서는 도시락을 싸 가지고 다녔다. 도시락을 싸서 간 것까지는 좋았다. 그런데 다른 친구들의 도시락은 드문드문 쌀이 섞였지만 내 도시락은 백 리를 가도 쌀이 한 톨도 없는 순 꽁보리밥이었다. 나는 누님에게 밥을 지을 때 보리쌀에 팥을 많이 섞어 달라고 부탁했다. 팥을 섞으면 도시락이 불그죽죽하게 화장을 하여 얼핏 보면 꽁보리밥은 아닌 것처럼 보여서 친구들에게 조금은 덜 창피할 것 같았다. 친구 TH의 도시락도 나와 같은 꽁보리밥이었다. 나에게 신세가 같은 동지가 생긴 것이다. 나와 TH는 말을 안 해도 마음이 통했다. 둘이는 점심 시간이 되면 도시락을 가지고 송림에 가서 까먹었다. 때로는 백사장에 가서 먹기도 했는데, 한번은 바람에 모래가 날려서 도시락을 덮치는 바람에 점심을 먹다가 만 적도 있다. 우리 학교는 입학할 때 인문과면 졸업할 때까지 인문과였다. 나는 TH와 3년 동안 같은 교실에서 공부하면서 두터운 우정을 쌓았다. 요즘 그는 나를 공 박사라고 부른다. 나는 TH와 핸드폰을 마주 들 때마다 TH의 목소리를 들어서 반갑고 그가 나의 학위(學位)를 높여줘서 고맙다.

❦ ❦ ❦

고등학교 다닐 때, 나는 수업이 끝나면 집으로 바로 가는 날보다 운동장에서 공을 차거나 농구를 하거나, 아니면 송림에 가서 시간을 뭉개는 날이 많았다. 더욱이 여름에는 낮은 긴데 집에 가면 아버지 농사일을 돕는 것 말고는 마땅히 할 일이 없었다. 그래서 여름에는 학교가 끝나면 섬진강에 뛰어들어 헤엄을 칠 때가 많았다. 그 무렵에는 해량촌에 섰던 웃장(場)이 없어진 것 같은데 그때까지도 섬진강에는 바닷가 사람들이나 섬 사람들이 해산물을 싣고 읍내 쪽으로 올라오는 배가 있었다. 나와 같이 헤엄을 치는 동료들은 가끔 배 가까이 헤엄쳐가서 뱃사람에게 백합을 하나 던져달라고 요구했다. 우리 요구에 선뜻 백합을 던져주는 사람도 있었지만 못 들은 체하는 사람도 있었다. 못 들은 체하면 우리는 배 꽁무니에 매달리거나 심하면 노를 붙잡고 뱃사람에게 해꾸지(해코지)를 했다.

✿ ✿ ✿

나는 고등학교 다닐 때도 시장통에 있었던 친구 WY의 집에, 중학교 다닐 때만큼 자주 갔다. WY의 집은 우리가 중학교 1학년 때 돌다리로 이사를 가서 막걸리 도가를 하다가 2학년 때 다시 읍내로 올라와서 시장통이 끝나는 큰길 가에 2층집을 지어서 음식점을 하고 있었다. 장날에는 주로 돌다리 부근에 사는 사람들이 장을 보러왔다가 WY의 집 아랫방을 차지하고 있을 때가 많았다. 하루는 내가 WY의 집 아랫방에 갔더니 어떤 사람이 한쪽 눈은 감고 한쪽 눈은 시퍼렇게 뜨고 잠을 자고 있는 것이 아닌가. 나는 이런 일도 있는가 싶어 그 사람의 얼굴에 눈을 가까이 가져가서 쳐다보았더니 그 시퍼런 눈은 더욱 시퍼렇게 되어 나를 섬뜩하게 했다.

나중에 WY로부터 그 사람의 곤조(근성)를 전해 듣고 나는 배꼽을 쥐고 쩔쩔 매었다. 그 사람의 뜬 눈은 유리로 만들어 박은 개눈깔이었다. 그 개눈깔은 누구와 말싸움을 하다가 자기가 불리하다 싶으면 갑자기 개눈깔을 뽑아내어 땅바닥에 던져버려서 상대방이 질겁하게 했다고 한다. 그런데 한번은 임자를 제대로 만났다고 한다. 임자를 만났을 때도 그는 말싸움을 하다가 제 버릇 개 안 주고 또 개눈깔을 뽑아서 땅바닥에 집어던졌는데, 상대방이 "내가 네놈의 곤조를 안다."면서 개눈깔을 집어서 모가 심어진 논으로 멀리 휙 던져버렸다는 것이다. 말싸움이 끝나고 상대방이 돌아간 후에 개눈깔은 바짓가랑이를 걷어붙이고 논에 들어가서 "그놈이 던질라면 발밑에 던질 것이지 하필이면 왜 논에 던졌냐."며 온 논을 헤집고 다니더라는 것이다. 그 다음부터 개눈깔은 함부로 개눈깔을 뽑아들지 않았다고 한다.

❦ ❦ ❦

농사철에 나는 틈틈이 농사일을 도왔다. 국민학교 때처럼 밭에 자주 가지는 않았지만 보리타작을 하거나 고구마를 캘 때는 보리 가마니나 고구마 가마니를 지게에 짊어지고 집으로 날랐다. 방학 때에는 여전히 산에 나무하러 갔다. 매일 간 것은 아니고 일주일에 두세 번쯤 갔다. 고등학생이 되고 나서부터는 간이 커졌다. 중학생 때까지만 해도 낫으로 생솔가지를 쳐오는 정도였는데, 고등학생 때는 생솔나무의 밑동을 톱으로 잘라서 지게에 지고 왔다. 그러다가 산 주인에게 들켜서 도망을 친 적도 여러 번이었다. 겨울에 섬진강 건너 백운산에 산불이 나면 엔딤이까지 가서 나무를 잘라오기도 했다. 그 무렵에 엔딤이에는 산불이 자주 났다. 우리 집 근처에서 보면 엔딤이에서 난 산불이 벌겋게 잘 보였다. 산불은 사흘이고 나흘이고 계속되는 경우가 많았다. 내 고향에는 엔딤이와 같이 재미있는 지명이 많다. 나는 친구들과 그것들을 상당히 많이 찾아본 적이 있는데 지금은 몇몇 곳만 기억에 남아 있을 뿐이다.

*강진모텡이, 꽃다이, 돌팍거리, 먹점, 퉁점, 뻘땅골, 우우실, 기먹징이, 저싱이, 워링이(옥종면 월형리 – 그곳에 나의 외가가 있고, 우리 동네의 나이가 많은 아지매들은 우리 어머니를 '워링이띠기'라고 불렀다).

🐾 🐾 🐾

지금부터 나는 아무나 가질 수 없는 나의 꿈같은 추억 1탄을 쓰겠다. 나는 고등학교 1학년 때와 2학년 때 모두 합해서 대여섯 번쯤 막내누님과 같이 갈사리 앞바다에 가서 맛(맛살)도 잡고 파래도 뜯은 추억이 있다. 우리 동네 아지매들 7~8명과 같이 하저구에서 작은 목선(木船)을 타고 갈사리 앞바다에 나갔다. 우리가 탈 배는 아지매들이 얼마씩 돈을 거둬서 빌렸다. 갈사리에 가는 우리 동네 아지매들은 모두 몸뻬 차림으로, 맛을 잡을 쇠꼬챙이와 잡은 맛을 담을 소쿠리를 가지고 배를 탈 하저구로 향해서 아침에 집을 나섰다. 조개를 만날지도 몰라서 호맹이(호미)도 하나씩 챙겼다. 주먹밥도 몇 개 싼 것 같다. 물때를 맞춰야 했기 때문에 아침 일찍 서둘러 나설 때도 있었고 아침을 먹

신방촌 앞의 섬진강 전경.

고 느긋이 나설 때도 있었다. 우리 동네에서 하저구까지는 오 리 남
짓, 종종걸음으로 하저구에 닿기가 바쁘게 우리 일행은 배에 올랐다.
배 임자는 우리가 배에 오르기 바쁘게 섬진강에 배를 띄웠다.

섬진강 물은 맑고 깨끗했다. 계절은 겨울인데도 가을하늘처럼 푸르
렀다. 명경(明鏡) 같았다. 떠서 먹어도 말릴 사람이 없었다. 실제로 여
름에 나는 송림 건너편 섬진강 오지바구 근처에서 헤엄을 치다가 목
이 마르면 두 손으로 강물을 떠서 마셨다. 우리 일행을 태운 배는 그
맑은 강물 위로, 바람이 불면 돛을 달고, 바람이 자면 노를 저어서 천
천히 갈사리를 찾아갔다. 오른편으로 중섬을 지나고 왼편으로 목도
앞들도 지나고 신방촌도 만났다. 그러면서 갈사리 쪽으로 배를 재촉
했다.

처음 그 배를 탔을 때 나는 섬진강 하구와 그 주위의 풍광은 첫 대면이었다. 나는 신천지를 찾아서 대서양에 배를 띄운 콜럼버스였다. 콜럼버스가 망원경을 길게 뽑아서 바다를 살펴보듯, 나도 두 눈을 크게 뜨고 생전 처음 보는 섬진강 하구를 살펴보았다. 그런데 도대체 이게 어떻게 된 일인가. 2~3년 전에 내가 전어회 맛을 보기 위해 갈사리에 갔을 때 보았던 섬진대교가 온 데 간 데 없었다. 매일같이 잿빛 매연을 뿜어서 고향사람들을 괴롭히는 하동화력도 없었고 강 건너편 광양제철도 안 보였다. 2~3년 전에 가서 본 갈사리 앞바다는 사람의 손때가 너무 많이 묻어서 마치 싸구려 이발소 사진과 같았다. 그런데 내가 고등학교 다닐 때 보았던 갈사리 앞바다는 사람의 손때가 전혀 묻지 않은, 창조주가 만들어 준 그대로의 민얼굴이었다. 그 주위의 풍광도 화선지에 물감을 풀어서 그린 한 폭의 풍경화였다. 그 무렵에는 광양제철 자리에 태인도가 앉아 있었다.

우리 일행이 탄 배가 갈사리 앞바다 한가운데 닿으면 바닷물이 때를 맞춰 자리를 비켜주었다. 배는 꽃에 나비가 앉듯 바닥에 사뿐히 내려앉았다. 그곳 바다의 바닥은 갯벌이라기보다는 차라리 모래밭이었다. 요새 TV에서 보는 서해안 갯벌은 발이 푹푹 빠지지만 갈사리 앞바다는 발이 별로 빠지지 않았다. 그 이유는 서해안 갯벌이 모래와 진흙의 비율이 2:8이나 3:7이라면 갈사리 쪽은 그와 반대로 8:2나 7:3이기 때문이다. 그래서 서해안 조개는 질금거려서 먹기가 몰똑잖지만 갈사리 앞바다에서 잡은 조개는 무엇이든지 해금만 잘 시키면 전혀 질금거리지 않았다.

갈사리 앞바다의 옛 모습.

　우리 일행은 주로 맛을 잡았다. 요즘 TV에서 보니 다른 지방 사람들은 맛을 잡을 때 맛 구멍에 소금을 뿌리는데, 그때 우리는 소금을 뿌리지 않았다. 그렇지 않아도 짭은(짠) 바닷물 속에서 고생하는 맛에게 소금을 뿌리는 것은 인간이 할 짓이 아니었다. 인간이 할 짓이 아니지만 인간의 행동은 잔인했다. 인간들은 한쪽에 화살촉이 달린 쇠꼬챙이를 차렷 자세로 서 있는 맛의 머리서부터 발끝까지 사정없이 찔러 박았다. 맛은 입이 있어도 아얏 소리를 못했고 발이 없기에 발버둥도 치지 못했다. 꼼짝없이 밖으로 끌려나온 맛을 인간들은 흐뭇한 미소를 지으면서 소쿠리에 주워 담았다.

　맛을 잡은 우리 일행은 섶에 김을 주렁주렁 매단 김밭으로 발걸음을 옮겼다. 섶에는 파래도 드문드문 붙어 있었다. 김밭 주인에게 '김

갈사리 앞바다에 섶을 꽂아 김밭을 만드는 사람들.

을 따도 되겠느냐'는 물음은 잇금(잇자국)도 안 들어갔다. 얼런(어림)도 없었다. 그렇지만 "파래 조금만 따도 될까요?" 하는 물음은 우리가 사정하는 얼굴 표정만 지으면 잇금이 들어갔다. 우리는 주인의 입에서, '해도 해도 너무 한다'는 말이 안 나올 만큼만 파래를 따서 소쿠리에 담았다. 주인이 안 볼 때는 물김도 조금 슬쩍할 수 있었다. 그런 다음 모두 배에 올랐다.

　일행이 배에 오르면 집을 나갔던 바닷물이 기별도 없이 달려와서 우리를 쫓아냈다. 우리는 안 쫓아내도 떠날 참이었다. 우리는 못이기는 딕기(듯이) 뱃머리를 하저구 쪽으로 틀었다. 맛을 잡을 만큼 잡고 파래도 얻었으니 점심을 먹지 않아도 배가 부르고 기분이 좋았다. 그렇지만 배에 오르자마자 점심을 먹었다. 돌아올 때도 섬진강은 맑고 깨끗하고 푸르렀다. 노는 내가 저었다. 배 임자는 임자를 만나서 노를 나에게 맡기고 곰방대에 불을 붙이고 딴청을 했다. 일행 중 한 아지매가 콧소리로 유행가를 흥얼거렸다. 다른 한 아지매가 흥얼거리는 아줌마를 보고 "아무개야, 혼자 궁시렁기리지 말고 노래 한 자리 해 봐라."라고 독창을 요청했다. 흥얼거리던 아지매는 "나 노래 못하는디." 하고 쪼를 한 번 뺀 다음, "어흠" 하고 주먹을 입에 갖다 대어 목청을 가다듬고 기어들어가는 목소리로 못한다는 노래를 불렀다.

> 사공의 뱃노래 가물거리며
> 삼학도 파도 깊이 숨어드는데
> 부두에 새아씨 아롱젖은 옷자락
> 이별의 눈물이냐 목포의 설움

노래가 끝나자 다른 아지매가 "나도 한 자리 해 보까?" 하고 출석을 부르지도 않았는데 나섰다.

> 연분홍 치마가 봄바람에 휘날리더라
> 오늘도 옷고름 씹어가며
> 산제비 넘나드는 성황당 길에
> 꽃이 피면 같이 웃고 꽃이 지면 같이 울던
> 알뜰한 그 맹세에 봄날은 간다

먼저 노래를 부른 아지매는 우리가 갈사리를 이별하고 오는데 목포를 이별한다고 딴소리를 했고 나중 아지매는 그때가 겨울이었는데 봄바람이 분다고 거짓말을 했다. 집에 온 누님은 맛을 넣고 된장국을 맛있게 끓였다. 맛을 넣었으니 맛이 있을 수밖에 없었다. 누님은 파래도 무쳐서 밥상에 올렸다. 파래무침은 맛을 안 넣어도 맛있었다.

이러한 나의 추억은 갈사리에 살았던 동창들도 가질 수 없는 추억일 것이다. 그들은 갈사리에 살면서 맛을 잡고 파래를 뜯은 추억은 있을지라도 '연상의 유부녀'들과 하저구에서 섬진강을 따라 노를 저어 갈사리 앞바다에 갔다가 다시 하저구로 되돌아오는 뱃놀이를 해본 추억은 없을 테니까. 같이 뱃놀이를 한 유부녀라면 '미세스 킴'이라든지, '마담 리'라든지, 고상하고 매너 있게 불러야 할 터인데, 나는 고상한 것이 무엇이지도 모르고 매너도 없어서 그들을 모두 싸잡아 '아지매'라고 불렀다. 나는 지금도 그 꿈같은 추억이 떠오르면 모든 시름을 툴툴 털고 행복에 젖는다.

☙ ☙ ☙

내 작은 누님은 개발(조개) 장사를 하였다. 그 덕분에 나는 고향에서 자랄 때 김이며, 파래며, 바지락이며, 꼬막이며, 백합이며, 우럭(조개)이며, 누님이 파는 개발을 마음껏 먹을 수 있었다. 그리고 작은 누님이 파는 먹거리는 대부분 갈사리 앞바다에서 캐낸 것이었다. 지금의 갈사리 앞바다는 하동화력과 광양제철이 들어서서 옛날에 비하면 거의 불임(不姙)의 바다가 되다시피 변했지만 내 어린 시절의 그곳은 전국 최고 품질의 김 생산지이며 어디보다 여러 가지 맛좋은 조개를 많이 캘 수 있는 풍요로운 곳이었다.

나는 서울에 올라와서, 김에다 기름을 바르고 소금을 뿌려서 먹는 서울 사람들을 보고 웃음이 나왔다. 그것도 손가락 두 개를 포갠 정도의 크기로 가위로 잘라서 젓가락으로 집어서 먹는 것이 신기하기도 했다. 김 자체도 하동 김처럼 얇고 맛있지가 않았다. 지금 사람들의 입속으로 들어가는 김은 대부분 완도 부근을 비롯한 전라도 김과 태안 부근을 비롯한 서해안에서 양식한 김이다. 또 대부분 사람들은 그 김을 맛있다, 맛있다 한다. 하지만 내 입에는 지금 김은 옛날 하동 김과 많이 다르다.

옛날 우리 집에서는 맨김을 구워서 먹었다. 아마 하동 사람들은 거의 모두 그렇게 먹었을 것이다. 김은 아궁이의 땔감이 다 타고 난 후의 불에 구웠다. 그런데 장작을 태운 잉그락은 불이 너무 세어서 김이 타기 쉽다. 그래서 잉그락에 구우려면 그 위에 재를 덮어서 불을 많이 죽여야 한다. 그런 다음 그 위를 김이 스쳐지나가듯이 구워야 한다. 김을 굽기에는 화롯불이 제격이다. 화롯불도 불숟가락으로 재를 덮고 다독인 다음 그 위에서 김을 2~3초 정도 굽는다. 잘 구워진 하동 김은 선명한 연두색이다.

우리가 김을 먹을 때는 깨소금을 조금 뿌린 조선간장을 준비했다. 또 된장을 풀고 왕멸따구(큰 멸치)를 넣은 씨락국(시래기국)도 끓였다. 나는 구운 김을 먹을 때마다 그것을 알맞게 찢어서 왼 손바닥 위에 올려놓고 거기에 밥을 한 숟가락 퍼서 엎었다. 그리고 밥에 깨소금이 조금 뿌려진 조선간장을 한 방울 떨구었다. 그런 다음 김이 덮인 밥을 숟가락에 옮겨 엎고 그것을 씨락국에 푹 담갔다가 입속으로 넣어서 먹었다. 씨락국에 담그지 않고 그냥 먹으면 김이 입천장에 달라붙기 일쑤이다. 나는 지금도 가끔 아내에게 부탁하여 맨 김을 사다가 그렇게 '하동식'으로 김을 먹는다.

김이 안 나면서 가장 뜨거운 김국도 하동 사람이 아니고는 아는 사람이 별로 없다. 고향 사람이 아닌 나의 지인들에게 김국을 이야기하면, 열이면 열 마른 김을 물에 풀어서 끓이는 줄로 안다. 우리 집에 가사를 도우러 오는 아주머니는 경기도 여주가 고향이다. 한번은 아내가 아주머니에게 하동에서 보내온 물김을 조금 주면서 김국에는 굴이 꼭 들어가야 한다고 일러주었는데, 나중에 알고 보니 아주머니 가족은 모두 굴을 싫어해서 바지락을 넣고 김국을 끓여 먹었다고 하더란다. 바지락을 넣어도 '너무너무' 맛있더라나…… 나는 고향에 내려가 있는 친구 DS가 지난겨울에 물김을 두 차례나 보내주어서 생각날 때마다 김국을 끓여 먹었다.

우럭도 하동 사람이 아니면 잘 모른다. 서울 사람들에게 우럭을 들믹이면(들먹이면) 이것도 역시 열이면 열 횟감으로 쓰이는 물고기 우럭인 줄로 안다. 내가 아무리 우럭을 넣고 끓인 쑥국과 된장국이 맛있는 별미라고 일러줘도 그들은 하동 사람들은 조개 취급도 안 하는 모시조개가 제일이라고 우긴다. 하기야 우럭을 안 먹어보았으니 그 맛을 어떻게 알겠는가. DS는 간간이 우럭도 사서 보내 주어서 나를 행복하게 한다. 한 번은 백합도 사서 보내줄거냐고 물었다. 나는 지금도 갈사리 쪽에서 백합이 잡히느냐고 놀라서 물었더니 서해안 것이라고 해서 사양했다. 서해안 백합은 서울에도 있을 뿐만 아니라 질금거려서 싫다. 그것도 자연산이 아닌 양식이어서 맛도 옛날 하동 백합만 훨씬 못하다. 서해안 백합은 껍데기 표면이 매끄럽지 못하고 무늬가 얼룩덜룩한 데 비해 옛날 하동 백합은 껍데기 표면이 반질반질하고 무늬가 아주 선명하고 아름답다. 아! 주먹만 한 하동 백합 하나 까서 쐬주 한 잔 걸치고 싶어 미치겠다.

결국, 갈사리 부근에 하동화력과 광양제철이 들어선 것은 국가적으로는 국익이 되고 갈사리 사람들은 보상을 받아 이득이 되었는지 모르겠지만, 갈사리 앞바다에서 생산되는 먹거리를 끼니마다 푸짐하게 밥상에 올렸던 하동 사람들에게는 천금보다 큰 손실이 아닐 수 없다. 나는 갈사리 앞바다를 생각할 때마다 두고두고 아쉽다.

서울에 올라온 지 한 달도 안 되어서, 내 고향 '하동포구 80리'와 나의 모교 하동고등학교의 생활이 유명작가가 그린 한 폭의 아름다운 산수화라면, 서울의 학교생활은 무명작가가 그린 조잡한 길거리 풍경화라는 것을 깨달았다. 나는 천국을 내 발로 차버리고 지옥을 내 발로 찾아왔던 것이었다. 하동고등학교에 다니는 것이 얼마나 행복한가를 절절이 깨달았다.

방황은 젊음의 특권

나는 고등학교 2학년에 올라가기 전에 한 번, 올라가서 한 번, 두 번이나 외도를 했다. 중2 가을에 어머니가 돌아가신 후부터 돈줄이 막힌 우리 집은 이듬해 봄에 형님이 군대에서 제대를 하고 시발택시인지 새나라택시인지의 운전대를 잡은 후부터는 조금 숨을 쉴 수가 있었지만 돈에 쪼들리기는 전과 매일반이었다. 나는 고등학교에 올라가서도 월사금을 낼 때마다 끙끙 앓아야 했다. 제날짜에 내어본 적이 별로 없었다.

그래서 이런 생각이 들었다. 하동에 있어서는 죽도 밥도 안 된다. 서울로 가자. 형님 옆에 가서 뼈대야 죽든지 살든지 결판이 난다. 그리하여 나는 서울 경복고등학교에 입학원서를 넣었다. 물론 사전(事前)에 형님에게 편지를 써서 시험이나 한번 보게 해 달라고 떼를 썼다.

형님은 왜 쓸데없는 짓을 하느냐고 처음에는 안 된다고 하더니 내가 하도 잡치니까 너 쪼대로 한 번 해 보라고 허락해주었다.

내가 그동안 차근차근 입학시험 준비를 한 것도 아니었다. 그런데 왜 하필 경복고등학교냐? 그 무렵 서울의 남자고등학교 명문 순위는, 경기, 서울, 경복, 용산고등학교 순이었다. 경기, 서울고등학교는 자신이 없었다. 경복고등학교 정도면 어떻게 뚫어볼 수 있지 않을까 생각했다. 나는 경복고등학교가 경남고등학교와 같은 수준일 것이라 여겼다. 경복고등학교에 들어감으로써 경남고등학교에 시험을 쳐보지 못한 한(恨)을 풀겠다는 오기(傲氣)도 있었던 같다. 그러나 경복고등학교는 오기로 덤벼드는 녀석은 받아주지 않았다. 경복고등학교는 내 이마빼기에 불합격 딱지를 붙여서 나를 하동으로 쫓아버렸다.

나는 앵할 일이 아닌데도 앵했다. 그래서 형님에게 다시 편지를 썼다. 형님은 우리 집에 편지를 보낼 때, '아버님 전상서'라고 제목을 붙인 다음에, "기간 아버님 옥체만강 하옵시고 가내제절이 두루 태평무고한지 객지에 있는 소자는……" 어쩌고 했지만, 나는 형님에게 거두절미하고 서울로 전학을 시켜달라고 용건만 썼다. 형님은, 지금 형님의 형편이 형님도 보도시(간신히) 밥먹고 잠자는데 어찌 동생 너는 그렇게 형님 사정을 모르느냐며 처음에는 동생의 청을 받아주지 않았다. 하지만 나는 한번 붙었다 하면 절대로 떨어지지 않는 거머리였다. 두세 번 "그렇게 해 주소." "안 된다."를 반복하여 나는 보도시 형님 곁에 달라붙을 수 있었다.

나는 2학년 3월 초에 왕십리에 있었던 배명고등학교에 전학을 했다. 내가 전학할 때 충청남도 합덕에서 온 촌띠기(촌뜨기)도 나와 같은 반에 전학을 왔다. 그는 학교 옆에 방을 얻어서 자기 누나와 자취를 할 것이라며 나도 같이 있으면 어떻겠느냐고 나에게 의중을 물어왔다. 나는 이게 웬 떡이냐 싶었다. 그것은 나에게 의중을 물을 일이 아니라 오히려 내가 그에게 사정사정해야 할 일이었다. 그 친구는 그쪽에서 조심스럽게 의중을 물을 일과 이쪽에서 통사정을 해야 할 일을 구분할 줄 몰랐다. 나는 처음에 일이 이렇게 잘 풀리면 그 다음도 잘 풀릴 것이라고 믿었다.

그러나 그것은 나의 오산이었다. 그는 열흘도 못 되어 나에게 "나가달라"고 사인을 보냈다. 그는 쌀과 반찬거리를 모두 제 고향집에서 가져다 날랐다. 나를 먹여주고 재워주면 연탄값과 전기세와 얼마간의 쌀값 정도는 내가 감당할 것이라고 믿었던 것 같았다. 그랬는데 막상 데려다 앉혀놓고 보니까 나에게 그럴 능력이 없다고 판단한 모양이었다. 아니면 내가 그의 누나를 집적거릴지도 모른다고 경계를 했는지도 모른다. 주인이 나가라는데 더부살이하는 놈이 뻗댈 수는 없었다. 나는 열흘도 못 되어 보따리를 싸서 형님이 얻어놓은 방으로 쫓겨왔다.

형님이 얻어놓은 방은 동대문구 용두동에 있었다. 하꼬방(판잣집)에다가 방 하나에 연탄 아궁이만 하나 달랑 있는 단칸방이었다. 부엌도 없고 숟가락몽둥이 하나도 없었다. 변소도 길 건너 공중변소에 가서 신문지 쪼가리를 손에 쥐고 항문을 조이며 차례를 기다려야 했다. 밥은 형님이 대놓고 먹는 집에 가서 아침 저녁을 먹었다. 아침 저녁은 그렇게 해결했지만 점심이 문제였다. 밥을 대놓고 먹는 집에서 도시락은 싸주지 않았다. 그래서 학교에 가서는 점심은 굶었다.

그뿐만이 아니었다. 그 당시 배명고등학교는 운동장이 콧구멍만 한데다가 야구팀까지 있었다. 그래서 수업이 끝난 후에 내가 운동하고 놀 운동장도 없었고, 운동하고 놀 분위기도 아니었고, 같이 운동하고 놀 친구도 없었다. 그렇다고 하동고등학교 옆처럼 송림이 있나, 백사장이 있나, 섬진강이 있나, 아니면 고향 동네 뒤처럼 심심할 때 올라가는 심심바구가 있나 마당바구가 있나, 아무것도 없었다. 더군다나 당시 배명고등학교는 삼류 중에도 삼류였다. 하동고등학교보다 못했으면 못했지 나을 것이 하나도 없는 똥통학교였다.

통학마서 만만치 않았다. 용두동에서 학교가 있는 왕십리까지는 그렇게 먼 거리는 아니지만 걷기에는 만만치 않은 거리였다. 그런데도 그때나 지금이나 버스노선이 없다. 말이나 가마를 타기 전에는 걸을 수밖에 없다. 거기에다 당시 용두동에서 왕십리까지의 길거리는 너무나 복잡하고 지저분했다. 얼마나 지저분하면 왕십리 똥파리라는 말이 있었을까. 용두동은 왕십리 똥파리보다도 더한 똥파리였다. 시커먼 폐수가 흐르고 무허가 판잣집이 무질서하게 늘어선 청계천의 슬럼(sulm)가였다. 더군다나 학교가 끝나면 곧장 하꼬방으로 돌아와야 했는데, 하꼬방에 와서는 도무지 할 일이 없었다. 시간을 같이 보낼 친구가 있나, 손 붙잡고 싸돌아다닐 여자 친구가 있나, 아니면 지금 우리 아파트 옆처럼 양재천 산책길이 있나, 공원이 있나, 도서관이 있나, 그렇다고 잠 잘 때까지 방에서 교과서만 붙들고 있을 수 있나, 정말 미치고 환장할 노릇이었다. 어디 그뿐이던가. 내가 방에서 나가기만 하면 허름한 전파사의 스피커에서 가수 '슈 톰슨'이 「Sad Movies」를 부르며 염장을 질렀다. "쎄애에—에드— 무비— 올—웨에이스 메익미 클라이—" '슈 톰슨'은 "Sad movies always make me cry"라고 하는데 내 귀에는 'Sad movies always make **you** cry'라 들리는 것이었다. 그때 나의 서울생활은 정말 정말 'always make me cry'하게 하는 'Sad Movies'였다.

나는 서울에 올라온 지 한 달도 안 되어서, 내 고향 '하동포구 80리'와 나의 모교 하동고등학교의 생활이 유명작가가 그린 한 폭의 아름다운 산수화라면, 서울과 배명고등학교의 학교생활은 무명작가가 그린 조잡한 길거리 풍경화라는 것을 깨달았다. 나는 천국을 내 발로 차버리고 지옥을 내 발로 찾아왔던 것이었다. 나는 고향에서 하동고등학교에 다니는 것이 얼마나 행복한가를 절절이 깨달았다. 그리고 칠순이 코앞인 지금 생각해 보면 내가 경남고등학교에 시험도 못 치고 경복고등학교에도 떨어진 것은 정말 아주 아주 잘된 일이다. 내가 고향에서 고등학교를 다니면서 하늘이 내린 아름다운 자연환경 속에서 꿈같은 추억을 쌓은 것이 얼마나 큰 행운이고 큰 행복인가!

물론 경남고등학교에 갔던 친구들이라고 왜 추억이 없겠는가. 그러나 하동고등학교에 다니면서 사람의 손때가 거의 묻지 않은 자연환경 속에서 쌓은 나의 아름다운 추억에 비하면 번잡한 도시에서 쌓은 그들의 추억은 모르긴 해도 별로 보잘것없을 것이다. 또 경남고등학교를 나온 친구들이나 하동고등학교를 나온 나나 특별히 높은 자리에 올랐던 것도 아니고 먹고사는 것도 거기가 거기인 것이 사실이다. 그리고 설령 경남고등학교를 나온 친구들이 높은 벼슬을 했고 나보다 잘 먹고 잘 산다 하더라도 친구 DS의 말에 따르면, 남자 나이 60이면 직장 있는 놈이나 없는 놈이나 똑같고, 70이면 돈 있는 놈이나 돈 없는 놈이나 똑같고, 80이면 산 놈이나 죽은 놈이나 똑같다고 하였다. DS는 요즘 고향에 머물면서 고향에서 나는 좋은 것이라면 모두 사서 나에게 보내준다. 내가 먹고 싶다고 말만 하면 그는 도깨비 갈비뼈나 처녀 불알(부랄)도 구해서 보내줄 고마운 친구다.

　나는 칼바람이 휘몰아치는 동토를 떠나서 금수강산 고향으로 돌아왔다. 그때가 4월 초순이었으니까, 서울로 전학을 간 지 한 달도 못 되어 전학원서를 들고 하동고등학교를 다시 찾아갔던 것이다. 2학년이 되자마자 나에게 전학원서를 써주신 담임 선생님은 떫은 표정으로 내가 들고 간 전학원서에 도장을 찍고 그것을 교감 선생님에게 가져가서 내밀었다. 나는 장난도 치지 않았는데 교감선생님은 "장난도 아니고 이게 무슨 짓이야."며 화를 벌컥 내셨다. 결국 나는 그날 전학수속을 밟지 못하고 집으로 돌아올 수밖에 없었다. 퇴짜를 맞았지만 내가 한 짓이 있었으므로 기분은 상하지 않았다. 희망이 꺼지고 절망이 불거졌는데도 희망도 절망도 하지 않았다. 그냥 무덤덤했다. 그다음 날 해거름에 같은 반 한 친구가 '내일 학교에 나오라'는 담임 선생님의 심부름을 전하러 우리 집에 왔다. 그다음 날 학교에 갔더니 내가 열심히 안 한 것도 없는데 담임 선생님은 "열심히 해." 하시고 다시 교감 선생님에게 가서 내 전학원서의 결재를 받았다.

그날인가 그다음 날인가 강병주 선생님이 나를 부르셨다. 선생님은 나더러 "교장 선생님께 고맙다고 해야 해."라고 귀뜸해주셨다. 강 선생님이 전해주신 말씀에 따르면, 내가 전학수속을 밟으러 갔던 날에 교무실은 나의 문제로 이야기가 조금 시끄러웠던 모양이다. 교감 선생님은 툴툴거리고 담임 선생님은 짠해 하시고, 선생님들 사이에는 이 말 저 말들이 오가고, 그 말이 정원용 교장 선생님 귀에까지 들어갔던 듯했다. 교장 선생님은 담임 선생님을 불러 자초지종을 듣고 나서 '조그만 잘못이 있다고 해서 앞날이 구만리 같은 아이의 장래를 막을 수는 없다'고 최종결론을 내리셨다고 한다. 교장 선생님은 두어 번 '군내 중학교웅변대회'의 심사위원장을 맡았는데, 그래서 내가 웅변을 한다는 것을 알고 계시지 않았나 싶다. 강병주 선생님도 그때 웅변을 지도하셨다. 말씀은 안 했지만 강 선생님도 나를 적극 응원하신 듯했다. 그러고 보니 강병주 선생님이 1학년 때 인문과 우리 반 담임을 맡지 않았나 하는 생각도 든다. 나는 지금까지도 정원용 교장 선생님과 강병주 선생님의 은혜를 잊을 수가 없다.

🌸 🌸 🌸

내가 하동고등학교 2~3년에 다닐 때 우리 학교에는 똑같이 지방 사범대학을 나온 국어 선생님이 두 분 있었다. 두 선생님은 같은 대학을 나왔을 뿐만 아니라 나이도 비슷한 총각이었다. 이(李) 씨 성을 가진 것도 똑같았다. 두 선생님은 같은 집에서 하숙을 했던 것 같다. 한

분은 키가 작고 도수가 높은 두꺼운 안경을 쓰셨다. 성함은 이경규 선생님이었다. 이경규 선생님은 2학년 인문과 나의 담임이었다. 다른 한 분인 L 선생님은 키가 크고 인물이 좋았다. 이경규 선생님은 우리를 가르치는 데 매우 열성적이었다. 수업시간에 공부에 집중하지 않는 학생이 있으면 "너희들 공부해야 돼, 왜 열심히 안 해?" 하시며 애를 태웠다. 그에 비해 L 선생님은 별로 열성적이지 않았다. 그분은 여름에 흰 모시 바지저고리를 입고 보릿대 모자를 쓰고 다녔다. 문학을 합네, 시인입네 하고 허풍을 떠는 것 같았다. 바로 그 선생님이 김세명 화학 선생님을 짝사랑한다고 우리 사이에 소문이 짜르르했었다.

2학년 때 우리는 이경규 담임 선생님에게 국어를 배웠다. 선생님은 우리에게 한 자라도 더 가르치기 위해 당신이 가진 모든 열정을 쏟는 듯했다. 고2 국어책에는 유독 일제강점기 때 나라를 일본에 빼앗긴 울분을 토하는 시가 많았고, 그것들은 하나같이 맛깔스러웠다. 선생님은 우리에게 그 시를 모두 외우라고 했고 나는 선생님이 외우라는데 안 외울 수 없어서 선생님이 외우라는 시는 모조리 외웠는데 지금은 다 까먹고 외울 수가 없어서 컴퓨터더러 외워보라고 했더니 미리 외워 놓았는지 쉽게 술술 외웠다.

지금은 남의 땅 ─빼앗긴 들에도 봄은 오는가?
나는 온몸에 햇살을 받고
푸른 하늘 푸른 들이 맞붙은 곳으로
가르마 같은 논길을 따라

꿈속을 가듯 걸어만 간다.

님은 갔습니다. 아아, 사랑하는 나의 님은 갔습니다.

푸른 산빛을 깨치고 단풍나무 숲을 향하여 난 작은 길을 걸어서

차마 떨치고 갔습니다.

황금의 꽃같이 굳고 빛나던 옛 맹세는 차디찬 티끌이 되어서

한숨의 미풍에 날아갔습니다.

위는 이상화의 「빼앗긴 들에도 봄은 오는가?」의 첫머리이고 아래는 한용운의 「님의 침묵」의 첫 부분이다. 나는 이런 시들을 처음 만났을 때, 뭐라고 표현할 수 없을 만큼 큰 희열을 느꼈다. 일본에게 빼앗긴 우리 강토를 '빼앗긴 들'과 '님'으로, 해방을 '봄'으로 표현하는 수사법(修辭法)에 가슴이 떨리고 저렸다. '가르마 같은 논길'이나 '황금의 꽃같이 굳고 빛나던 옛 맹세'와 같은 비유도 얼마나 절묘하였던가! 나는 『이솝 우화』의 「은도끼와 금도끼」에서 쇠도끼만 보던 나무꾼이 처음으로 은도끼와 금도끼를 보았을 때 느꼈을 법한 감흥을 느꼈다. "이 마을 전설이 주저리주저리 열리고"라는 이육사의 「청포도」도 표현이 너무나 멋있는 시였다.

"오등(吾等)은 자(玆)에 아(我) 조선(朝鮮)의 독립국(獨立國)임과 자유민(自由民)임을 선언(宣言)하노라."고 시작되는 「기미독립선언서」도 명문(名文)이었다. 처음에는 '오등'이니 '자'니 하는 한문식 표현이 생소하고 어려웠지만 그 뜻을 알고 보니 그것을 기초한 육당 최남선을 왜 춘

원 이광수와 벽초 홍명희와 함께 조선의 3대 천재라고 하는지 짐작이 갔다. 나는 성인이 되어서 홍명희가 쓴 대하소설『임꺽정』전 10권을 읽었는데, 그 소설에 표현된 맛깔스러운 경기도 지방의 옛 우리말의 오묘함에 감탄했다. 홍명희는『임꺽정』을 처음에는 조선일보에 연재하다가 감옥에 가게 되었는데 독자들이 성화를 하니까 옥중에서도 그 것을 썼다는 것이다. 원고지 몇 장을 끌쩍거려도 자료를 찾아할 때가 많은데 그 길고 긴 이야기를 머리 하나만 가지고 썼다니 천재라고 해도 전혀 어색하지 않을 듯했다.

나는 애초부터 국어를 좋아했기에 고2 때도 국어 공부를 열심히 했을 것이다. 그런데 다른 과목을 소홀히해서 그랬는지 1학기말 고사의 내 성적은 형편없었던 같다. 나와 같이 송림이나 백사장에 가서 도시락을 까먹었던 TH의 기억에 따르면, 담임 선생님은 시험이 끝나면 1등부터 10등까지 우리 반 아이들의 성적 순위를 공개했다는데, 나의 1학기말 고사 성적은 인문과 60명 중에서 6등이었고 그는 7등이었다고 한다. 중학교 2학년 때까지만 해도 전교 240여 명 중에서 몇 등인가를 따졌는데 고2 때는 반에서 몇 등을 따질 만큼 내 성적은 초라해졌던 것이다. 그것은 내가 고2 때까지도 어머니를 잃은 상실감으로 정신적인 방황을 하고 있었다는 증거일 것이다.

아무튼 나는 TH가 왜 나의 좋은 성적은 기억하지 않고 꼭 나쁜 성적만 골라서 기억하는지 원망스러웠다. 그렇다면 나도 TH가 잘한 것은 쏙 빼버리고 잘못한 것만 기억하려고 했지만 그것도 내 마음대로 되지 않았다. 요즘에도 TH는 고등학교 때 배운 고시조(古時調)나 고문

(古文)을 줄줄 외어서 나의 기를 죽인다. 그것도 제가 전화를 걸어올 때 외우는 것이 아니라 꼭 내가 전화를 걸었을 때만 20분이고 30분이고 세월아 네월아 하고 외워서 내 휴대전화의 통화료를 껑충 올려놓는다. 나는 시험에 나올 것만 골라서 외우고 시험이 끝나면 곧 잊어버리는데, TH는 시험에 나오지 않을 것만 골라서 외우고 시험이 끝나고 50년이 흘렀는데도 지금까지 그것을 외우고 있는 것이다.

나는 이 책을 쓰면서 TH의 옛날 기억을 많이 차용했다. 그에게 처음에는 책을 쓴다는 이야기를 하지 않았다. 며칠 전에 내가 "사실은 책을 하나 써 볼까 한다."고 했더니 TH가 하는 말, "나는 니가 뜬금없이 옛날 이야기를 자꾸 묻길래 이놈아가 치매가 왔나 하고 생각했다."고 말했다. 친구야, 너는 치매가 어떤 건지 잘 모르는 모양인데 내가 건망증과 치매를 구별하는 방법을 가르쳐줄게. 마누라 몰래 어디다가 돈을 꿍쳐 숨겨놓았는데 아무리 생각해도 어디에 숨겨놓았는지 기억이 안 나면 건망증이고, 숨겨놓은 돈을 기어이 찾아내서 마누라에게 갖다 주면 치매야. 알것나?

🐚 🐚 🐚

이경규 선생님은 특별활동으로 문예반을 맡아 지도하셨다. 나도 문예반에 들어갔다. 문예반에서는 '르네상스'라고 표제를 붙인 문집을 만들었다. 『르네상스』에는 문예반 학생들이 지어 낸 시가 쭉 실려 있었다. 언제인가 나는 『르네상스』에 실린 시를 읽어내려 가다가 재미있는 시를 하나 발견하고 혼자 많이 웃었다. 1학년 한 녀석이 쓴 시인데 이렇게 시작되었었다. "모기가 윙윙거리는 깜깜한 야에" '야'는 물론 '밤 야(夜)'로 보아야 그나마 문맥이라도 통했다. 그 녀석의 표현대로라면 대낮은 주(晝)가 되어야 하고, 낮술을 먹었다면 '주에 주를 마셨다'고 해야 맞고, 낮에 술을 먹고 교회에 갔다면 '주에 주를 마시고 주를 찾았다'고 해야 맞는다. 내가 WY에게 이야기 하여 그도 '깜깜한 야에'를 알고 있다. WY는 요새 밤에 나에게 전화를 걸면 "깜깜한 야에 뭐해?"라고 물으며 웃는다.

담임 선생님은 문집의 제작을 나에게 맡기셨다. 나는 『르네상스』의 편집과 제작을 모두 혼자서 맡아 했다. 문집에 실을 원고를 가르방(조판대) 위에 원지를 얹어놓고 철필로 긁어서 썼다. 원지를 쓸 때는 철필을 쥔 손에 힘을 적당히 주고 적당히 긁어야 잘 쓸 수 있었다. 힘을 조금 적게 주면 나중에 등사를 할 때 글자가 흐리고, 힘을 조금 세게 주면 원지가 찢어지기 쉬웠다. 원지가 찢어지면 다시 긁어야 했지만 조금 금이 간 것은 겉에 종이테이프가 돌돌 말린 새빨간 색연필로 그 위를 덮어서 촛불에 갖다 대고 녹이면 감쪽같이 해결되었다.

그때 나는 삽화집(揷畵集)을 한 권 가지고 있었다. 서점에서 산 것 같지는 않고 아마 학교에 있는 것을 빌렸을 것이다. 삽화집에는 여러 가지 예쁜 삽화가 가득 그려져 있었다. 원지를 긁을 때 나는 그 중에서 고른 삽화를 시가 끝난 공간 곳곳에 그려 넣었다. 시의 제목은 글씨를 크게 디자인하여 쓰거나 그렸다. 나는 그전부터 붓글씨 쓰기를 좋아했다. 글씨를 여러 가지 모양으로 디자인하는 것도 즐겨했다. 그래서 원지를 긁어서 쓰고 문집을 편집해서 만드는 것은 나에게 노동이 아니라 즐거운 취미활동이었다. 나는 내가 좋아하는 사람의 작품은 글씨도 예쁘게 쓰고 삽화도 정성껏 그렸다. 내가 싫어하는 사람의 작품은 얼렁뚱땅 쓰고 대충대충 그렸다. 여학생 작품은 무조건 예쁘게 꾸몄다. 얼굴이 예쁜 여학생의 작품은 더욱 예쁘게 꾸몄다.

원고를 모두 원지에 옮겨다 긁으면, 원지를 등사판에 갖다 붙인 다음 그 아래에 8절지 갱지를 놓고 롤러(roller)에 시커먼 잉크를 발라서 한 장 한 장 문질러 등사를 했다. 그것을 차례대로 묶으면 문집『르네상스』가 완성되었다. 담인 선생님은 나에게 수고했다면서 월사금을 면제해 주셨다. 나는 문집을 만드는 대가로 월사금을 면제받았다. 하느님은 내가 중학교 때 안식교에 다닌 것을 잊지 않으시고 월사금 상습 체납범인 나를 구원해 주셨다. 아! 주님 감싸합니다. 그럴 때만 주님을 믿썼습니다. 할렐루야! 그렇게 월사금을 면제 받지 못했더라면 그때 나는 하늘이 무너져도 솟아날 구멍이 없었다.

※ ※ ※

때로는 문집에 선생님의 시나 산문도 실었다. 원고 청탁도 내가 맡았다. 나는 여름에 모시 바지저고리를 입고 보릿대 모자를 쓰고 문학을 합네, 시인입네 하는 L 선생님한테도 원고를 부탁했다. 그런데 그 선생님은 이 핑계 저 핑계 대면서 한 번도 원고를 써 주지 않았다. 나는 그 선생님이 원고를 거절할 줄 뻔히 알면서도 선생님을 조렸다. 시인입네만 하지 말고 시인입네 할 만한 시를 써 보라고 재촉했다. 그 무렵 L 선생님은 우리에게 그림자도 밟을 수 없는 스승이 아니라 우리가 비웃고 싶도록 만드는 그렇고 그런 선생님이었다.

고2 때인지 고3 때인지 기억이 잘 안 나지만 이런 일이 있었다. L 선생님은 우리에게 여름방학 숙제로 국어책에 있는 시조 열 몇 개를 모두 외우든지, 아니면 고서적(古書籍)을 한 권 구해서 내라고 했다. L 선생님은 그것을 숙제라고 했으나 우리 생각에는 그것은 숙제가 아니었다. 숙제를 핑계한 선생님의 사리사욕이었다. 방학이 끝나고 숙제 검사를 받았다. 선생님은 숙제 검사를 교실에서 하는 것이 아니라 우리를 한 사람 한 사람 교무실로 불러서 숙제 이행 여부를 물었다. 시조를 모두 외우든지 고서적을 한 권 가져오든지 둘 중 하나를 하면 통과고, 둘 다 아니면 우리를 엎드려뻗치게 하고 몽둥이로 엉덩이를 내리쳤다.

친구 JK도 나와 같이 인문과였다. JK는 정의감이 많았다. 불의를 보면 참지 못했다. 누가 보더라도 L 선생님이 내 준 여름방학 숙제는 불의였으니 불의를 보면 참지 못하는 JK가 보기에는 더욱 더 불의였을 것이다. JK는 그 불의에 분연히 반기를 들었다. JK는 시조를 모두 외우고 있었다. 그런데도 교무실에 불려가서는 시조도 못 외우고 고서적도 못 구했다고 오리발을 내밀었다고 한다. L 선생님은 당연히 "엎드려뻗쳐." 했고 JK는 엎드려뻗쳐 해야 했는데 그는 엎드려뻗쳐를 못하겠다고 '상명하불복'을 했다는 것이다. 나는 JK에게 "선생님이 뭐라고 하더냐?"라고 안 묻고 안 봐도 그 선생님이 얼굴이 벌게져서 펄

펄 뛰는 모습이 보였다. L 선생님은 열을 받으면 그때마다 얼굴을 붉혔다. 내가 불려갈 차례가 되었다. 나는 '요씨(옳지), 나도 JK처럼 뻗대야지.' 하고 다짐했다. 그런데 막상 교무실에 불려가서 보니 선생님은 이미 야코(콧대)가 죽어 있었다. 내가 둘 다 못 한다고 말해도 선생님은 엎드려 뻗치라고 하지 않고 그냥 가보라고 했다. 나는 L 선생님의 야코를 죽인 JK가 고마웠고 JK에게 야코가 죽은 L 선생님은 고소했다.

고3 때 우리는 국어를 L 선생님한테 배웠다. 고문은 이경규 선생님이 맡고 현대문은 그 선생님이 맡았다. 나는 L 선생님 시간 때마다 선생님이 실수하기를 학수고대했다. 나는 귀를 쫑긋 세웠다. 선생님의 수업을 잘 들으려고 귀를 세운 게 아니라 실수를 놓치지 않으려고 귀를 세웠다. 기다리고 기다린 끝에 선생님은 원숭이도 아닌데 나무에서 떨어졌다. 얻을 득(得) 자를 날 일(日) 아래의 가로 획을 하나 빠트리고 썼던 것이다. 내가 그걸 놓칠 리가 없었다. "선생님 그 얻을 득 자 틀린 것 같은데요." 내 질문은 질문이 아니라 비아냥이었다. 그냥, "선생님 가로 획이 두 개인데 하나 빠졌습니다."라고 했더라면 L 선생님은 내가 얼마나 예뻤을까. 하지만 나는 L 선생님에게 예쁘게 보일 마음이 손톱만큼도 없었다. 선생님이 여름에 모시 바지저고리를 안 입고 보릿대 모자를 안 쓰고 다니면 좋은 말로 했겠지만 그렇지 않은 다음에야 엿 먹어라 하고 싶었다. L 선생님은 얼굴이 벌게지면서 허둥거렸다. 정말 고소했다. 깨소금 맛이었다.

내가 선생님의 실수를 손꼽아 기다렸듯이 선생님도 치사하게 나에게 복수할 기회를 꼬나하고(엿보고) 있었던 것 같다. 한번은 국어시험에 '소설의 3요소'를 쓰라는 문제가 나왔다. 답은 주제, 구성, 문체였다. 그런데 나는 시건방지게 그것을 영어로 theme, plot, style이라고 썼다. 나중에 채점된 시험지를 받아보니 틀렸다고 빨간 줄을 좍좍 그어놓았다. 썽(성)이 나나 안 나나? 나는 이게 왜 틀리냐고 선생님에게 따져 물었다. 선생님은 국어 시험에는 국어를 써야지 영어를 쓰면 틀린다는 것이었다. 펄쩍 뛰고 잠가질(기절할) 일이었지만 나로서는 별다른 도리가 없었다. 선생님은 엄연한 '갑(甲)'이고 나는 엄연한 '을(乙)'이었다. 그렇다면 인도네시아를 인니(印尼)로, 네덜란드를 화란(和蘭)으로 부르는 것처럼, '셰익스피어'나 '헤밍웨이'는 그처럼 부르지 않고 국어 시간인데도 왜, 뭣땜시 영어 이름을 부르느냐고 따지고 들며 한판 붙을까 하다가, 그때는 거기까지 머리가 안 돌아가서 그만두었다.

☙ ☙ ☙

친구 JY도 나와 같은 반이었다. 나는 그와 친하게 지냈다. JY는 잘 웃고 말도 재불재불(나불나불) 잘했다. 그런데 한 일주일가량 그는 잘 웃지도 않고 재불재불 말도 잘 하지 않았다. 그의 표정은 굳어 있었다. 무슨 일인지는 모르나 분명히 무슨 일이 있는 것 같았다. 내가 무슨 일이 있었느냐고 물어도 무슨 일이 있었다고 대답이 없었다. 그러다가 하루는 JY가 원고지를 여러 장 둘둘 말아서 나에게 건네주며 읽어보라고 했다. 내용은 이랬다.

JY의 집은 구재봉 꼭대기 뒤편 조금 아래에 있었다. 말 그대로 첩첩

산중 심심산골이었다. 나도 한 번 그의 집에 가 보았는데, 그의 집에 가려면 읍내에서 고동골까지 가서 그 뒤의 가파른 산비탈을 한참 동안 올라가 거기서도 산등성이를 한 바퀴 돌아가야 했다. 학교에서 집까지는 20리가 족히 넘었다. JY는 수업이 끝나도 학교에서 공부를 더 하거나 송림에 가거나 또는 공을 차거나 농구를 하고 놀다가 해가 서쪽 산마루에 걸터앉은 다음에야 학교를 나서서 집으로 갔다. 학교에서 늦게 나서니까 집에는 늘 날이 어두운 다음에 도착할 것이었다.

어느 날, 그가 고동골 뒤편 산등성이에 올라서 보니 날이 어둑어둑하더라는 것이다. 오르막은 다 올라왔지만 조금 피곤해서 한 곳에 앉아서 잠깐 쉬었다고 한다. 그때는 초겨울이었고, 그 날 때마침 눈이 조금 왔다고 한다. JY는 넓적한 곳에 앉아서 하늘을 바라보고 누워 있다가 자신도 모르게 잠이 들었다는 것이다. 그런데 한참 후에 눈을 떠보니 그 곳은 그가 누웠던 곳이 아닌, 나무가 우거진 깊은 산속이었고 그의 옆에는 송아지만 한 호랑이가 한 마리 앉아있더라는 것이었다.

얼마나 질겁하였을까! 그러나 JY는 침착했고, 침착하게 어른들의 말이 떠올랐다고 한다. '사람이 호랑이를 먼저 보면 호랑이가 사람을 해치지만 호랑이가 사람을 먼저 보면 해치지 않는다'는 말이 떠오르더라는 것이다. 그래서 누운 자리에서 조심스럽게 몸을 일으키니까 호랑이도 일어서서 어디론가 한 걸음 두 걸음 걸음을 떼어놓더라는 것이다. 그곳은 JY에게 전혀 낯선 곳으로 어디가 어딘지 분간을 할 수 없어서 하는 수 없이 호랑이 뒤를 졸졸 따라갔다고 한다. 얼마쯤 가니까 그의 동네로 통하는 길이 나오고, 동네 앞의 개울까지 가서 호랑이는 더 이상 앞장서지 않고 큰 바위 위에 올라가서 앉더라는 것이다. JY는 호랑이 뒤를 따라올 때는 별로 무섭지 않았는데 호랑이를 등 뒤에 두고 집으로 뛰어갈 때는 무서워 죽겠더라고 했다. JY가 황급히 방문을 열고 방에 뛰어들어 개울 쪽을 바라보니 어둠 속에 호랑이 눈에서 나오는 불빛 두 개가 시퍼렇더라는 것이었다. 밤이 얼마나 깊었는지 식구들은 모두 잠들고, 방 아랫목에 삼베 헝겊이 덮인 밥상만이 YH를 기다리고 있더라고 한다.

앗 뜨거라 싶었던지 호랑이에게 물려갈 뻔했던 JY는 그 후부터는 통학을 그만두고 자취를 시작했다. 생기물에 있는 여자 동창 집의 뒷방을 구했던 것으로 기억된다. 자취를 한 다음부터는 JY는 다시 원래의 JY로 돌아왔다. 웃기도 잘하고 새불재불 이야기도 잘했다. 아! 그러나 안타깝다. JY는 진주교대를 나와 적량국민학교에서 잠깐 교단에 섰다가 군대를 갔는데, 어느 날 갑자기 그의 아버지 앞으로 의문사(疑問死) 통지서가 배달되어 왔다고 한다.

❦ ❦ ❦

중학교 다닐 때는 상급생들이 별로 나를 건드리지 않았다. 그런데 고등학교에 올라가서는 가끔 나를 찝쩍거리는 녀석이 있었다. 그 녀석이 읍 출신이라면 말도 않겠다. 촌놈도 수악한 촌놈이었다. 덩치나 크면 또 모르겠다. 덩치도 나하고 빗가빗가한(비슷비슷한) 녀석이 까부니까 직이지도(죽이지도) 못하고, 꼴에 상급생이니 오라면 가야 하고 때리면 맞아야 했다. 이름이 SJ라는 녀석이 그랬다. 그는 하동읍 출신도 아니고 전라도에서 물 건너온 녀석인 듯싶었다. 마음속으로는 요걸 그냥 하고 주먹이 올라갔지만 주먹이 올라갔다가는 그의 패거리들의 주먹이 날아올까 봐 올린 주먹을 써먹지는 못했다.

내가 중·고등학교 다닐 때는 교복 상의(上衣) 목 부분의 에리(칼라) 안쪽에 30cm 대(竹) 모양의 희고 길쭉한 플라스틱을 톡톡 박아 넣고, 바깥쪽에는 1, 2, 3 학년 표지를 붙였다. SJ는 2학년 때까지는 어느 구석에 박혀 있는지 존재도 없었는데, 3학년에 올라가기가 무섭게 에리의 3 자를 빼딱하게 달고, 교모도 빼딱하게 쓰고, 상의 단추도 두세 개 풀고서, 1, 2학년을 만나면 괜히 트집을 잡았다. 트집을 잡다가 안 잡히면 죄 없는 사람에게 주먹질도 했다. 사실 계급장을 떼면, 그는 읍내에 오면 숨도 제대로 못 쉴 처지였다. 마음 같아서는 숨을 못 쉬게 해 주고 싶었지만 학교 다닐 때는 그놈의 계급장 때문에 어쩔 수가 없었다. 나는 요다음에 계급장을 뗐을 때 한번 두고 보자고 마음먹었다.

훗날 계급장을 떼고 고향에 내려가서였다. 나와 WY와 KC와 같이 길을 가는데 건너편에서 SJ가 우리 쪽으로 걸어오고 있었다. 가로늦지만(뒤늦었지만) 나는 그에게 촌놈이 읍에 와서 까불면 어떻게 된다는 것을 본때를 보여주고 싶었다. 그래서 WY와 KC에게 "앞에 오는 저 녀석 오늘 손 좀 보자."고 하명하였다. 나 혼자 나서도 한 볼때기도 안 되는 녀석이었지만 나 혼자서는 한 볼때기가 조금 넘을 것 같아서 셋의 힘을 합치자고 했던 것이다. 드디어 그가 바로 우리 면전에 가까이 왔다. 나는 그를 노려보면서 주먹을 쥐었다. 바로 그때였다. SJ가 양팔을 벌리면서, "아이구 석규 아니가. 언제 왔냐? 야, 참 반갑다."고 선수를 치는 것이었다. 아무리 손을 좀 보자고 했기로 반갑다는 사람을 어떻게 손을 볼 수 있는가. 만일 그가 "안 반갑다, 석규야." 했더라면 손을 봐도 단단히 손을 봐야겠지만. 나는 얼떨결에 그의 악수를 받고 말았다. 그때 나는 깨달은 것이 많다. 나는 내가 그리 모진 사람이 아니고 착한 사람이라는 것을 그때 깨달았다. 웃는 낯에 침 못 뱉는다는 말의 뜻도 그때 알았다. 또, 가는 말이 고우면 오는 말도 곱고, 오는 말이 고우면 악수를 해야 한다는 것도 그때 깨달았다.

❀ ❀ ❀

내가 2학년일 때 WY는 한 해를 꿇어서 새카만 1학년 후배였다. 그러나 학년이 달라도 그와 나는 여전히 단짝이었다. 그런데 WY는 한참 공부할 나이에 가로늦게 사랑에 빠졌다. 상대는 키도 적당하고 인물도 예쁘장한 1학년 여학생이었다. 그 여학생은 웃으면 보조개가 살짝 들어가서 WY를 홀리기에 충분했다. WY는 하라는 공부는 안 하고 연애편지 쓰기에만 열중했다. 그의 아버지가 공부해라, 공부해라, 노래를 불러도 뻥돌뻥돌 말을 안 듣고 연애편지만 썼다. 늦게 배운 도둑은 날이 새는지도 몰랐다.

WY의 아버지는 애가 닳았다(닳다). 철석같이 믿었던 큰놈이 서책과 지필묵을 멀리하고 "아요 그석아, 우리 연애 걸자. 나는 니가 좋아서 죽겠다."고 밤마다 잠꼬대를 해대니 어느 부모인들 "그래 니 쪼대로 해라."고 하겠는가. WY 아버지는 나만 보면 "석규야 떼라, 떼라이." 하고 애먼한 나를 들볶았다. 떼라고라? WY의 아버지는 무엇을 몰라도 한참 몰랐다. WY가 저 가시나에게 한 번 미쳐볼까 말까 하는 상황이라면 몰라도 지금 한참 미치고 환장을 하고 있는데 책상다리에 붙은 껌도 아니고 어떻게 떼라는 것인지 모를 일이었다.

그렇지만 WY의 아버지가 나에게 "떼라, 떼라이." 하면 나는 "예, 걱정 마시이소. 제가 뗄께요." 하고 장담했다. 나는 이중간첩이었다. 걱정 마시라 해놓고는 WY 아버지가 돌아서면 등 뒤에 대고 '메롱' 했다. 나에게 WY의 아버지는 어쩌다 지나가는 뜨내기 손님이지만 WY는 날이면 날마다 만나는 단골손님이었다. 그리고 WY 아버지는 사모관대 차림으로 북향재배를 한 분이어서 사랑이 무엇인지 연애가 무엇인지 몰랐다. 하지만 나는 국민학교 2학년 때부터 여자에 눈을 떠서 사랑이 무엇인지 연애가 무엇인지를 훤히 꿰뚫고 있었다. 그뿐인가. 나는 일찍이 '남녀칠세必동석'을 외친 선각자였다. 사실이 이러한데 내가 둘 사이를 더 붙였으면 붙였지 떼라고 뗄 사람인가? WY 아버지의 떼라는 소리는 나에게 잇금도 안 들어가는 소리였고, 얼런도 없는 소리였고, 택도 없는 소리였다.

오히려 나는 WY와 머리를 맞대고 연애편지를 함께 썼다. 이 말을 집어넣으면 그 여학생을 홀릴 수 있을까, 저렇게 표현하면 그녀를 깜빡 잠가지게(넘어가게) 할 수 있을까, 나와 WY는 여자를 꼬시기에 좋을 만한 말은 다 찾아보고 멋있고 고상하다 싶은 표현은 다 생각해서 편지를 썼다. 그렇게 쓸 때만큼 공부를 했더라면 전교 1등은 따놓은 당상일 터였다. WY는 그렇게 공을 들인 덕분에 공부는 전교 1등을 못했지만 연애는 1등을 하여 그 여학생과 결혼식을 올리고 한 이불을 덮고 자게 되었다.

그런데 WY는 연애편지를 쓰느라고 군대에 가는 것을 깜빡 잊고 큰 딸내미를 생산해서 젖병을 물린 다음에 가로늦게 군대에 갔다. WY가 군에 가기 전에 그의 아버지가 육본 부관감을 지낸 엄기표 씨의 빽을 써서 WY를 하동에서 가까운 부대로 빼려 한다는 이야기를 듣고 나는 그게 잘 될까 생각했다. 그런데 웬걸, WY는 철원군 와수리에 있는 3사단에 배치되어 밤마다 휴전선 철조망을 지키는 신세가 되었다. 그렇게 제 신세를 제가 조져놓고 나에게 좋은 데로 빼달라고 징징거리며 졸랐다. 나는 WY의 눈깔이 불쌍했다. 그래서 보안대 중령을 내 방으로 불러서 WY를 잘 보살펴주라고 지시했다. 중령은 내 지시가 떨어지기가 무섭게 WY를 보안대로 빼냈다. 그렇게 나의 빽을 써먹었으면 WY가 나를 은인으로 불러줄 줄 알았는데 그는 예나 지금이나 나를 친구라고 부른다.

WY는 고2 때 서울로 전학을 갔다. 아마 WY의 아버지가 양수겸장을 두신 듯싶다. 하나는, 말은 제주도로 보내고 사람은 서울로 보내라는 속담을 따른 것이고, 또 하나는 뽄드로 붙인 것처럼 딱 달라붙은 두 원수를 기어이 떼놓고 말겠다고 숨겨둔 히든카드(hidden card)였다. 지금 WY의 집에 가면 서울로 전학 가기 직전에 고향사진관에서 둘이 꽉 보듬고 찍은 사진을 그림쟁이에게 맡겨서 그린 초상화가 걸려 있다. 그 초상화는 사진을 그대로 확대한 것처럼 매우 섬세하고 잘 그린 것

이다. 그 속에는 WY 아버지 두 웬수의 옛날 옛적 구구절절한 사랑 이
야기가 그대로 담겨 있고 나의 고교 시절 추억도 조금 스며있다. 점잖
게 부르면 WY의 부인이고 허물없이 부르면 WY의 마누라는 음식 솜
씨가 매우 좋다. 한번은 그들의 집에 갔더니 WY의 마누라가 뜬금없
이 풀때죽을 한 그릇을 내와서 나더러 맛 좀 보라고 했다. 그런데 그
풀때죽은…….

배는 통통거리며 갈사리를 지나고 노량 앞바
다를 지나서 한려수도로 접어들었다. 바다는
잔잔하고 하늘에는 때마침 둥그런 보름달이
떠 있었다. 선선한 바람도 불어서 여름바다
는 시원하고 상쾌했다. 우리는 누가 먼저랄
것도 없이 노래를 불렀다. 누군가는 휘파람
도 불었다.

고3 때 나의 담임은 유상남 선생님이었다. 선생님은 키가 6척 장신이고 당시 서른 전후 나이의 호남(好男)이었다. 선생님은 영어를 가르치셨다. 나의 선생님에 대한 첫인상은 너무 좋았다. 키도 훤칠하고, 실력도 있고, 자신감도 있고, 성격도 화끈하실 것 같았다. 선생님은 선생님 같기도 하고, 형님 같기도 하고, 선배 같기도 하였다. 옆집 아저씨 같지는 않았다. 유 선생님이 우리 반 담임이 되어서 처음 우리 교실에 들어오셨을 때의 기억이 떠오른다. 내 기억이 맞는다면 선생님은 한마디 말씀도 안 하시고 교실에 들어오자마자 칠판에 분필로 다음과 같이 쓰셨다.

My name is You-Sangnam.

I graduated from Kyungnam High School and Yonsei University.

I majored in English Language and Literature.

I ……

　무슨 뜻인지 아는 녀석은 알고 모르는 녀석은 모르라는 듯이 영어로
칠판을 어느 정도 채운 선생님은, 내가 이러이러한 사람이고 너희에
게 이러저러하게 영어를 가르칠 테니 학교에서는 이러이러하게 공부
하고 집에 가서는 저러저러하게 공부하라고 말씀하셨다. 선생님 별명
이 목탁이라는 말씀은 입 밖에도 안 내셨다.

　유 선생님은 인물이 시원시원한 만큼 성격도 시원시원하고 영어도
시원시원하였다. 선생님이 영어를 시원시원하게 가르쳐주시니 나도
시원시원하게 이해할 수 있었다. 유 선생님에게 영어를 배우면서 한
달이 지나고 두 달이 지나고 점점 더 달이 바뀌면서 보니, 선생님은
우리가 영어에 귀가 뚫리고, 입이 트이고, 머리가 깨치고, 손이 영어
를 잘 쓰도록 가르쳐 주셨다. 당신의 모든 정열을 쏟아서 가르쳐 주셨
다. 2학년 담임 이경규 선생님도 열심히 가르쳐주셨지만 유 선생님도
이 선생님 못지않게 열심히 가르쳐주셨다. 이경규 선생님은 유도리가
(융통성이) 없었다. 수업 시간에는 국어 외에는 전혀 다른 말씀을 안 하
셨다. 오로지 공부, 오로지 국어였다. 그렇지만 유 선생님은 유도리
가 있었다. 선생님은 영어를 가르치시면서 그 시절에 유명했던 팝송
과 팝가수, 영화와 영화배우를 수업의 중간중간에 끼워 넣어서 우리
의 귀를 쫑긋하게 세우게 해주셨다. 그래서 나는 다른 과목은 시간 가

는 줄을 알았는데 영어시간에는 시간 가는 줄 몰랐다.

선생님이 들려주신 이야기 중에 「애수(哀愁)」라는 영화가 있다. 선생님은 그 영화의 스토리를 들려주면서 '비비안 리'와 '로버트 테일러'라는 배우도 소개해 주셨다. 고작해야 '존 웨인'이나 '커크 더글러스'가 나오는 서부활극이나, '찰턴 헤스턴'이 주연인 「벤허」 정도만 알고 있다가, 제목만 들어도 마음이 슬퍼지는 「애수」와 이름만 들어도 멋진 남녀 배우를 알게 되니 내 가슴은 나도 모르게 오색 무지개가 되었다. 나는 나중에 성인이 된 후에 「애수」를 보았다. 안개가 자욱한 런던의 '워털루다리' 위에서 '로이 크로닌(로버트 테일러 扮)'이 작은 마스코트를 손에 꺼내들고 '마이러 레스터(비비안 리 扮)'를 그리워하는 장면은 지금도 내 마음을 흔든다. 나는 유 선생님을 만나고서부터 팝송이 귀에 들렸다. 고3 때부터 나는 어디서 주워들었는지 팝송을 서너 곡 서툴게 흥얼거렸다.

그전까지 나는 영어가 중요하다는 것은 알고 있었지만 크게 흥미를 갖지는 못했다. 나의 관심과 흥미는 국어에만 있었고 그 나머지는 모두 그렇고 그런 과목이었다. 그랬는데 고3이 되어 유 선생님을 만난 후부터는 영어에 부쩍 마음이 땡기고(당기고) 관심도 붙었다. 유 선생님은 영어는 문법도 중요하지만 영어책을 많이 읽어야 한다고 말씀하셨다. 전치사는 이것저것 따지면 골치만 아프니 전치사구(句)나 관용구는 보이는 쪽쪽 두 눈 딱 감고 통째로 외우라는 말씀도 하셨다. 나는 선생님 말씀에 따라 영어 교과서나 문장도 많이 읽고 전치사구와 관용구도 보이는 쪽쪽 통째로 외우려고 나름대로 노력했는데, 제대로 노력했는지는 모르겠다. 유상남 선생님은 내가 존경하는 선생님 중 한 분이다. 서울에 올라와서 나는 유 선생님의 이웃 동네에 살면서 내 나이 쉰 전까지만 해도 가끔 선생님을 찾아가서 문안을 드렸다.

✿ ✿ ✿

이제부터의 이야기는 아무나 가질 수 없는 나의 꿈같은 추억 제2탄이다. 사람은 이웃을 잘 만나야 한다는데 고3 때 나는 친구도 잘못 만나고 후배도 잘못 만났다. 친구 WY와 SB와 OK 셋은 중학교 때는 나와 같은 학년이었는데 고등학교에 와서부터는 모두 나보다 한 학년 아래였다. 그러니까 내가 고3 때 그들은 고2였다. 중학교에서 고등학교에 올라올 때 그들은 한 해를 꿀린 것이다. 그들은 중학교 때는 나와 친구였지만 고등학교 때는 분명히 나의 후배였다. 그런데도 하나같이 버르장머리가 없어서 나를 선배님이라고 부르지 않고 아무개라고 부르며 친구 삼자고 했다.

3학년 여름방학 때였다. 하루는 WY가 우리 집에 와서 저들 셋과 나와 넷이서 무전여행을 가자고 했다. 나는 한 마디로 "노 댕큐." 했다. WY는 나의 유창한 영어를 못 알아들었는지 자꾸만 같이 가자고 졸랐다. 나중에는 안 되니까 제 패거리인 SB와 OK까지 우리 집에 데리고 와서 제발 좀 같이 가달라고 떼를 썼다. 너희끼리 가라고 했더니 지네들끼리 가면 보호자가 없어서 십 리도 못 가서 발병 난다는 것이다. 그래도 나는 절대 안 된다고 못을 박으려 했더니 그들은 아예 우리 집

마당에 드러누워 버렸다.

사실은 같이 놀자, 어디 가자, 하면 먼저 나설 사람은 그들보다 나였다. 하지만 그때 내 사정은 그렇지 못했다. 그 패거리는 2학년이니까 땡까땡까 해도 괜찮았다. 그러나 나는 땡까땡까 할 수가 없었다. 집안 형편이 나를 대학에 보내줄지 어떨지 모르지만 나로서는 일단은 대학에 들어갈 준비는 해야 했다. 공부는 그다지 열심히 안 했지만 마음은 그렇게 열심히 먹고 있었다. 그런데도 그 패거리는 내 마음을 몰라주고 지네들 마음대로 하자고 떼를 쓰니 나로서는 학을 뗄 일이었다. 나는 그들이 한번 떼를 쓰기 시작하면 끝도 갓도(한도) 없이 떼를 쓴다는 것을 알고 있었다. 그래서 조건을 내걸었다. 아무리 길어도 5박 6일이야지 그 이상은 절대로 안 된다고. 대엿새쯤 공부 안 한다고 무슨 큰일이 나겠느냐는 생각에 이르자, 나는 그들이 나를 모시는 데 삼고초려(三顧草廬)를 하도록 강요한 후에 못 이기는 딛기(척) 또 유창한 영어로 "오케이 렛츠고." 했다.

그런데 막상 무전여행을 가려고 작정을 하고 보니, 무엇을 입고, 쓰고, 신고, 메고, 가지고 가야 할지 막막하였다. 지금은 사람들이 동네만 한 바퀴 돌아도 수십 만 원, 백수 만 원짜리 아웃웨어(outerwear)를 입고 나서지만 그 무렵에는 그런 사치품은 구경할 수도 없었고, 구경할 수 있다 한들 내 형편에는 쳐다볼 수도 없는 것이었다. 생각다 못해 아래에는 교복 바지를 입고 위에는 곰표 밀가루포대를 검정물을 들여서 만든 윗도리를 걸치고 교모를 썼다. 그리고 누런 군용담요를 퍼런 군용배낭 위에 ∩ 모양으로 꺾어 묶어서 어깨에 짊어지고 나무

작대기를 지팡이 삼아 철없는 후배들을 데리고 무전여행길에 나섰다. 안철수는 군대에 가면서도 깜빡 잊고 가족에게 알리지도 않고 갔다는 데, 나는 깜빡 잊지 않고 가족에게 알리고 집을 나섰다.

그때 찍은 아이들의 딱지만 한 사진이 지금 석 장인가 있는데, 그 당시 우리의 모습은 여행객의 모습이 아니라 천상 동냥을 얻으러 다니는 거러박수(거렁뱅이)의 행색이었다. 아, 이제 생각하니 발에는 헌 군화를 신었으니, 총만 들었다면 일제에 의해 남양군도로 끌려가는 학도병 행색이기도 했다. 나는 얼마간의 보리 미숫가루를 배낭 속에 찔러 넣고 오백 원짜리 동전 하나를 여비로 챙겼다. 집을 나서자마자 나는 '집을 잘 나간다' '집을 잘 나왔다'고 금세 마음이 변했다. 대학입시 걱정은 어디 갔는지 보이지도 않았다.

우리 일행은 신기리로 향했다. 거기서 밤에 부산으로 가는 화물선을 탈 요량이었다. 신기리에 도착하니 여러 배들이 발판을 걸쳐놓고 짐을 싣고 있었다. 삼영호인지 복중호인지는 모르겠다. 우리는 사람들이 짐을 싣는데 정신이 팔린 틈을 타서 재빨리 무슨 '호'에 올라탔다. 그리고는 화물칸의 쌀가마니 사이에 몸을 숨겼다. 그 배는 돈을 내기만 하면 사람도 탈 수 있으나 우리는 무임승선을 노린 것이다. 한동안은 무사했다. 그런데 짐을 다 싣고 닻을 올릴 무렵에, 우리는 짐이 제대로 다 실렸나를 살피러 온 사람에게 들키고 말았다. 그 사람은 당장 내리라고 고래고래 고함을 질렀다. 그때 WY가 나서서 "우리 아버지가 누구신데요." 하며 눈감아 줄 것을 빌었다. WY의 아버지는 그때로부터 몇 년 전만 하더라도 부산 가는 화물선을 이용하여 장사를 크게

한려수도.

했던 관계로 웬만한 뱃사람이라면 WY의 성함을 알고 있었다. 고래고래 고함을 지르던 사람도 WY의 아버지를 알고 있었던지 고래고래 지르던 고함을 그치고 쓰다 달다 말도 없이 그냥 가버렸다.

　배가 신기리를 출발하여 신방촌을 지날 때 우리는 모두 뱃머리에 나가서 앉았다. 배는 통통거리며 갈사리를 지나고 노량 앞바다를 지나서 한려수도로 접어들었다. 바다는 잔잔하고 하늘에는 때마침 둥그런 보름달이 떠 있었다. 선선한 바람도 불어서 여름바다는 시원하고 상쾌했다. 우리는 누가 먼저랄 것도 없이 노래를 불렀다. 누군가는 휘파람도 불었다. 거울 같은 바다는 잠잠하지, 보름달은 휘영청 밝지, 바람은 상쾌하고 시원하지, 배는 쉼 없이 통통거리지, 멀리 여기저기에 갈치를 낚는 낚시꾼들의 불빛이 반짝거리기까지 하는 여름밤에 뱃머리에 걸터앉았는데도 노래가 안 나오고 휘파람이 나오지 않으면 눈, 귀, 입을 가졌다고 할 수 없고 멋과 낭만을 안다고 할 수 없을 것이다. 그때 나는 「산타루치아」를 못 부른 것이 두고두고 애해서 지금이나마 한번 불러본다.

창공에 빛난 별 물위에 어리어
바람은 고요히 불어오누나
창공에 빛난 별 물위에 어리어
바람은 고요히 불어오누나
내 배는 살같이 바다를 지난다
산타루치아 산타루치아
내 배는 살같이 바다를 지난다
산타루치아 산타루치아

세상에 태어나서 처음 보는 아름다운 한려수도. 세상 어디에서도 다시 볼 수 없는 황홀한 밤바다. 나는 꿈길 속을 지나가고 있는 것 같았다. 이 아름다운 한려수도, 이 황홀한 밤바다를 끝없이 지나가고 싶었다. 내가 시인이라면 세계 최고의 명시(名詩)를 지을 수 있었을 것 같았다. 내가 음악가라면 세계 최고의 명곡(名曲)을 작곡할 수도 있을 것 같았다. 아! 지금도 나는 그날의 한려수도, 그날의 밤바다를 잊을 수가 없다.

아마 우리는 뜬눈으로 밤을 새고 부산 자갈치시장 근처에 내렸을 것이다. 자갈치시장에는 자갈은 보이지 않고 생선만이 가득했다. 어떻게 갔는지도 모르게 우리는 동래에 들러서 온천은 안 하고 곧장 울산으로 갔다. 울산으로 갈 때는 군용트럭을 세워서 군인들한테 아양을 떨고 얻어 타고 갔다. 그 무렵 울산에는 대한석유공사 정유공장(현 SK 이노베이션, 1964년 4월 준공) 하나만 덩그렇게 있었다. 지금 그 많은 공장은 정유공장 하나 빼고는 아무것도 없었다. 온통 허허들판이었다. 우리는 정유공장 뒤의 언덕에 올라갔다. 그동안 미숫가루만 먹어서 밥 생각이 꿀떡 같아서 오랜만에 밥을 지어먹기 위해서였다. 일행 중 한 녀석이 석유 버너(burner)를 꺼내어 불을 붙이고 공기를 압축하려고 정신없이 '푸쉬 푸쉬' 하고 있을 때였다. 저 아래에서 "이놈들아, 그 무신 짓이냐." 하는 고함 소리가 나서 내려다보니, 정유공장마당에 도라무통(드럼통)이 산처럼 쌓여 있었다. 우리는 황급히 짐을 챙겨서 도망을 쳤다. 하마터면 우리는 우발적 대형 방화범이 될 뻔했다.

우리는 배에서 하룻밤을 자고 어딘가에서 또 하룻밤을 잤을 것이다. 우리는 집을 나온 이후로 일곱 끼인지 여덟 끼인지를 미숫가루만 먹었다. 더군다나 나는 보리로만 볶아서 맷돌에 간 미숫가루였다. 그때 아랫도리 단추를 끌러서 내려 보니 오줌 색깔이 누런 황토색이었다. 나는 무전여행을 다녀온 이후로 미숫가루는 어떤 미숫가루라도 절대 입에 대지 않았다. 그로부터 50년이 지난 지금도 미숫가루는 '미' 자만 들어도 딱 질색이다.

우리 일행은 울산을 지나서 경주로 향했다. 경주에 갈 때는 무엇을 타고 갔는지 기억에 없다. 경주는 우리 일행의 오아시스가 기다리고 있었다. 그 무렵 우리 학교 2학년에 '이승렬'이라는 학생이 있었다. 그의 고향집이 경주에 있었다. 그의 아버지가 당시 하동경찰서에 근무했고, 그도 아버지를 따라 하동에 와서 학교를 다니고 있었다. 나는 3학년이므로 2학년인 그를 잘 몰랐다. 그런데 우리 일행 중 나를 제외한 나머지 셋은 모두 같은 2학년이었으므로 승렬이와 가깝게 지냈던 모양이다.

우리가 무전여행 중에 경주를 지난다고 하니까 승렬이가 경주에 오면 자기 집에 꼭 들르라고 신신당부를 했다는 것이다. 갈 테니 먹여주고 재워달라고 신신당부를 할 쪽은 우리인데 그가 꼭 오라고 신신당부를 했다하니, 사막을 지나오면서 심신이 고달팠던 우리는 당연히 오아시스를 찾아간 것이었다.

물어물어 우리 일행이 승렬이네 집을 찾아간 것은 깜깜한 야(夜)의 자정 무렵이었다. 한밤중인데도 승렬이네 가족은 우리를 기다리고 있었다. 우리가 마당에 들어서자 승렬이 할머니가 "길이 상그럽지러?" 하고 물으셨다. 우리가 승렬이네 집으로 찾아가는 밤길이 험했으므로 나는 '길이 상그럽지러?'가 '길이 험했지?'라는 말이라고 금방 알아차렸다. 승렬이네 집은 과연 우리 일행에게 더없는 오아시스였다. 비록 초가집이지만 집이 크고 마당도 넓었다. 뒤란에는 배나무도 한 그루 있었다. 거기에 주렁주렁 달린 주먹보다 큰 청배는 나중에 먹어보니 무척 달고 아작아작했다. 가족은 승렬이와 할머니 그리고 동생이 하나인가 둘인가 있었다. 어머니는 아버지를 따라 하동에 가서 산다고 했다.

승렬이 할머니는 손자의 친구들이 왔다고 밥상을 푸짐하게 차렸다. 감자가 드문드문 섞인 흰 쌀밥을 고봉으로 수북하게 담고, 있는 반찬은 다 내놓으시고 없는 반찬은 안 내놓으셨다. 그리고 말씀하셨다. "찬은 없어도 밥 많이 묵어라." "물 말아서 많이 묵어라." 할머니는 찬이 넘치는데도 찬이 없다고 거짓말을 하셨고 우리는 그냥 먹고 싶은데 억지로 밥그릇에 물을 들이부으셨다. 거짓말을 하고 억지로 물을 들이부어도 승렬이 할머니가 너무나 고마웠다. 물론 승렬이도 고마웠다.

우리는 승렬이를 앞세우고 경주의 문화재와 명소를 구경하였다. 불국사도 구경하고 석굴암도 찾아보고 첨성대, 안압지, 등을 두루두루 구경했다. 나는 그중에서 토함산에 올라가서 석굴암을 보았던 것이 가장 감탄스러웠다. 지금은 석굴암을 바깥에서 유리창 너머로 앞모습만 겨우 볼 수밖에 없지만, 우리가 갔을 때는 석굴 안으로 들어가서 본존불 주위를 자유롭게 돌면서 석굴 전체를 마음껏 볼 수 있었다. 나는 본존불과 그 주위의 벽에 그린 부조(浮彫)에 눈을 가까이 대고 자세히 보기도 하고 손으로 만져보기도 했다. 석굴암은 전체가 화강암으로 만든 것인데, 1,200여 년 전에 어떻게 그 크고 많은 돌에다 살아 있는 듯한 불상을 세우고 종이에 그린 듯한 섬세하고 아름다운 부조를 새겼는지 놀랍고 감탄스러워서 입이 딱 벌어졌다.

이 글을 쓰면서 나는 컴퓨터에게 "석굴암을 잘 아느냐?"고 물어보았더니 이렇게 전해주었다.

"세계적인 건축가들을 석굴암에 데려가면 할 말을 잊는다고 한다.

무전여행에서 불국사 다보탑 앞에 선 일행.

왜일까? 석굴암은 세계 유일의 인조 석굴이기 때문이다."

"석굴암을 처음으로 조사하던 일본인은 본존불은 동양무비(無比)다. 즉 동양에서는 비교할 것이 없다는 말이다. 불상은 동양에만 있는 것이니 이것은 이 불상이 불상 중에 세계 최고라는 것이 된다."

"석굴암의 구조적 특색은 무엇보다 화강암의 자연석을 다듬어 인공적으로 축조한 석굴사찰이라는 점이다. 신라 조각미술의 결정이라고 해도 지나치지 않을 뛰어난 작품이다."

"이들 불상의 배치에 있어 두드러진 특징은 무엇보다 좌우가 대칭을 이루고 있다는 사실이다. 이는 고대 조형미술의 기본원칙과 같은 것이기도 하여서 석굴의 안정감을 한층 강조하는 구실도 하고 있다."

"석굴암 내부 공간에서 가장 문제시되는 것은 습기이다. 습기가 생기면 돌 표면에 이끼가 끼기 때문이다. 이것을 피하기 위해 신라인들은 절묘한 방법을 썼다. 돔 바닥 밑으로 샘을 흐르게 한 것이다. 그러면 바닥 온도가 내려가게 되는데 바닥이 차지면 실내의 습기가 바닥에서 이슬로 변한다. 석굴암을 보수했던 일제는 이것을 몰라 이 샘을 없애버리고 콘크리트로 돔 위를 막아버렸다."

"석굴암의 과학성은 그 향하는 방향에서도 읽힌다. 석굴암이 문무왕릉을 향해 서 있다는 설도 있지만, 동지 때 일출 방향으로 향해 있다는 것이 더 설득력 있다. 동지는 해가 다시 길어지는 날이라 옛사람들은 종교적으로 신성한 날로 여겼다. 그 정확한 방향을 찾는 데에 1,000분의 1 미만의 오차밖에는 생기지 않았다니 당시 과학 수준을 알 만하다."

우리 일행은 승렬이네 집에서 호강을 누리면서 이틀 밤을 잤다. WY의 기억으로는 사흘 밤을 잤다고 하는데, 그는 이 말 했다가 저 말 했다가 하는 친구라서 믿을 수가 없다. 어쨌든 남의 집에서 2~3일 쉬었으면 자리를 털고 일어서는 것이 예의일 것이다. 그런데도 WY와 SB이와 OK는 하루이틀 더 쉬고 가자면서 방에 드러누웠다. 그들은 예의도 없고 약속도 지킬 줄 몰랐다. 내가 "5박 6일이지 더 이상은 절대 안 돼." 했을 때 그들은 그렇게 하겠다고 철석같이 약속을 하고도 딴소리를 했다. 그날 출발해야 5박 6일 만에 하동에 돌아갈 수 있는데 그들은 천하태평이었다. 승렬이와 할머니는 더 있다 가라고 했지만 그것은 손님에게 으레 인사치레로 하는 말인데도 이 벅수들은 그 말이 진짜라고 믿는 모양이었다. 이럴 때 나는 어김없이 신경질을 냈다. 네놈들이 안 가면 나 혼자 가겠다고 짐을 챙겼다. 인솔자 겸 보호자를 떨굴 것을 염려한 그 벅수들은 그때서야 어쩔 수 없이 내 바짓가랑이를 붙잡고 따라 나섰다.

우리 일행의 다음 행선지는 합천 해인사였다. 경주에서 대구까지는 기차를 탔다. 그때도 당연히 무임승차였다. 우리는 의자에 앉지 못하고 열차 출입문 근처에 모였다. 나는 한 손으로는 문 쪽에 붙은 쇠기둥을 붙잡고 몸을 열차 밖으로 내밀었다. 바람이 시원하였다. 영천 부근을 지날 때는 사과밭에서 익어가는 사과가 손에 잡힐 듯했다. 어디에서 하룻밤 잔 것 같기도 한데 분명하지는 않다. 대구에서 합천으로 갈 때는 무엇을 타고 갔는지 기억에 없다. 합천 해인사도 볼 만했지만 석굴암처럼 놀랍지는 않았다. 쌍계사와 비끄무리(비스무리)했다.

오아시스를 지났으니 끼니는 또 미숫가루였다. 그렇게 미숫가루를 먹고도 질리지 않으면 바보였다. 잠 잘 곳이 마땅치 않았다. 이래 볼까 저래 볼까 궁리를 하다가 어느 가게의 좌판 위에 담요를 깔고 덮었다. 한여름인데도 새벽녘에는 추워서 몸을 옹그리고 담요를 뒤집어썼다. 집을 나와 한데서 자 보니 비로소 우리 집 방의 아랫목이 따시다는 것을 절절히 느꼈다. 그다음 날 아침도 또 미숫가루였다. 바보 넷은 또 미숫가루를 물에 타서 들이마셨다. 라면이 왜 없냐고, 컵라면은 왜 안 만드느냐고 세상을 한탄하고 라면공장을 원망해야 했지만, 그

때 우리 바보들이 그렇게 한탄하고 원망했을 리는 만무하다.

합천에서 진주로 갈 때는 시외버스를 탔다. 그 무렵 시외버스에는 앞뒤에 문이 있었다. 앞문은 여자 차장이, 뒷문은 남자 차장 겸 조수가 문을 지켰다. 우리는 몸을 한데 묶듯이 바짝 붙어서 버스 맨 뒤의 한 일(一) 자 자리에 눌러 붙었다. 남자 차장이 와서 돈을 내라고 했다. 우리는 돈이 없다고 버텼다. 차장은 돈이 없으면 내리라고 했다. 우리는 사정을 해야 했다. 그런데도 돈이 없는데 왜 돈을 내라냐는 듯 내라는 돈은 안 내고 돈을 내라는 차장을 째려보았다. 우리는 돈 없는 것이 당당했다. 돈 없다고 죽이려면 죽이고 살리려면 살려보시라고 눈깔을 치떴다. 차장은 학을 뗐는지 어안이 벙벙했는지, '하! 요놈들 봐라' 하는 눈치로 입을 실룩거렸다. 입을 실룩거려봐야 그는 할 말이 없었을 테고 우리는 들을 말이 없었다. 그 사이에 버스는 떠났다. 버스가 출발하자 차장은 진주에 도착할 때까지 돈 내라고 하지 않았다. 진주에서 하동으로 갈 때는 걸어갔는지 날아갔는지 기억에 없다. 나는 집에 들어서자마자 변소에 갔다. 그때도 오줌 색깔이 누런 황토색이었다.

❀ ❀ ❀

여름에는 무전여행을 갔고 가을에는 소풍을 갔다. 소풍은 중섬으로 갔다. 1학년부터 3학년까지 모두 같이 간 것 같다. 점심을 먹은 후에 학년별로 모여앉아서 유흥에 들어갔다. 유상남 담임 선생님이 나하고 CH를 부르더니 팝송을 한 곡 불러보라고 하셨다. 나와 CH는 당황

신기리에서 바라본 중섬.

했다. 선생님이 불각시럽게(갑자기, 별안간) 노래를 하라니 무슨 곡을 해야 할지 몰랐다. 나는 팝송을 몇 개는 알고 있었지만 여러 사람들 앞에서 자신 있게 부를 수 있는 것은 별로 없었다. 그런 데다 CH와 같이 부를 수 있는 곡을 찾아야 했다. 나와 CH는 주뼛주뼛하다가 'Brothers Four'의 「Green Field」를 함께 불렀다.

Once there were green fields kissed by the sun

Once there were valleys where rivers used to run

Once there were blue skies with white clouds high above

Once they were part of an everlasting love

We were the lovers who strolled through green fields

고등학교 소풍에서 친구들과.

Green fields are gone now parched by the sun

Gone from the valleys where rivers used to run

Gone with the cold wind that swept into my heart

Gone with the lovers who let their dreams depart

Where are the green fields that we used to roam

I'll never know what made you run away

How can I keep searching when dark clouds hide the day

I only know there's nothing here for me

Nothing in this wide world left for me to see

But I'll keep on waiting till you return

더 넓은 세상을 향하여

I'll keep on waiting until the day you learn

You can't be happy while your heart's on the roam

You can't be happy until you bring it home

Home to the green fields and me once again

담임 선생님은 좀 신나는 곡으로 한 곡 더 부르라고 하셨다. 선생님은 「Green Field」가 밋밋한 노래여서 성에 안 차셨던 것 같았다. 담임 선생님은 흥(興)이 많은 분이었다. 그 무렵에 세계적으로 선풍적인 인기를 끌고 있었던 '비틀즈'의 노래처럼 신나는 노래를 원하시는 것 같았다. 기타도 있어서 신나게 쳤으면 하고 바라는 것 같았다. 그러나 나와 CH는 준비된 신나는 곡이 없었고 기타는 더욱 없었다. 선생님은 못내 아쉬워 하셨지만 우리는 선생님을 만족시켜드리지 못했다. 사실 나는 「Green Field」보다 템포(tempo)가 빠른 「The Young Ones」를 알고 있었다. 아마 CH도 알고 있었을 것이다. 그런데 그 노래는 둘이서 호흡을 맞추어 부르기에는 자신이 없었다.

이 글을 쓰면서 그때 내가 무슨 곡을 불렀더라면 가장 어울렸을까 생각해 보았다. '비틀스'의 멤버 중 한 사람인 '폴 매카트니(Pall McCartney)'가 런던올림픽 개막식의 피날레 곡으로 불렀던 「Hey Jude」가 안성맞춤일 것 같다. 그 곡 맨 뒤의 "라 랄랄 라라랄라 라라랄라 헤이 주드"를 전체 학생들과 선생님들이 다함께 하루 종일이라도 합창했더라면 얼마나 좋았을까! 훗날 WY의 안사람한테 들었는데, 소풍을 다녀온 이후로 내가 우리 학교에서 영어 노래(팝송)를 가장 잘 부른다고 여학생들 사이에 말이 돌았다고 한다. 그런 말은 돌고 또 돌아야 한다. 그런 말을 듣고도 기분이 좋지 않다면 목석같은 목석이다. 가을 소풍객들은 소풍이 끝나고 집으로 돌아가기 위해 배를 타고 섬진강을 건넜다.

나는 신기리에서 친구 YH, TH, CH와 함께 어울렸다. 나를 포함하여 다섯인가 여섯인가 모였는데 나머지 친구의 이름은 기억이 나지 않는다. 어쨌든 우리는 신기리를 출발하면서부터 술집이라는 술집은 모두 들러서 막걸리를 한 잔씩 마셨다. 그러면서 읍내까지 왔다. 우리는 모두 술이 얼큰했다. 누구는 알딸딸하고 누구는 아리까리했다. 모두들 얼굴이 볼그짝짝했고 날은 어느새 어둑어둑했다.

"야, 우리 PO의 집에 한번 가보자." 누군가가 제안했다. PO는 우리와 같은 학년의 가정과에 다니는 여학생이었다. 그 여학생은 집이 면소재지여서 광평에서 자취를 하고 있었다. 그녀는 보는 사람에 따라서는 얼굴이 예쁘장했다. 여학생 집에 가보자는데 싫다고 하면 가시나 보태기가 아니다. PO의 자취방은 큰길에서 작은 골목으로 조금 들어간 곳에 있었다. 우리는 다투어 앞장을 서서 그 골목에 다다랐다. CH가 수색대로 집 안으로 들어가고 나머지는 문밖에서 기다리고 있을 때였다. 1분 쯤 자났을까. 갑자기 "이놈들!" 하는 벼락 치는 소리가 나서 돌아보니 육척장신 괴한이 우리에게 다가오고 있었다. 먼 길 소풍을 다녀오셨으니 발 씻고 사모님과 녹차 마시며 쉬셔야 할 유상남 담임 선생님이 발도 안 씻고 녹차도 안 마시고 술꾼들을 붙잡으러 나오셨던 것이다. 선생님은 방 안에 앉아서도 술꾼들이 집에 안 들어가고 돌아다닌다는 것을 귀신같이 듣고 계셨던 것 같다. 그럴 때 도망치지 않는 사람을 하동말로 밤펑이(바보)라고 한다. 술꾼들은 후다닥 사방으로 도망을 쳤다.

나는 엉겁결에 남의 집 돼지막으로 뛰어들어 몸을 숨겼다. 그곳은 우리가 서 있던 곳 바로 옆이어서 선생님의 숨소리까지 들렸다. 집안의 동정을 염탐하러 갔던 CH가 세상이 바뀐 것도 모르고 문밖으로 걸어 나오면서 "석규야, PO가 없다." 하고 내 이름을 선생님에게 일러바쳤다. 영화에서 보면, 독립군은 왜놈 헌병한테 붙잡혀도 절대로 동지의 이름을 안 불던데 CH는 선생님이 내 이름을 불라고 하지도 않았는데도 제가 알아서 순순히 내 이름을 부르는 것이었다. 나는 CH가 다른 술꾼들은 다 놔두고 하필이면 왜 내 이름을 부르는지 원망스러웠지만 그때는 너무 놀라서 그런 원망을 할 경황이 없었다. 담임 선생님은 CH 머리에 목탁을 한 번 치면서, "이놈들 내일 한번 보자."고 하셨다.

선생님은 우리를 매일같이 보시면서 내일 한번 보자는 것이었다. 내 또래가 "내일 한번 보자."고 했으면 나는 "니가 내일 보면 어쩔긴데?" 하고 풋감을 먹였을 텐데 선생님이 내일 보자니까 내일이 무서워서 내일인 그다음 날 학교를 빼먹어 버렸다. 웬만해서는 결석을 하지 않는 내가 선생님이 무서워서 학교를 빼먹기는 이날이 평생 처음이었다. 학교를 빼먹고 집에서 놀아도 노는 것 같지 않았다. 목탁만 생각하면 끔찍했다. 귀에는 목탁 소리까지 들렸다. 그래서 사전에 선생님께 찾아가서 아양을 떨어야겠다고 생각했다. 내 생각을 술꾼들 모두에게 전했다. 학교를 빼먹은 날 저녁에 나와 YH, TH, CH 그리고 이름이 기억나지 않는 한 친구를 합하여 모두 다섯이서 선생님 댁을 찾아갔다.

선생님 댁은 맹감중학교 뒤에 있었다. 우리는 몸도 얼어붙고 입도 얼어붙은 채 선생님 앞에 "한 번만 살려 주십시오." 하고 무릎을 꿇었다. 그때 선생님은 우리를 혼쭐을 내어 다시는 술 마시고 여학생 집에 못 가도록 단도리를 하셔야 했다. 그런데 선생님은 뜻밖에도 "어, 너희들 왔나, 이리와 앉아라. 편히 앉아라. 여보, 뭐 먹을 것 좀 내오지." 하시면서 죄인들이 용서를 빌기도 전에 죄인들을 용서해 주셨다. 선생님이 우리를 내일 보자고 한 것은 내일 오면 우리를 손볼 것이라는 뜻이었을 텐데, 내일 보재서 내일 찾아갔는데도 선생님은 내가 언제 내일 보쟀냐는 듯이 우리를 손볼 생각은 않고 싱글벙글하시며 우리 얼굴만 처다보셨다. 선생님이 어제의 전과(前過)를 들추실까 봐 우리는 다들 몸들이 옹그라붙었는데 선생님은 어제의 전과는 한 마디도 입 밖에 안 내셨다. 역시 선생님은 시원시원한 분이었다. 죄송하고 송구스럽고 고맙고 감사했다. 죄를 씻고 선생님 댁을 물러나온 술꾼들은 고향사진관에 가서 죄를 씻은 기념사진을 찍었다. 그때 찍은 사진이 몇 년 전만 하더라도 우리 집 문갑 안에 굴러다녔는데 한번은 하동에 가지고 가서 촐랑거리다가 잃어버리고 지금은 온 데 간 데가 없다. 오호통재라!

고등학교 다닐 때 나는 '고3 가을 소풍날의 에피소드'에 출연했던 친구 중 한 명인 YH와 매우 친하게 지냈다. 졸업앨범을 보니까 키 큰 순서로 내가 인문과 59명 중에서 39번이고 그가 40번이었다. 나와 YH

는 늘 가까운 자리에 앉았고 가까이 앉았으니 사이도 가까웠다. YH
는 공부를 아주 잘했다. 나와 그는 가까운 친구 사이면서도 성적에 대
해서는 은근한 경쟁자였다. YH는 횡천에서 통학을 하였다. 그가 우리
집에 온 적은 한 번도 없지만 나는 그의 집에 두 번인가 놀러갔었다.
훗날 YH는 12년 동안 하동군수로 일했다. YH가 군수가 되었다는 소
식을 듣고 나는 내가 벼슬을 한 것처럼 기뻤다. 그리고 세 가지를 결
심을 했다.

첫째, 특별한 볼일 없이는 조 군수를 찾아가지도 않고 전화도 걸지 않겠
다. 그리고 군수 부속실에 전화를 걸 때는 조 군수의 호칭에 각별히 유의하
겠다.

둘째, 내 부탁이든 남의 부탁이든 조 군수에게 절대 부탁을 하지 않겠다.

셋째, 조 군수의 재직 기간 동안에는 '고3 가을 소풍날의 에피소드'를 입
밖에 내지 않겠다.

내가 고3 가을 소풍날의 에피소드를 입 밖에 내지 말아야겠다고 결
심한 이유는 발 없는 말이 천리 가고 잔술이 말술로 부풀려지는 것을
우려했기 때문이다. 더군다나 방구만 뀌어도 금방 쫙 퍼지는 손바닥
만 한 하동 바닥에서랴. 조 군수는 나에게 해마다 연하장을 보내주고
철마다 하동 특산품을 보내주었다. 친구가 철마다 고향의 특산품을
보내주어서 나는 철마다 고향의 맛을 보았다. 고맙다 친구야. 역시 하
동! 역시 조 군수!

여름에는 무전여행을 가고 가을에는 소풍을 가고 겨울에는 닭서리를 갔다. 겨울방학 어느 날 횡천 남산에 친구들이 대여섯 모였는데 이름이 분명히 기억나는 친구는 나하고 CH밖에 없다. 우리가 모인 곳은 토목과에 다니는 어느 친구 집이었다. 한 친구가 닭서리를 하자고 제안했다. 저녁 밥 얻어먹은 지는 한참 돼서 배는 꿀찜하고(고프고), 할 말이 없어서 입은 심심하고, 가만히 앉았자니 손이 근질근질했다. 형편이 그런데 닭서리를 하자니 누가 마다하겠는가. 영어를 아는 친구들은 "Good idea"라고 했고 모르는 친구들은 "굿 아이디어"라고 했다.

서리꾼을 A조와 B조로 나누었다. 나는 A조 조장을 맡았다. A조라 봐야 나를 포함해서 달랑 셋이었다. 그때 나는 닭서리에 무경험자였다. 그렇지만 조를 나누기 전의 오리엔테이션을 통해서 어떻게 해야 소리 소문도 없이 닭을 잡아올 수 있는지를 배웠다. 골목을 얼마 돌아다니지 않아서 사립문이 열린 어느 집을 발견하고 살금살금 기어들어갔다. 댓돌 위에는 흰 고무신만 한 켤레 있을 뿐, 방 안에 불도 없고 인기척도 없었다. 인기척이 없는데도 인기척이 나지 않게 A조는 닭장으로 다가갔다. 그 안에는 튼실한 토종닭이 몇 마리 있었다. 바닥에 주저앉아 있는 놈도 있고 횟대 위에 올라앉아서 자부리는(조는) 놈도 있었다. 나는 용감했다. 오리엔테이션에서 배운 대로 오른손을 왼쪽 겨드랑이에 찔러 넣어 손을 따뜻하게 데운 다음, 횟대 위에서 자부리는 놈의 날갯죽지 안으로 집어넣었다. 자부리던 놈은 간지러워서 그런지

내가 좋아서 그런지 "꼬― 꼬꼬" 하고 신음소리를 냈다. 나는 그놈을 순식간에 번쩍 들어올렸다. 놈은 찍소리도 못하고 내 물건이 되었다.

A조는 의기양양하게 집으로 돌아왔다. 얼마 안 있어 B조도 어디서 암탉 한 마리를 잡아왔다. "왜 이제 왔냐? 어디서 잡았어?" 하고 물었더니 이럴 수가! B조도 우리가 닭을 잡아온 바로 그 집에서 잡아왔다는 것이었다. 우리는 서로 닭을 잡아올 때의 무용담을 늘어놓으면서 닭을 삶아서 맛있게 나누어 먹었다. 입을 닦고 저녁 늦게까지 재미있게 떠들며 놀았다. 잠은 쿨쿨 잤다.

다음날 읍으로 가는 버스를 타기 위해 찻길로 나왔다. 토목과 친구인지 상과 친구인지, 아무튼 인문과는 아닌 한 친구를 만났다. 우리를 만나자 친구는 반가워했다. 몇 마디 말끝에 친구가 툴툴댔다. "아, ×발, 엊저녁에 어떤 ×××들이 우리 집 닭을 두 마리나 훔쳐갔어." 닭을 훔쳐간 것은 사람인데 그 친구는 개가 훔쳐간 걸로 알고 있었다. 우리는 덜컹했다. 마음속은 깔깔대고 웃었지만 마음 겉은 웃을 수가 없었다. 마음속으로는 깔깔대며 웃고 얼굴은 안됐다는 표정을 지었다. 우리 중 누군가가 연막을 쳤다. "어떤 ×××들이 그리 수악한 짓을 했시까? 그런데 엊저녁에 어디 갔다 왔는디?" 그가 말했다. "엊저녁에 우리 아부지 어무니 하고 양보에 선보러 갔다 왔어." 나는 또 한 번 속으로 배꼽을 움켜쥐었다. 그 무렵에는 고등학교를 졸업하자마자 장가를 드는 친구가 한둘 있었다.

☙ ☙ ☙

고3 겨울방학에 나는 엿방을 하는 HW의 집에 자주 놀러갔다. 부산에서 학교를 다니던 HW은 방학 때면 집에 와 있었다. HW의 집에 가면 엿을 얻어먹는 재미도 있었지만 나의 목적은 엿보다 팝송에 있었다. 그의 집에는 전축과 팝송 LP판이 1장 있었다. 며칠 전에 나는 그때 누가 팝송을 들었는지 알아보려고 HW에게 부산까지 장거리 전화를 했더니 그 전축과 LP판의 주인은 그 무렵 교편을 잡던 HW의 형님이었다고 한다.

나는 HW의 집에서 그의 형님의 전축에 LP판을 올려놓고 팝송을 들었다. 팝송은 내가 처음으로 듣는 곡이 많았다. 나는 이게 웬 떡이냐 싶었다. 이 곡도 틀고 저 곡도 틀고 내 마음에 드는 곡은 틀고 또 틀었다. 틀고 또 틀었으나 내 욕심껏 틀 수는 없었다. 이따금 나는 HW에게서 LP판을 빌려서 집으로 가져오지 않았다. 우리 집에는 전축은 고사하고 전기도 안 들어왔다. 그래서 빌린 LP판을 집으로 가져오지 못하고 JS나 WY의 집으로 가지고 갔다. JS와 WY의 집에는 전축이 있어서 거기서 팝송을 들었다. 책을 빌려서 열심히 읽어야 할 때 나는 LP판을 빌려서 열심히 팝송을 들었다. 나는 그렇게 엄떵이짓(엉뚱한 짓)을 했다.

그 무렵 내가 배운 노래 중에는 이태리 칸초네(canzone)도 두 곡 있다. '토니 달라라(Tony Dallara)'가 부른 「라노비아(La Novia)」와 '질리올라 칭게티(Gigliola Cinquetti)'가 부른 「논호 레타(Non Ho L'eta)」이다. 간혹 FM에서 이 두 노래가 나오면 나는 지금도 가사를 거의 틀리지 않고 따라 부른다.

비얀— 케스 비엔덴— 테 바라 노— 비아—

멘— 트레 나스 코— 토 트랄라 폴— 라—

디에— 트로 나라— 크리마인 데— 치—짜—

메—도모리— 레밀일리오스 조—니—

라—수 랄타— 레스타 비안 젠—도—

투—띠디란—노체이디 조—오이—야—

멘—트레일수오 꾸오레—스타그리 단—도—

아—베 마리—이야—

뻰티라—이 페르체— 뚜디라이— 디씨—

페르기라이— 페르메— 마디라이— 디씨—

로쏘토— 논쏜푸오이— 디멘디 카—레—

논쏜프리— 페르메— 아니아 미—아—

라—수 랄타— 레스타 비안 젠—도—

투—띠디란—노체이디 조—오이—야—

멘—트레일수오 꾸오레—스타그리 단—또—

아—베 마리—이—야—아—

아—베 마리—이—야—아—

아 —베— 마리—이— —아 — — (짝짝짝······ 앵코올—)

  이 노래는 결혼식과 관련된 노래로는 세계에서 가장 많이 불린 노래라고 한다. 나는 처음에 이 노래의 가사가 이태리어인 줄 알았는데 나중에 알고 보니 스페인어였다. 이 노래를 칸초네 장르에 넣지 않고 샹

송(chanson) 장르에 넣기도 하는 모양인데 그건 아니다. 내가 알기로 라노비아는 영어 버전으로 나온 것은 있어도 불어 버전으로 나오지는 않았다. 「논호 레타」는 노래도 좋지만 노래를 부른 질리올라 칭게티의 미모가 정말 빼어나다.

어쨌든 나는 라노비아와 「논호 레타」의 가사는 외우지만 그 내용도 모르고 의미도 모른다. 시는 내용과 의미를 알아야 하지만 어차피 음악은 리듬과 박자만 알면 가사를 몰라도 사람의 감정을 사로잡는다. 예컨대 「러브 스토리(love story)」는 두 대의 피아노가 연주하는 것만 들어도 영화 러브스토리에서 '제니(알리 맥그로우 扮)'와 '올리브(라이언 오닐 扮)'가 눈밭에서 러브 스토리를 펼치는 장면이 눈앞에서 러브스토리를 펼치는 것처럼 생생하게 떠오르는 것이다.

나는 고등학교를 졸업하고 서울에 올라와서 대학을 다닐 때 CH와 같이 종로 2가에 있었던 음악 감상실 '뒤쎄네'에 가끔 갔었다. 그곳에 가서 커피값 정도의 입장료만 내면 팝송을 한 시간이고 두 시간이고 마음껏 들을 수 있었다. 지금 내가 60~70년대의 올드팝을 여러 곡 흥얼거릴 수 있는 것도 그 무렵 내가 공부는 안 하고 팝송에 미쳤기 때문이다. 그리고 뒤쎄네 부근에는 또 다른 음악감상실 '세시봉'이 있었다. 그 무렵 세시봉에서 노래를 불렀던 김세환(48년생), 이장희와 윤형주(47년생), 송창식(46년생), 조영남(45년생)은 모두 내 나이 또래들이다. 그들이 초청을 안 해서 나는 한 번도 '세시봉 공연'에 가지 않았다. 거기에 안 가도 나는 닐 세다카(Neil Sedaka)가 부른 「You Mean Everything To Me」 정도는 가사를 틀리지 않고 부를 수 있지만, 그래 너 잘났다 하는 못된 사람들이 있을까 봐 노래를 부르지는 않겠다.

☙ ☙ ☙

앞에서 말했듯이 고3 때까지도 우리 집에는 전기가 없었다. 그래서 밤에는 공부하기에 어려움이 많았다. 저녁이면 저녁마다 밤이면 밤마다 나는 큰누님과 막내누님과 등잔불을 앞에 두고 싸움을 해야 했다. 그래서 겨울에 나는 이웃에 사는 '상구'라는 후배네 집에 가서 공부를 했다. 상구네 집에서 내가 빌린 방은 고구마 가마니를 쌓아 놓은 냉방이었다. 전기도 안방과 고구마 방의 벽 사이에 구멍을 내서 두 방을 비추는 30촉짜리 백열등이었다. 아무리 하동이 따뜻한 지방이라 해도 추울 때는 추웠다. 마침 우리 집에 허름한 모직코트가 있었다. 옆집의 피란이를 놀라게 해 줄 때 입었던 그 코트이다. 나는 그것을 뒤집어쓰고 자정 무렵까지 참고서를 들여다보았다. 나의 고등학교 졸업식은 1966년 2월 이십 며칠 날이었다. 졸업식을 마치고 나는 담임 선생님과 그동안 나에게 잘해주신 선생님들께만 만수무강하시라고 인사를 드리고 정든 학교의 교문을 나왔다. 지금 내가 가지고 있는 고등학교 졸업앨범에는 3학년 1학기가 끝나고 받은 통지표가 끼어 있다. 거기에는 내 성적이 인문과에서 3등이라고 적혀있다.

마누라는 왜 1등을 못했느냐고 바가지를 긁지만, 송림과 백사장과 섬진강을 가까이 둠으로써 한반도에서 가장 아름다운 자연환경 속에 자리 잡은 하동고등학교에서, 3학년 동안만 하더라도 여름방학 때는 어린 후배들과 5박 6일 무전여행을 가면서 무슨 '호'에 타고 밤새 노래를 부르며 휘영청 달 밝은 한려수도도 지나고, 무임승차도 해보고, 오줌이 누렇도록 미숫가루도 질리도록 먹어보고, 불국사와 민얼굴의 석굴암도 보고, 해인사도 구경하고, 길거리 가판대 위에서 웅크리고 잠도 자 보고, 돈 내라는 남자 차장과 입씨름도 해 보고, 가을에는 중섬으로 소풍 가서 「그린필드」도 부르고, 막걸리에 취해 여학생 자취방도 찾아가고, 내일 보자는 담임 선생님 댁에 찾아가서 무릎도 꿇고, 고향사진관에서 기념사진도 찍고, 닭서리도 해보고, 친구 집에 가서 팝송과 칸초네도 배우고, 그것 말고도 갈 데 다 가고 볼 것 다 보고, 놀 것 다 놀고 할 짓 다하고, 학원도 한 군데 안 다니고, 사교육비도 한 푼 안 쓰고, 그렇게 하고서도 3등이면 그다지 나쁜 성적은 아니지 않은가? 마누라, 어떻게 생각해? 인간적으로 내 말 맞지?

지금 나의 모교 하동고등학교에서는 학교에 기숙사를 지어놓고 거기에서 대학에 진학할 학생들을 먹이고 재우면서 눈만 뜨면 공부, 공부, 공부, 또 공부를 시키고, 내 후배들은 밥만 먹으면 공부, 공부, 공부, 또 공부만 한다고 한다. 아! 내 후배들, 너무나 안쓰럽구나. 아! 나 공석규, 너무나 행복했구나.

❦ ❦ ❦

나는 하동고등학교를 졸업하고 서울교육대학에 들어갔다. 내가 교육대학에 들어간 것은 나의 희망이 교사였던 것은 아니고 순전히 경제적인 문제 때문이었다. 나는 서울의 초등학교에서 정확히 29년 6개

월 동안 평교사로서 아이들을 가르치고 건강 때문에 명예퇴직을 하였다. 내가 교단에서 아이들을 가르칠 때 내가 고향에서 자라고 학교 다니면서 쌓은 수많은 추억은 아주 훌륭한 학습 자료가 되었다. 예컨대 직접 농사를 지어본 교사와 전혀 농사를 지어본 적이 없는 교사가 가르치는 농사법은 크게 다를 수밖에 없다. 나는 어릴 때의 수많은 체험(추억)을 기회가 있을 때마다 수업(授業)에 적용했다. 아이들이 수업에 흥미를 느끼지 못하거나 집중을 하지 않을 때는 나는 종종 내 어릴 적 추억을 이야기해 주었고 그때마다 아이들은 눈을 크게 뜨고 귀를 쫑긋 세웠다. 학교와 학원을 오가며 공부에 짓눌린 아이들은 나의 어릴 적 추억을 듣는 것만으로도 무척 즐거워했다. 나는 내가 어릴 때 하고 놀았던 놀이 중 여러 가지를 아이들에게 가르쳐주며 함께 놀아주었다. 또, 될 수 있는 대로 나는 아이들을 자유스럽게 많이 놀게 했다. 나의 어린 시절과는 달리 요즘 아이들, 특히 대도시의 아이들은 놀 시간도, 놀 장소도, 놀 거리도 별로 없는 것이 너무도 안타까웠기 때문이다.

대통령과 교사는 명함이 없다. 구멍가게 주인도 명함을 파는 세상에 교사는 명함을 파지 않는다는 것은 그만큼 교사의 사회적 지위가 낮다는 증거일 것이다. 나의 동창들 중에도 교사를 보잘것없는 직업으로 우습게 보는 녀석들이 있는 듯하다. 그러나 내가 보기에는 교직(敎職)은 그 어떤 직업보다도 숭고하고 보람된 직업이다. 은행이나 증권회사 같은 금융업종의 직원은 기껏해야 남의 돈을 세거나 불리는 일을 하고, 대기업의 사원은 물론이고 상무와 같은 임원도 기껏해야 사주(社主)나 주주(株主)의 돈을 벌어주는 일을 할 뿐이다. 일반 공무원도 대부분 공문서를 만들거나 거기에 결재 도장을 찍거나 잘해야 행정을 펴는 일이다. 변호나나 세무사도 돈은 많이 벌지는 모르나, 변호사는 남의 죄나 잘못이 없거나 작다고 변명해주는 일뿐이고, 세무사는 남이 세금을 적게 내도록 서류를 꾸며주거나 장부나 정리해주는 일에 지나지 않는다.

그러나 교직은 사람을 가르치고 키우는 일이다. 회사원이나 일반 공무원은 어떤 한 사람의 장래를 여는 동기를 부여하기도 어렵고 가치관이나 인생관을 변화시키기도 어렵다. 그러나 교사는 제자의 가치관이나 인생관을 변화시킬 수도 있고, 자신의 제자를 위대한 과학자나 예술가로 키울 수도 있으며, 위대한 군인이나 정치가 되게도 할 수 있고, 대통령이 될 수 있는 길을 열어줄 수도 있다. 그래서 직장의 훌륭한 상사(上司)를 만난 덕분에 내가 오늘 이만큼 되었다는 사람은 드물어도 훌륭한 선생님(스승)을 만난 덕분에 내가 오늘 이만큼 되었다는 사람은 많다. 그만큼 교직은 숭고하고 보람찬 직업인 것이다.

회사원은 말할 것도 없고 일반 공무원도 직장에서 자신의 주체성을 내세우기가 어려운 듯하다. 누군가가 '공무원에게는 영혼이 없다'고 한 것은 공무원이 직장에서 자신의 신념과 소신을 마음대로 펴기 어렵다는 뜻일 것이다. 그러나 교사는 교단에서 자신의 올바른 신념과 소신을 펴지 못하면 교사는 될 수 있을지언정 훌륭한 스승은 되기 어렵다. 조직생활을 하는 직업 중에서 신념과 소신을 펼 수 있는 직업은 아마도 교직뿐이 아닌가 생각된다. 또, 공무원을 비롯한 다른 직종에 근무하는 사람은 욕을 먹기는 쉬워도 호평(好評)을 받기도 쉽지 않고 존경을 받기란 극히 어렵다. 그렇지만 교직은 하기에 따라서 많은 제자들과 학부모들로부터 존경을 받을 수 있는 직업이다.

　그리고 하루 종일 사무실에 갇혀서 서류나 만지는 직업이나 별별 사람들을 다 상대해야 하는 직업을 가진 사람들은 천진하고 순진한 어린 아이들과 함께 생활하는 교직 생활이 얼마나 즐겁고 행복한지 모를 것이다. 또 교사(또는 교수)에게는 각자의 삶을 보다 여유롭고 풍요롭게 할 수 있는 넉넉한 시간인 방학이 해마다 두 번씩 있는 것도 교직의 큰 매력이다. 물론 부(富)나 권력을 우선시(優先視)하는 사람들 눈에는 교직은 보잘것없는 직업일 것이다. 그러나 부나 권력은 얻지 못하더라도 남에게 꾸러가지 않을 만큼 먹고 살면서 정신적·육체적으로 자유롭고 여유롭고 풍요로운 삶을 살기에는 봉급생활자 중에서는 교직만 한 직업이 없는 듯싶다.

　나는 내가 근 30년을 교단에서 아이들을 가르쳤다는 것에 대하여 자부심을 느낀다. 사실 교직에 있을 때는 내가 초등학교 교사라는 사실이 초라하게 느껴질 때가 가끔 있었다. 그러나 교단을 떠나서 세월이 지날수록, 나는 나의 교직생활이 어떤 직업보다 가치와 보람이 있는 직업이라는 긍지를 가지게 되었다. 어린 시절 내가 대도시의 명문 고등학교에 가고 싶어 했던 것은 서울대와 같은 일류대학을 나와서 판·검사나 고위 공무원 또는 대기업의 임원이 되고 싶어서였을 것이다. 그러나 만약 나에게 생(生)이 또 한 번 주어져서 하동고등학교와 서울교육대학을 나와서 교직으로 나가는 것과 도시의 명문고와 명문대학을 나와서 판·검사나 고위 공무원 또는 대기업의 임원이 되는 것을 내 마음대로 선택할 수 있다면, 나는 서슴지 않고 교직을 선택할 것이다. 다만 초등학교 교사도 좋지만 가능하면 나는 고등학교 국어교사를 한번 하고 싶고, 그보다는 대학의 국어국문학 교수를 하고 싶다

더 넓은 세상을 향하여

하동 사람들은 둑을 자유롭게 넘어서 송림에 모였다. 애기씨름도 보고 상씨름도 보고, 그네 타는 여자도 눈여겨보고, 가까운 이웃도 만나고 먼 이웃도 만나고, 지금 친구도 만나고 옛 친구도 만나서, 잔치국수도 먹고 비빔밥도 먹고 막걸리도 마시면서 즐겁고 흥겨운 시간을 보냈다.

아름다운 하동을 위하여

나는 간간이 고향에 내려가도 어지간하면 송림에 가볼 텐데 어지간하지 못해서 잘 가지 않는다. 내가 다닌 중·고등학교와 송림 사이에 가로놓인 찻길만 생각하면 속이 상하기 때문이다. 무답시 왜, 뭣땀시, 무신 연유로, 옛날 그 아름답던 둑길에 자동차를 달리게 해서 소음과 매연을 토해 놓느냐 말이다. 무답시 왜, 뭣땀시, 무신 연유로, 그곳 중·고등학교에 다니는 학생들이 자유롭게 둑을 넘어서 아름다운 송림이나 백사장이나 섬진강에 가서 즐겁고 신나게 놀지 못하게 하느냐 말이다. 자유롭게 넘을 수 있는 둑을 찻길로 만든 것은 남의 집 마당 가운데 철조망을 친 것과 같다. 찻길 위로 휘파람을 불며 자동차를 몰고 가는 사람들은 신 날지 몰라도, 수시로 그 둑을 넘어 송림이나 백사장이나 섬짐강으로 달려가야 할 학생들에게는 그들의 놀이터와 쉼터와 배움터를 빼앗은 것이고, 그들의 여유와 낭만을 빼앗은 것이고, 백일장의 시상(詩想)과 사생대회의 소재(素材)를 빼앗은 것이고, 남학생이 여학생을 꼬시기 좋은 적소(適所)를 빼앗은 것이고, 여학생이 남학생에게 꼬이기 쉬운 명소(名所)를 빼앗은 것이며, 훗날 그들이 내 나이가 되었을 때 뒤돌아볼 아름다운 추억을 빼앗은 것이다.

옛날의 송림은 하동 사람들의 잔치마당이었다. 추석 무렵에 남자들은 씨름대회를 열었고, 여자들은 그네를 뛰었고, 하상정에는 전국의 내로라하는 궁수들이 모여서 국궁대회를 열었다. 그런 잔치를 벌였을 때 하동 사람들은 둑을 자유롭게 넘어서 송림에 모였다. 다들 모여서 애기씨름도 보고 상씨름도 보고, 그네 타는 여자도 눈여겨보고, 전국에서 모인 궁수들도 대충 보았다. 그러면서 가까운 이웃도 만나고 넌 이웃도 만나고, 지금 친구도 만나고 옛 친구도 만나서, 잔치국수도 먹고 비빔밥도 먹고 막걸리도 마시면서 즐겁고 흥겨운 시간을 보냈다. 그 무렵 섬진강 둑은 어디서든지 하동사람들을 반기며 모두 송림으로 넘겨주었다. 옛날에는 그랬는데 지금은 무답시 왜, 뭣땜시, 무신 연유로, 하동사람들을 송림에서 씨름도 못하게 하고, 그네도 못 뛰게 하고, 활도 못 쏘게 하는가 말이다. 무답시 왜, 뭣땜시, 무신 연유로, 하동 사람들이 송림에 가서 잔치국수와 비빔밥과 막걸리도 못 먹고 못 마시게 하고, 즐겁고 흥겨운 잔치도 못 벌이도록 둑에다 찻길을 만들었느냐 말이다. 송림의 주인은 분명 하동 사람들이다. 결코 객지사람들이 아니다. 그런데 무답시 왜, 뭣땜시, 무신 연유로, 하동 사람이 주인인 송림을 주인이 즐기는 것은 막고 객지 사람들이 즐기도록 하느냐 말이다.

캐나다에 가보면, 밴쿠버(Vancouver)에서 캐나디언 록키(Canadian Rocky)로 가는 1번 고속도로 장장 500여km에 휴게소가 단 하나도 없다. 지금은 어떤지 모르지만 13년 전 내가 거기에 여행 갔을 때는 그랬다. 캐나다 사람들이 휴게소를 만들 줄 몰라서 안 만들었겠는가. 고속도로 주변에 사는 주민을 위해서 안 만든 것이다. 고속도로에 휴게소가 없으면 자동차 연료가 떨어지거나 점심을 먹거나 아이들이 오줌이 마렵다고 찡찡거릴 때는 어떻게 할까? IC가 가까운 마을로 내려가야 한다. 하동IC로 말하자면 전도로 내려가야 한다. 마을에 내려가서 기름(가스)도 채우고, 점심도 먹고, 아이들 오줌도 누이고 다시 고속도로를 타고 가야 하는 것이다. 차들이 마을로 내려와야 고속도로 가에 사는 사람들이 소음과 매연을 감수하는 대신에 생계에 도움이 되도록 정부가 일부러 휴게소를 안 만드는 것이다. 고속도로에 휴게소를 안 만든다? 우리나라 같아 봐라. 벌떼같이 들고 일어나서 건설교통부장관 물러나라고 석 달 열흘 동안 데모를 할 것이다. 그러나 캐나다 사람들은 아무 불평 없이 불편을 감수한다고 한다.

우리나라 토목기술은 부산의 가거도와 거제도 사이의 수심 47m나 되는 바다 밑에 3.5km나 되는 가거터널을 뚫었다. 바다 위에는 총연장 4km가 넘는 가거대교도 높이 세웠다. 그런 토목기술이라면 하동고등학교 옆의 둑길을 찻길로 만들지 않고도 얼마든지 다른 방도를 찾을 수 있었을 것이다. 내 생각으로는 하동IC를 빠져서 악양, 화개 쪽으로 오는 차들은 곧바로 섬진강을 건너서 망디기를 돌아 무등산 아래와 다압면 홍쌍리 매실농원 앞을 지나도록 그쪽 길을 넓히는 것도 좋은 방법일 것이다. 악양 평사리 근처에 다리 하나만 놓으면 둑도 안 건드리고 송림도 살리고 경관도 살리고 차 타고 오는 사람들도 좋을 것이다. 혹시 그쪽 길로 가면 불편하다고 툴툴거리는 사람은 하동에 안 오면 될 일이다. 길이 아무리 안 좋아도 올 사람은 오고 길이 아무리 좋아도 안 올 사람은 안 온다.

나는 우리나라 도로 건설에 대하여 불만이 아주 많다. 가끔 지방으로 여행을 가보면 곳곳에 새 도로를 만들거나 확장하거나, 또는 굽은 길을 직선으로 펴는 공사 현장을 많이 볼 수 있는데, 내가 보기에는 별 필요도 없는 도로를 만드는 것도 많고, 필요도 없이 확장하는 것도 많고, 가만히 두어도 아름다운 길을 쓸데없이 직선으로 펴서 되레 길을 망치는 곳도 많다.

요즘 고향에 내려가 보면 하동읍 두곡리와 흥룡리 부근의 19번 국도를 넓히는 공사가 한창이고 아마도 화개장터까지 또는 그 위쪽까지도 확장할 모양인 듯한데, 나는 그 확장공사도 이해하기 어렵다. 내가 알기로는 확장공사의 주체는 부산지방국토관리청이고 사전에 여러 번의 공청회를 통하여 고향에 사는 사람들의 의견을 수렴한 것으로 알고 있다. 그리고 매화나 벚꽃이 만개할 때 하동읍과 그 근처의 19번 국도에 하도 차가 밀리니까 고향에 사는 사람들도 도로확장의 필요성을 느꼈을 것이다.

그렇다면 19번 국도를 확장하면 매화 철이나 벚꽃 철에 길이 시원하게 뚫리고 차가 쌩쌩 달릴 수 있을까? 나는 그렇게 보지 않는다. 도로를 확장해도 화개에서 하동읍까지, 또는 더 아래까지 길이 막히고 차가 밀리기는 매일반일 것이다. 오히려 지금의 편도 1차선에서 2차선으로 확장하면 바깥 차선은 아예 주차장으로 변할 가능성도 크다. 벚꽃 철에 19번 국도가 막히지 않고 차가 밀리지 않게 하려면 화개장터 근처에 넓은 주차장을 만들어야 한다. 용인의 에버랜드처럼 넓은 주차장을 여러 개 만들어서 벚꽃 구경을 하러 오는 차는 모두 주차장에 세워두고 걸어서 구경하게 하는 것이다.

그러나 그렇게 하기는 현실적으로 불가능하다. 화개장터 근처에 벚꽃 구경을 오는 모든 차들을 세워둘 수 있는 넓은 주차장을 만들 터도 없을 뿐만 아니라, 설령 그런 넓은 터가 있다 하더라도 불과 벚꽃 철 며칠 동안을 위해 막대한 예산을 들여서 그렇게 넓은 주차장을 만든다는 것은 역시 불과 며칠 동안을 위해 막대한 예산을 들여서 19번 국도를 확장하는 것처럼 비경제적이고 비효율적인 일일 것이다.

결론적으로 문제를 해결할 수 있는 방법은 하동을 찾아오는 사람들이 기차나 시외버스 같은 대중교통을 이용하게 하는 것이다. 벚꽃 철에 한해서 주민들의 차와 장애인 차, 그리고 노약자가 탄 차를 제외하고 모든 차를 화개장터에서 출입을 막고 하동역과 시외버스 정거장에서 화개장터까지 셔틀버스를 이용하게 하는 것이다. 매화 철에 길이 막히는 것도 그렇게 하면 해결될 것이다. 불가피하게 승용차를 타고 오는 사람들은 하동공설운동장을 임시 주차장으로 이용하게 하면 될 것이다. 매화 철이나 벚꽃 철 한 철 쓰자고 버스를 사자고? 사자는 말은 안 했다. 매화 철과 벚꽃 철에 한해서 필요한 만큼 관광버스 회사에서 며칠간 빌려 쓰면 될 것이다.

　뉴질랜드 남섬 크라이스트처치(Christchurch)에서 밀포드사운드(Milford sound)까지 가는 도로는 왕복 2차선이다. 그 길을 달리다 보면 냇물이 도로를 가로지르고 그 위에 다리가 놓여 있다. 우리나라 사람들이 생각할 때는 도로가 왕복 2차선이니까 그 다리도 당연히 왕복 2차선 콘크리트 다리겠지 생각할 것이다. 그러나 그 다리는 차가 한 대만 지나갈 수 있는, 그것도 옛날에 만든 낡은 외나무다리이다. 우리나라 같으면 그것을 당장 뜯어내고 2차선 콘크리트 다리로 다시 만들었을 것이다. 또 낡은 외나무다리를 그대로 쓰고 있는 뉴질랜드 사람들이 답답할 것이다. 그러나 그곳 사람들은 조금도 답답해하지 않는 것 같았다. 외나무다리를 사이에 두고, 오는 차와 가는 차가 마주치면, 오는 차가 멈추고 가는 차가 지나가고, 가는 차가 지나간 후에 오는 차가 온다. 가는 차나 오는 차나 조금도 불편해 하지 않는 듯했다.

　일본 규슈에 있는 아소산에 올라가는 도로도 왕복 2차선이다. 그 도로는 시원하게 쭉 뻗은 곳이 거의 없다. 이리저리 구불거리는 산길이다. 속도제한도 시속 50km밖에 안 된다. 나는 일본에 여행 갔을 때 관광버스를 타고 그 길을 올라가 보았는데, 그때 보니 모든 차들이 그 산길을 천천히 느릿느릿 올라갔다. 빨리 가려 해도 꼬리가 안 보일 만큼 차들이 줄지어 서서 빨리 갈 수가 없었다. 어떤 나라처럼 빨리 안 간다고 뒤에서 빵빵거리는 차도 없었고, 불을 번쩍번쩍거리는 차도 없었고, 비상등을 켜고 중앙선을 넘어 앞질러가는 차도 없었고, 앞질러가면서 앞 차에다 대고 쌍욕을 하는 못된 운전자는 더욱 없었다. 아소산을 올라가는 모든 차들은 하나같이 순하고 얌전했다.

그날은 초봄인 데도 진눈깨비가 흩날리고 있었다. 나는 차창 밖을 내다보았다. 경치가 너무 좋았다. 진눈깨비를 맞고 서 있는 침엽수림이 너무 아름다웠다. 아소산 중턱에는 아주 넓은 주차장이 거기에 오는 차들을 모두 빨아들이고 있었다. 넓은 주차장이 그 많은 차들을 모두 빨아들였으므로 쌍계사 십리꽃길처럼 길가에 무질서하게 세워둔 차는 단 한 대도 없었다. 그래서 길가의 경치가 더욱 좋았다. 나는 주차장에 닿지 말고 하루 종일 버스를 타고 그 구불구불한 산길을 느릿느릿 올라가면서 차창 밖의 경치를 보고 싶었다.

내 생각에는 차를 타고 그냥 씽씽 달리는 것은 관광이 아니다. 관광버스 안에서 술에 취해 엉덩이를 흔들며 고성방가를 하는 것은 더욱 관광이 아니다. 고속도로나 산업도로는 길이 넓을수록 좋지만 관광도로는 좁아도 그만이다. 또 고속도로와 산업도로는 길을 쭉쭉 펼수록 좋지만 관광도로는 구불구불하고 오르락내리락할수록 더 운치가 있다. 가까이는 벚꽃이 만발하고 멀리 산에는 이름 모를 아름다운 꽃들이 활짝 피고, 맑고 깨끗한 섬진강이 비단같이 흐르는 하동포구 8십리의 19번 국도를 껌이나 짝짝 씹으면서 그냥 씽씽 달리기만 할 것인가. 말도 안 된다. 막히면 막히는 대로 뚫리면 뚫리는 대로 여유롭게 차를 몰거나 타고 바깥 경치를 감상하면서, 내가 차버린 못생긴 ×도 생각하고 나를 차버린 못된 ×도 생각하며 싱긋이 웃기도 하고 씩 웃기도 해야 관광이다. 또 쌍계사 십리벚꽃길은 차를 타면 승객이다. 차를 버리고 화개장터부터 쌍계사까지는 걸어야 관광객이다. 특히 젊은 남녀는 반드시 손을 붙잡고 걸어야 한다. 서로 머리를 맞대고 허리를 껴안고 티내며 걸으면 지나가는 사람들이 별꼴이 반쪽이라고 흉본다. 손만 가만히 붙잡고 조신하고 조심스럽게 걸어야 한다. 그렇게 걸으면 두 사람의 사랑이 무르익어 혼례를 올리고 백년해로한다.

하동읍에서 화개장터까지 셔틀버스가 다니고 벚꽃 철에는 화개장터서부터 차를 못 들어가게 하면, 모르긴 몰라도 사람들 대부분이 대중교통을 이용할 것이다. 지금 경전선은 승객이 적어서 울상이다. 대중교통을 이용하라고 말로만 하지 말고 하동포구 80리를 찾아오는 사람들이 대중교통을 이용하도록 여건을 조성하면 경전선을 위해서도 좋고 시외버스를 위해서도 좋다. 기름 한 방울 안 나는 나라에서 기름을 아껴서 좋고, 매연도 줄어들어서 좋고, 19번 국도는 길이 뚫려서 좋을 것이다.

섬진강은 맑고 깨끗했던 옛 모습을 많이 잃어버렸다. 특히 갈사리 앞바다는 김이며, 파래며, 굴이며, 각종 생선이며, 백합을 비롯한 여러 가지 조개며, 그 풍요로웠던 먹거리를 거의 모두 잃어버렸다. 섬진강을 옛 모습 그대로 보존하기란 쉽지 않았다고 하자. 광양제철과 하동화력 같은 국가적 기간산업 시설을 짓기 위해서 어쩔 수 없었다고 하자. 그렇지만 19번 국도는 마음먹기에 따라서 어느 정도까지는 옛 모습에 가깝도록 보존할 수 있는 것이 아닌가?

내 고향은 하동포구 80리

초판1쇄 인쇄 2014년 07월 05일
초판1쇄 발행 2014년 07월 15일

지은이 | 공석규
펴낸이 | 김향숙
펴낸곳 | 인북스
등록 | 1999년 4월 21일(제2011-000162호)
주소 | 경기 고양시 일산서구 성저로 121, 1102동 102호
전화 | 031) 924 7402
팩스 | 031) 924 7408
이메일 | editorman@hanmail.net

ISBN 978-89-89449-44-7 03810
ⓒ 공석규, 2014.

이 도서의 국립중앙도서관 출판시도서목록(CIP)은 서지정보유통지원시스템 홈페이지(http://seoji.nl.go.kr)와 국가자료공동목록시스템(http://www.nl.go.kr/kolisnet)에서 이용하실 수 있습니다.(CIP제어번호: CIP2014018449)